涡堤孩：水之精灵的爱情
UNDINE

[德] 福 凯 著

徐志摩 译

时代文艺出版社

图书在版编目（CIP）数据

涡堤孩：水之精灵的爱情 / (德) 福凯 著；徐志摩 译.
—长春：时代文艺出版社，2012.7（2021.5重印）

ISBN 978-7-5387-4020-2

Ⅰ. ①涡... Ⅱ. ①福...②徐... Ⅲ. ①童话－德国－近代 Ⅳ. ①I516.88

中国版本图书馆CIP数据核字（2012）第121477号

出 品 人　陈　琛
责任编辑　付　娜
装帧设计　孙　俪
排版制作　隋淑凤

涡堤孩：水之精灵的爱情

[德] 福凯 著　徐志摩 译

出版发行 / 时代文艺出版社
地址 / 长春市福祉大路5788号　龙腾国际大厦A座15层　邮编 / 130118
总编办 / 0431-81629751　发行部 / 0431-81629755
官方微博 / weibo.com / tlapress　天猫旗舰店 / sdwycbsgf.tmall.com
印刷 / 保定市铭泰达印刷有限公司
开本 / 640×980毫米　1 / 20　字数 / 270千字　印张 / 23
版次 / 2012年8月第1版　印次 / 2021年5月第2次印刷　定价 / 59.80元

出版说明

本书是德国作家莫特·福凯1811年创作的童话"Undine",现通行译名为《水妖》,徐志摩译做《涡堤孩》。为了纪念徐志摩先生,本书仍然保留《涡堤孩》的译法,改为《涡堤孩:水之精灵的爱情》。

作为西方浪漫主义的代表作品,本书的英语译本非常多,我们选择的是英国著名剧评家威廉·伦纳德·考特尼(William Leonard Courtney)翻译的版本,而非徐志摩"引子"中提到的高斯(Edmund Gosse)的译本。因为书中差不多有近千字的文字是徐志摩先生自己有感而发的评论,为了更好地突显其译文的原汁原味,本书选用了与其相得益彰的富有评论性翻译特点的考特尼译本。

几个世纪以来,有很多画家为这本童话书描绘过插图,本书选择的是20世纪英国最杰出的插图画家之一——亚瑟·拉克姆(Arthur Rackham)的插图,因为他的画风神秘奇幻,富有诗意的动感和阴郁的现实感,最能表现水妖世界的华美和伴随着压抑又无处不在的人与妖的梦想冲突,与本书凄美的基调非常契合。

此次出版是1923年商务印书馆初版之后的首次简体中文彩图本出版,并且首次采用了中文、英语、德语的三语版本,以满足读者的不同阅读口味,为读者尽心呈现绝美的阅读和视觉的盛宴。

据夏志清的考证，这本《涡堤孩》是译了给其时已回国的林徽因看的，《引子》中的母亲，均可改为林徽因。夏志清在《涡堤孩·徐志摩·奥黛丽赫本》中说——

徐志摩读小说时，把他自己和林徽因比做是黑尔勃郎和涡堤孩，把张幼仪比做了培儿托达，这个假定我想是可以成立的。他把《涡堤孩》译成中文，明说是译给母亲看，其实是借他人之笔，写了他自己和林徽因的一段宿缘，虽然徐志摩1922年10月回国想同林徽因结婚的时候，她已正式和梁思成（梁任公长公子）订了婚了。译文引子里好多次提到"母亲"，我敢断定是影射了林徽因本人。文末写道："所以胆敢将这段译文付印——至少我母亲总会领情的。"

1923年5月，徐志摩的译作《涡堤孩》在商务印书馆出版，列为共学社丛书之一。据瞿菊农说："十年前，蒋百里先生偶然拿一本涡堤孩的中译本给我看，说是一位姓徐的译的，他在英国，亦作新诗。"蒋百里是共学社的主持人。则此稿是志摩在英国时所译，寄给蒋百里安排出版的。《引子》中有"母亲虽在万里外"亦可证。

这段话是这样说的——

　　我一年前看了"Undine"（涡堤孩）那段故事以后，非但很感动，并觉其结构文笔并极精妙，当时就想可惜我和母亲不在一起，否则若然我随看随讲，她一定很乐意听。此次偶尔兴动，一口气将它翻了出来，如此母亲虽在万里外不能当面听我讲，也可以看我的译文。译笔很是粗忽，老实说我自己付印前一遍都不曾复看，其中错讹的字句，一定不少，这是我要道歉的一点。其次因为我原意是给母亲看的，所以动笔的时候，就以她看得懂与否做标准，结果南腔北调杂格得很，但是她看我知道恰好，如其这故事能有幸传出我家庭以外，我不得不为译笔之芜杂道歉。

引　子[①]

引子里面绝无要紧话，爱听故事不爱听空谈诸君，可以不必白费时光，从第一章看起就是。

我一年前看了"Undine"（涡堤孩）那段故事以后，非但很感动，并觉其结构文笔并极精妙，当时就想可惜我和母亲不在一起，否则若然我随看随讲，她一定很乐意听。此次偶尔兴动，一口气将它翻了出来，如此母亲虽在万里外不能当面听我讲，也可以看我的译文。译笔很是粗忽，老实说我自己付印前一遍都不曾复看，其中错讹的字句，一定不少，这是我要道歉的一点。其次因为我原意是给母亲看的，所以动笔的时候，就以她看得懂与否作标准，结果南腔北调杂格得很，但是她看我知道恰好，如其这故事能有幸传出我家庭以外，我不得不为译笔之芜杂道歉。

---

①这篇文章是《涡堤孩》于1923年首次出版时译者徐志摩所写的序。——编者注

这篇故事，算是西欧文学里有名的浪漫事（Romance）之一。大陆上有乐剧（Undine opera），英国著名剧评家 W. L. Courtney 将这故事编成三幕的剧本。此外英译有两种，我现在翻的是高斯（Edmund Gosse）的译本。高斯自身是近代英国文学界里一个重要分子，他还活着。他是一诗人，但是他文学评论家的身份更高。他读书之多学识之博，与 Edward Dowden 和 George Saintsbury 齐名，他们三人的评论，都是渊源于19世纪评坛大师法人圣佩韦[①]（Saint Beuve），而高斯文笔之条畅精美，尤在 Dowden 之上，（Saintsbury 文学知识浩如烟海，英法文学，几于全欧文学，彼直一气吸尽，然其文字殊晦涩，读者皆病之。）其 Undine 译文，算是译界难得之佳构，惜其书已绝版耳。

高斯译文前有一长篇 La Motte Fonqué 的研究，讲他在德文学界的位置及其事略，我懒得翻，简要一提就算。

这段故事作者的完全名字是 Friedrich Heinrich Karl, Baron de la Fonqué，我现在简称他为福凯[②]，他生在德国，祖先是法国的贵族。他活了65岁，从1777年到1843年。

[①②] 为了更加符合现代读者的阅读习惯，本书将原稿中存在的民国时期的英文译名等，都尽最大努力予以改为现今通行的译法。例如，将"圣百符"（Saint Beuve）改为"圣佩韦"；"福沟"（Fonqué）改为"福凯"。——编者注

他生平只有两样嗜好，当兵的荣耀和写浪漫的故事。他自己就是个浪漫人。

他的职业是军官，但他文学的作品，戏曲，诗，小说，报章文字等类，也着实可观，不过大部分都是不相干的，他在文学界的名气，全靠三四个浪漫事，Sintram, Der Zanberring, Thiodulf, Undine，末了一个尤其重要。

福凯算是19世纪浪漫派最后也是最纯粹的一个作者。他谨守浪漫派的壁垒，丝毫不让步，人家都叫他 Don Quixote。他总是全身军服，带着腰剑，顾盼自豪，时常骑了高头大马，在柏林大街上出风头。他最崇拜战争，爱国。他曾说："打仗是大丈夫精神身体的唯一完美真正职业。"岂不可笑？

他的 Undine 是1811年出版。那故事的来源，是希腊神话和中世纪迷信。歌德①（Goethe）曾经将水火木土四原行假定作人，叫火为Salamander，水为Undine，木为Sylphe，土为 Kobold。福凯就借用Undine，以及 Melusine 和 Lohengim（Wagner's Opera，瓦格纳②著名的乐剧）的神话关联起来写成这段故事。那大音乐家瓦格纳很看重

---

①② 为了更加符合现代读者的阅读习惯，本书将原稿中民国时期的英文译名"葛德"（Goethe）改为现今通行的译名"歌德"；"司格纳"（Wagner）改为"瓦格纳"。——编者注

福凯，他临死那一晚，手里还拿着一本 Undine。

福凯出了这段故事，声名大震，一霎时 Undine 传遍全欧，英法意俄，不久都有译文。歌德和席勒都认识福凯，他们不很注意他的诗文。但是歌德读了 Undine，大为称赞，说可怜的福凯这回居然撞着了纯金。海涅①（Heine，大诗家）平常对福凯也很冷淡，但是这一次也出劲地赞美。他说 Undine 是一篇非常可爱的诗："此是真正接吻；诗的天才和眠之春接吻，春开眼一笑，所有的蔷薇玫瑰，一齐呼出最香的气息，所有的黄莺一齐唱起他们最甜的歌儿——这是我们优美的福凯怀抱在他文字里的情景，叫作涡堤孩。"

所以这段故事虽然情节荒唐，身份却是很高，曾经瓦格纳崇拜，歌德称羡，海涅鼓掌，又有人制成乐，编成剧，各国都有译本，现在所翻的又是高斯的手笔——就是我的译手太不像样罢了。

现今国内思想进步，各事维新，在文学界内大众注意的是什么自然主义、象征主义、将来主义、新浪漫主义，也许还有立方主义、球形主义，怪不得连罗素都啧啧称赞说中国少年的思想真敏锐前进，比日本人强多了（他亲口告诉我的，但不知道他这话里有没有 Irony，我希望没有）。在这样一日万里情形之下，忽然出现了一

---

① 为了更加符合现代读者的阅读习惯，本书将原稿中民国时期的英文译名"哈哀内"（Heine）改为"海涅"。——编者注

篇稀旧荒谬的浪漫事，人家不要笑话吗？但是我声明在前，我译这篇东西本来不敢妄想高明文学先生寓目；我想世界上不见得全是聪明人，像我这样旧式腐败的脾胃，也不见得独一无二，所以胆敢将这段译文付印——至少我母亲总会领情的。

涡堤孩新婚歌

徐志摩

小溪儿碧冷冷,

笑盈盈讲新闻,

青草地里打滚,

不负半点儿责任;

砂块儿疏松,

石砾儿轻灵,

小溪儿一跳一跳地向前飞行,

流到了河,

暖融融的流波,

闪亮的银波,

阳光里微酡,

小溪儿笑呷呷地跳入了河,

闹嚷嚷地合唱一曲新婚歌,

"开门，水晶的龙宫，

涡堤孩已经成功，

她嫁了一个美丽的丈夫，

取得了她的灵魂整个。"

小涟儿喜孜孜地窜近了河岸，

手挽着水草，

紧靠着芦苇，

凑近他们的耳朵，

把新闻讲一回，

"这是个秘密，

但是秘密也无害，

小涧儿流入河，

河水儿流到海，

我们的消息，

几个转身就传遍。"

青湛湛的河水，

曲泠泠的流转，

绕一个梅花岛，

画几个美人涡，

流出了山峡口，

流入了大海波，

笑呼呼地轻唱一回新婚歌，

"开门，水晶的龙宫，

涡堤孩已经成功，

她嫁了一个美丽的丈夫，

取得了她的灵魂整个。"

本诗发表于1925年《晨刊副镌》第60号

快来吧，涡堤孩！

徐志摩

涡堤孩，快来吧，涡堤孩！

清水是一片闪亮的明辉，

满天的星星，

黑夜的清虚，

水灵儿到青草地来小舞纡徊。

没有一棵草上不带露珠，

替你编一身鲜艳的绣帽，

小灵儿欢欣，

月丝儿织成，

明霞似的天锦，

彩虹般的流苏。

涡堤孩，快来吧，涡堤孩！

你披一件闪亮的线衫在青草地上舞蹈，

手挽手儿欢噪，

直到东方放晓，

白云里流出金丹。

目 录

C O N T E N T S

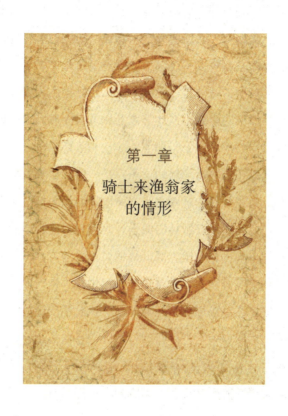

第一章

骑士来渔翁家
的情形

数百年以前，有一个美丽的黄昏，一个仁善的老人，他是个渔翁，坐在他的门口缝补他的网。他住在一极妖媚的地点。他的村舍是筑在绿草上，那草一直伸展到一大湖里；这块舌形的地，好像看了那清明澄碧的湖水可爱不过，所以情不自禁地伸了出去，那湖似乎也很喜欢那草地，她伸着可爱的手臂，轻轻抱住那临风招展的高梗草，和甜静怡快的树荫。彼此都像互相做客一般，穿戴得美丽齐整。在这块可爱的地点，除了那渔翁和他的家族以外，差不多永远不见人面。因为在这块舌形地的背后，是一座很荒野的树林，又暗又没有途径，又有种种的妖魔鬼怪，所以除非逼不得已时，没有人敢进去冒险。但是那年高敬神的渔翁，时常爱不经心地穿来穿去，因为在树林背后不远有一座大城，是他卖鱼的地方。况且他老人家志心朝礼，胸中没有杂念，就是经过最可怕的去处，他也觉得坦坦荡荡，有时他也看见黑影子，但是他赶快拉起他清脆的嗓子，正心诚意地唱圣诗。

　　所以他那天晚上坐在门口很自在地补网，平空吃了一吓，因为他忽然听见黑暗的树林里有窸窣之声，似乎是有人骑马，而且觉得那声浪愈来愈近这块舌地。因此所有他从前在大风雨晚上所梦见的树林里的神秘，如今他都重新想起来，最可怕的是一个其大无比雪白的人的影像，不住地点着他很奇怪的头。呀！他抬起头来，向

在这块舌形地的背后，是一座很阴森可怕的树林，所以没有
人敢进去冒险

树林里一望，他似乎看见那点头的巨人从深密的林叶里走上前来。但是他立刻振作精神，提醒自己说一则他从来也没有碰到过什么鬼怪，二则就是树林里有神秘，也不见得会到他舌地上来作祟。同时他又使用他的老办法，提起嗓音，正心诚意，背了一段圣经，这一下他的勇气就回复，非但不怕而且觉察他方才的恐慌原来上了一个大当。

那点头的白巨人，忽然变成他原来很熟悉的一条涧水，从树林里一直倾泻到湖里。但是窸窣声的原因却是一个华美的骑士，穿得很漂亮，如今从树荫里骑着马向他的村舍来了，一件大红的披肩罩在他紫罗兰色紧身衣外面，周围都是金线绣花；他的金色头盔上装着血红和紫罗兰色的羽毛；在他黄金的腰带上，挂着一把光彩夺目镶嵌富丽的宝剑。他胯下的白马比平常的战马小些，在轻软的青茵上跑来，那马蹄似乎一点不留痕迹。但是老渔翁还是有些不放心，虽然他想那样天神似的风采，决计不会有可疑的地方，所以他站在他的网边很拘谨地招呼那来客。于是骑士勒住马缰，问渔翁能否容他和他的马过宿。

渔翁回答说："这荫盖的草地不是很好的马房，鲜嫩的青草不是很好的喂料吗？但是我非常愿意招待贵客。预备晚餐和歇处，不过怠慢就是了。"

骑士听了非常满意。他从马上下来，渔翁帮着他解开肚带，取下鞍座，然后让马自由溜去。骑士向主人说：

"就是老翁没有如此殷勤招待，我今天晚上总是要扰你的，因为你看前面是大湖，天又晚了，我如何能够再穿过你们生疏的树林回去呢？"

渔翁说："我们不必客气了。"他于是领了客人进屋子去。

这屋子里面有一壁炉，炉里烧着一些小火，照出一间清洁的房间，渔翁的妻子坐在一把大椅子里。客人进来的时候她站起来很和悦地表示欢迎，但是她仍旧坐了下去，没有将她的上座让客。渔翁见了，就笑着说："年轻的贵客请勿介意，她没有将屋子里最舒服的椅子让客；这是我们穷民的习惯——只有年高的人可以享用最好的座位。"

他妻子接着笑道："唉，丈夫，你说笑话了。我们的客是高明的圣徒，哪里会想我们老人家的座位。"她一面对骑士说："请坐吧，青年的先生，那边有很好的一把小椅子。不过你不要摇摆得太厉害，因为有一只椅脚已经不甚牢靠。"

骑士就很谨慎地取过那椅子，很高兴地坐了下去。他觉得他好像变了他们小家庭的一分子，简直好像去了一会儿远门刚回家似的。

他们三人于是就开始谈笑，彼此一点也不觉生疏。骑士时常提到那森林，但是老人总说他也不很熟悉。他以为在晚上那可怕的森林总不是一个相宜的谈料。但是一讲到他们如何管家和一应琐碎的事情，那一对的老夫妻就精神抖擞地应答。他们也很高兴听骑士讲他旅行的经验，又说他在但牛勃河发源的地方有一座城堡，他的名字是林斯推顿的黑尔勃郎公爵。

他们一面谈天，骑士时常觉察小窗下面有些声响，好像有人在那里泼水。老翁每次听得那声音就把眉毛皱紧。但是后来竟是许多水泼上窗板，因为窗格很松，连房子里都是水，老翁气哄哄站了起来，使着威吓的声音向窗外喊道：

"涡堤孩！不许瞎闹。屋子里有贵客，你不知道吗？"

外面就静了下去，只听见嗤嗤的笑声，老翁转身来说道：

"我的尊贵的客人，对不起，请你容恕，她小孩子的顽皮习惯，但是她无非作耍而已。她是我们的养女涡堤孩，她虽然年纪已快十八。总改不了她的顽皮，可是她心里是很仁善的一个女孩。"

老妇人摇着头插嘴说："呀！你倒说得好听，若然你捕鱼或者出门归家的时候，她偶然跳跳舞舞，自然是不讨厌。但是她整天到晚的胡耍，也不说一句像样的话，她年纪又不小，照例应得管管家事，帮帮忙；如今你整天去管住她，防她闯祸都来不及，你倒还容宠她咧！——唉！就是圣人都要生气的。"

窗外的涡堤孩

"好，好！"老儿笑着说："你的事情是一个涡堤孩，我的是这一道湖。虽然那湖水有时冲破我的网，我还是爱她，你也照样地耐心忍气爱我们的小宝贝。你看对不对？"

他妻子也笑了，点点头说："的确有点舍不得十分责备她哩。"

门嘭的一声开了，一个绝色的女郎溜了进来，笑着说道：

"父亲，你只在那里说笑话哩，你的客人在哪里？"但是她一头说一头早已看见了那丰神奕奕的少年，她不觉站定了呆着，黑尔勃郎趁此时机，也将他面前安琪似美人的影像，一口气吸了进去，领起精神赏鉴这天生的尤物，因为他恐怕过一会儿她也许害臊躲了开去，他再不能一饱眼福了。但是不然，她对准他看上好一会儿，她就款款地走近他，跪在他面前，一双嫩玉的手抚弄着他胸前挂着的金链上面一个金坠说道：

"你美丽，温柔的客人呀！你怎样会到我们这穷家里来呢？你在找到我们之先，必定在世界漫游过几年！美丽的朋友呀！你是不是从那荒野的森林里来的？"

老妇人就呵她，没有让她回答，要她站起来，像一个知礼数的女孩，叫她顾手里的工作。但是涡堤孩没有理会，她倒搬过一张搁脚凳来放在黑尔勃郎的身边，手里拿着缝纫的活计，就坐了下去，一面使着很和美的声音说道：

"我愿意去此地做工。"

老翁明明容宠她，只装没有觉察她的顽皮，把话岔了开去。但是女孩子可不答应。她说：

"我方才问客人是从哪里来的，他还没有回答我哩。"

黑尔勃郎说："我是从森林里来的，我可爱的小影。"她说："既然如此，你必须告诉我你为什么跑进这森林，因为许多人都怕进去，你必须讲出来，你在里面碰到多少异事，因为凡是进去的人总是会碰到的。"

黑尔勃郎经她一提醒，觉得发了一个寒噤，因为他们想着他在林中所碰见的可怕形象似乎对着他狞笑。但是他除了黑夜之外没有看见什么，现在窗外一点儿光都没有了。于是他将身子耸动一下，预备讲他冒险的情形，可是老儿的话岔住了他。

"骑士先生，不要如此！现在不是讲那种故事的辰光。"

但是涡堤孩，气哄哄地跳将起来，两只美丽的手臂插在腰间，站在渔翁的面前大声叫道：

"他不讲他的故事，父亲，是不是？他不讲吗？但是我一定要他讲！而且他一定讲！"

她一面说，一面用她可爱的小脚顿着地，但是她虽然生气，她的身段表情，又灵动，又温柔，害得黑尔勃郎的一双眼，像中了催眠一般再也离不开她，方才温和的时候固然可爱，如今发了怒，亦是可爱。但是老头儿再也忍耐不住，大声地呵她，责她不听话，在客人前没有礼貌；那仁善的老妇也夹了进来。涡堤孩说道：

"如今你们要骂我，我要怎样你们又不肯依我，好，我就离开你们去了。"

她就像支箭一般射出了门，投入黑暗里不见了。

第二章

涡堤孩到渔人
家里的情形

黑尔勃郎和渔人都从座位里跳了起来预备追这生气的女孩。但是他们还没有奔到村舍门口，涡堤孩早已隐伏外边雾结的黑暗深处，也听不出那小脚的声音是向哪里去。黑尔勃郎一肚子疑惑看着渔人等他解释。他差不多相信这秀美的影像，如今忽然入荒野，一定是和日间在林中作弄他的异迹同一性质；一面老人在他胡子里含糊抱怨，意思是她这样的怪僻行径并不是初次。但是她一跑不要紧，家里人如何能放心安歇，在这荒深的所在，又是深夜，谁料得到她不会遭逢灾难呢？

　　"然则，我的老翁，让我们去寻她吧。"黑尔勃郎说着，心里很难过。

　　老人答道："不过上哪里去寻呢？我要让你在昏夜里独自去追那疯子，我如何过得去，我的老骨头哪里又赶得上她，就是我们知道她在哪儿都没有法子。"

　　黑尔勃郎说："但是无论如何我们总得叫着她，求她回来。"他立刻就提高声音喊着：

　　"涡堤孩，涡堤孩呀！快回来吧！"

　　老人摇摇头，他对骑士说叫是不中用的，并且她不知道那娃娃已经跑得多远。虽然这样说，他也忍不住向黑暗里大声喊着："涡堤孩呀！亲爱的涡堤孩！我求你回来吧！"

但是果然不中用，涡堤孩是不知去向，没有影踪也没有声音。老人又决计不让黑尔勃郎去盲追，所以结果他们上门回进屋子。此时炉火差不多已经烧完结，那老太太好像并没有十二分注意那女孩的逃走，早已进房睡去了。老人把余烬拨在一起，放上一些干柴火焰又慢慢回复过来。他取出一瓶村醪，放在他自己和客人中间。他说道：

　　"骑士先生，你依旧很替那淘气的孩子着急，我们也睡不着。反不如喝着酒随便谈谈，你看如何？"

　　黑尔勃郎不表示反对，现在老太太已经归寝，老儿就请他坐那张空椅。他们喝喝谈谈露出他们勇敢诚实的本色。但是窗外偶然有一些声响，或者竟是绝无声响，二人不期而会地惊起说："她来了！"

　　然后他们静上一两分钟，但是她始终不来，他们摇摇头叹口气，重新继续谈天。

　　但是实际上两个人的思想总离不了涡堤孩，于是渔翁就开头讲当初她怎样来法，黑尔勃郎当然很愿意听。以下就是他讲那段故事：

　　"距今十五年前，我有一次带着货经过森林，预备上大城去做买卖。我的妻子照例留在家里；那天幸而她没有离家，因为上帝可怜我们年纪大了，赏给我们一个异样美丽的小孩。这是一小女孩，其时我们就商量我们要不要为这小宝贝利益起见，离开这块舌地另外搬到一处与她更相宜的地方。但是骑士先生，你知道我们穷人的行动，不是容易的事体，上帝知道我们到哪里是哪里。这桩心事一经在我胸中盘旋，有时我经过喧阗的城市，我想起我自己这块亲爱的舌地，我总向自己说：'我下次的家总得在这样热闹所在。'但是我总不抱怨上帝，我总是感激他因为他赐我们这小孩。况且我在森林里来来往往，总是天平地静，从来也没有经历过异常的情形。上帝总是跟着我呢。"

讲到此地，他举起他的小帽子，露出他光光的头，恭恭敬敬地默视一会子，然后他重新将帽子戴上，接着讲：

"倒是在森林这一边，唉，这一边，祸星来寻到了我。我妻子走到我跟前来两眼好像两条瀑布似的流泪，她已经穿上了丧服。

"我哭着说：'亲爱的上帝呀！我们钟爱的孩了哪里去了？告诉我！'

"我妻说：'亲爱的丈夫，我们的血肉已经到上帝那里去了。'于是一路悄悄地哭着，我们一起走进了屋子。我寻那小孩的身体，方才知道是怎么一回事。我的妻子同她一起在湖边坐着，引她玩笑，没有十分当心，忽然这小东西倾向前去，似乎她在水里见了什么可爱的物件；我的妻子看见她笑，这甜蜜的小安琪儿，拉住

一个非常漂亮甜美的小女孩，穿着华美的服装，站在门口

她的小手；但是过了一会儿，不知道怎样一转身，她从我妻的臂圈里溜了出来，扑通一声沉了下去。我费尽心机寻那小尸体，但是总没有找到，一点影踪都没有。

"那天晚上我们这一对孤单的老夫妇安静地坐在屋子里，我们无心说话，我们尽流泪。我们呆对着炉里的火焰。忽然门上剥啄一声响，门自己开了，一个三四岁最甜美不过的小女孩，穿扮得齐齐整整，站在门口，对着我们笑，我们当时吓得话都说不出来，我起初没有拿准那究竟是真的小性命呢，还是我们泪眼昏花里的幻象呢。我定一定神，看出那小孩黄金的发上和华美的衣服上都在那里滴水，我想那小孩一定是失足落水。现在要我们帮助哩。

"'妻呀，'我说，'我们自己的孩子是没有人会救的了；但

是我们至少应该帮助人家，只要人家也能一样地帮助我们，我们就是地上享福的人了。'

"我们就抱了那小孩进来，放她在床上，给她热水喝。这一阵子她没有说一句话，她只张着她海水一样蓝的一对眼睛，不住地向我们望。到了明天早上，她并没有受寒，我于是问她父母是谁，她怎样会到这里来。但是她讲了一个奇怪荒唐的故事。她一定是从远地方来的，因为，自从她来到现在已经十五年多，我们始终没有寻出，她本来的一点痕迹。并且她有时讲话离奇得厉害，你差不多要猜她是月宫里跌下来的。她形容黄金的宫殿，水晶的屋顶，以及一切古怪的东西。但是她所讲最明了那一段是她母亲领了她在湖上经过，她不小心失足落水，以后她就不记得了，一直等到她醒转来，她已经在岸上树底下，她觉得很快活。

"但是现在我们心里发生了大大的疑虑和焦急。我们自己的孩子不见了，找到了她，我们就养育她同自己的一样，那是很容易决定的。不过谁知道这小东西有没有经过洗礼呢？她自己又不知道。固然她明晓她生命的产生是仰仗着上帝的灵光和幸福，她也常常告诉我们，我们若然要用上帝光荣的名义来怎样她，她也很愿意。这是我们夫妇私下的讨论。假使她从没有受过洗礼，我们岂不是就应该赶快举行，就是她从前经过洗礼，横竖是好事，少做不如多做。

涡堤孩的幼年生活

我们就商量替她取个名字，因为一直到现在我们实在不知怎样叫她。结果我们决定叫她多萝西娅，因为人家告诉我那个字的意义是'上帝的赠品'，实际上的确是上帝送她来安慰我们暮年光景的。但是她不愿意要那个名字，她说涡堤孩是她父母给她的名字，她再也不乐意人家用别的名字叫她。我可是疑心那名字是异教的，我们圣书上从没有见过这样的名字，所以我上城里去与一牧师商量。他亦说涡堤孩的名字，靠不住，后来经我再三求他才替她题名，他才答应特别穿过森林到我们村舍来专办那桩事。但是她那天穿着得那样美丽，她的表情又蜜糖似的，弄得那牧师心不由自主，她又想法去恭维他，回时又挑激他，结果他将所有反对涡堤孩那名字的种种理由，全忘记干净。所以结果她洗礼的名字，依旧是涡堤孩，她虽然平时又野又轻躁，行礼那天，说也奇怪，她自始至终异常规矩温和。我妻子说的不错，我们还有可怕的事体对付。只要我告诉你——"

但是他讲到此，骑士打断了他话头，叫他注意外边声响，好像哪里发水似的，那声响他觉得已经好久，现在愈听愈近，差不多到了窗外。二人跳到门口。他们借着刚升起来的月光，看见从树林里流出来那条小涧，两岸涨水都平泻开来，水又来得急，一路卷着石块木条，呼呼向旋涡里滚去。同时大风雨又发作，好像被那水吼惊醒了似的，转瞬一大片黑云将月光一齐吞没；这湖也在暴风翅儿底下汹涌起来；舌地上的树从根到枝叶尖儿一齐呜呜悲鸣，并且不住地摇着，好像那回旋的风吹得他们头都昏了。

两个人一齐着了慌，都拼命地喊着："涡堤孩！涡堤孩！上帝保佑，涡堤孩！"但是一无回响，两人这时也顾不得三七二十一就离开村舍各取一个方向，朝前直冲。

"涡堤孩！涡堤孩！回来！涡堤孩！"

第三章

他们找到
涡堤孩的情形

他们在黑夜的影子里乱冲乱喊，再也找不到，黑尔勃郎尤其着急。他方才所想涡堤孩终究不知是人非人的问题，重新回到他心里；一面浪呀风呀水呀愈闹愈凶，树枝的声响更来得可怕，这整块长形的地，不久还是平静可爱，这村舍和居住的人，一起都好像荒唐的幻影。但是，远远的，他依旧听得见那渔人慌张的声浪，叫着涡堤孩，还有屋子里老妇人高声的祷告和唱圣诗，和万窍的号声参差相间。后来他走近那泛滥的涧流，在微芒中看见这猖獗的一条水，一直横扫森林的边儿下来，差不多将这条长形的地切成一岛。

"亲爱的上帝，"他自己想着，"要是涡堤孩竟是穿过此地，闯入这不可思议的森林——或者就为我没有告诉她我在里面的经验激怒了她可爱的犟脾气——如今这莽流将我们截成两段，她也许在那边进退两难，在种种鬼影中间饮酒哩！"一阵恐怖盖住了他。他跨过许多石块和打下的枯枝，打算走到那涧边，然后或泳或想法渡过那边去找她。同时他又记起白天在森林里所见的骇人奇异的影像。他似乎觉得那最可怕硕大无比的白人在水的那边向他点头狞笑；但是种种幻象幻想无非使他益发奋勇向前，因为那方面愈诡秘，涡堤孩不测的机会亦益大，他如何能让这可怜的小孩独自在死的影子里放着呢？

他已经找到一块很结实的枯梗，将身跨进水里撑着那条新式行杖，狼狈不堪地想和紧旋的急流奋斗；正在这个尴尬辰光，他忽然听见一个甜美的声音在他旁边喊道："小心小心，这条河是很险的！"

他认识这可爱的声音，他踌躇了一会儿，因为他在重荫下差不多没有一些光亮，同时水已经没上他膝盖。但是他不转身。"假使你果真不在那边，假使只要你的幽灵是在我旁边舞着，我也不情愿再活，只要和你一样变一个鬼——喂，我爱，我亲爱的涡堤孩！"

这几句话他使劲喊着，一面尽望急流里冲。

"看仔细，啊唷！小心，你漂亮，情昏的少年呀。"一个声音在他旁边叫，他于是往旁边一看，刚巧月光又出来了照得很亮，他见在几棵高而交叉的树枝下，一座为水泥造成的小岛上，可不是坐着那涡堤孩，她笑嘻嘻地蹲踞在花草里。

她这一出现，黑尔勃郎立刻精神百倍，使劲地撑着枯枝，向她进发。不上几步他居然出了头，渡过这条猖狂的小"银河"，到了他"织女"的跟前，足下是密软青葱的细草，头顶是虬舞龙盘的树幕。涡堤孩将身子略为站起，伸出她臂膀来，搂住他的项颈，将他拉下来一起蹲着。

"我可爱的朋友，现在在此地你可以讲你的故事了。"她轻轻地吹在他耳边，"此地我们可以自由谈话，那些讨厌的老人家再也不会听见。你看我们这叶织的篷帐不是比那可怜的村舍好些吗？"

在明亮的月光照耀下，他看见在几支高而交叉的树枝下，
一座为水泥造成的小岛上，坐着那涡堤孩，她笑嘻嘻地蹲
在花草里

黑尔勃郎说："这是真正天堂！"一面将她紧紧搂在怀里，接着蜜甜的吻。

但是刚正这个时光那老渔人也已经赶到涧边，隔着水向这对密切的青年喊道：

"喂，先生！我没有待亏你，你倒在那里与我养女寻开心，让我一个人着忙在黑暗里乱撞。"

"仁善的老人，我刚正才寻到她哩。"骑士也喊过去。

渔人说："那还说得过去。但是现在请你再不要延宕，赶快将她带过到平地上来。"

但是涡堤孩不愿意听那话。她想就在这荒天野地和这美丽的客人谈天，比回到老家去有趣得多，况且一到家里又不许她自由，客人迟早也要离开。她索性将两臂箍住了黑尔勃郎，口里唱着异样好听的歌：

泉水出山兮，
幽歌复款舞，
逶延青林兮，
言求桃花渚；
款舞复幽歌，

忽遭万顷湖，

欣欣合流分，

止舞不复歌。

　　老渔人听了她的歌，由不得伤心起来，涕泪淋漓，但是她依旧漠然不动。一面她抱紧她情人吻之不已。后来黑尔勃郎倒不自在起来，向她说：

　　“涡堤孩，那老人悲伤得可怜，你不动心，我倒不忍心，让我们回去吧。”

　　她张开她碧蓝的妙眼很惊异地看着他，过了一歇，才慢吞吞含糊说道：

　　“果然你想我们一定要回去——也好！你说对就是我的对。不过那边老儿，一定要答应回去以后他再也不许拦住你告诉我森林里的故事，其余我倒不管。”

　　老人喊道：“好了，来吧！再不要说废话，来吧！”

　　同时他伸出他的手臂，隔着水预备接她。一面点着头，似乎说“依你依你”。他的几卷白发乱糟糟一齐挂在他脸上，这副情形，又提起了黑尔勃郎森林里那颠头大白人。但是此时不管他，黑尔勃郎轻轻将涡堤孩抱在手里，涉过水来。老儿一见涡堤孩便搂住她的

骑士轻轻地将美丽的涡堤孩抱在手里，涉水越过那被洪流隔绝的小岛来到对岸

颈项接吻，很怜惜他。夹忙里老太太也赶了过来，也搂抱住她。老夫妻再也不呵她，尤其因为涡堤孩也是甜言蜜语哄得老人心花怒放，一场淘气就此了结。

　　但是宝贝找回来了，湖面上已经渐渐发亮；风雨也止了，小鸟在湿透的树枝上噪个不了。涡堤孩到了家，也不要旁的，只要黑尔勃郎讲他的冒险，老夫妻再也无法，也只好笑着由她。老太太把早餐端出来，放在村背湖边的树下，大家一齐高高兴兴坐了下来——涡堤孩坐在黑尔勃郎足边的草上，因为她只肯坐在这里。于是黑尔勃郎开始讲他的故事。

第四章

骑士在林中
经过的情形

"八天以前，我骑马到那森林背后的自由城市。我一到刚巧那边举行大赛武会，一大群人围着。我就闯入围去，报名与赛。一天我正站在比武场中休息；除下头盔来交给我从人，我忽然觉察一个绝美的妇人，站在厢楼上一瞬不转地对我望着。我就问旁人她是谁。他们说那美貌女郎的名字叫培儿托达，是本地一贵族的养女。她已经注意我，我自然也回答她的青睐，下面较赛的时候，我也特别卖力，无往不利。那天晚上跳舞会恰巧我又是她的舞伴，从此到赛会完结我们常在一起。"

　　讲到此，他本来垂着的左手上忽觉得奇痛，打断了他的话头。他转身去看那痛的所在。原来是涡堤孩一口珠牙使劲啮住他的手指，她的神气又怒又恨。但是一下子她又转过她钟爱的秋波，倾入他眼内，口里柔声说道——

　　"这是你自己不好！"

　　说过她将头别了转去。黑尔勃郎经她出其不意一咬一嗔，又惊又窘，却也无可奈何，仍旧继续讲他的故事——

　　"这培儿托达是又骄傲又乖僻的一个女郎。第二日她就没有第一日可爱，第三日更差了。但是我还是与她周旋，因为她在许多骑士内算和我最亲近些。有一天我和她开玩笑，求她给我一只手套。

　　"她倒庄严说道：'要我手套不难，只要你单身敢进那森林去随后来报告我那里面究竟如何情形。'

　　"我其实并不稀罕她的手套，但是我们骑士的习惯，说一句是一句，既然惹了出来，唯有向前干去。"

　　"我想她爱你。"涡堤孩插进来说。

　　黑尔勃郎说："是有点儿意思。"

　　"哼！"她冷笑着叫道，"她不是呆子，来遣开她爱的人。况且遣他到危险的森林里！要是我，情愿不知道森林里的秘密，决不会让他去冒险。"

　　黑尔勃郎很和气地对她笑笑，接着讲：

"我是昨天早上动身的。我一进森林，只见那树梗经朝阳照着鲜红绝嫩，地下绿草同绒毯一般光软，树叶微微颤动，好像彼此在那里私语，一路绝好的景致，我心里不觉暗笑那城里人诬空造谣，说这样蜜甜的所在有什么奇情异迹。我想用不了多少时候，就可以对穿树林回来。但是我正在欣欣得意，我的马已走入绿荫深处，回过头来已经看不见背后的城市。心里想走迷路倒说不定的，大概他们所以怕者就是为此。我所以停了下来，四面看转来想找出太阳的方向，太阳那时已升得很高。刚在那个当儿我觉得前面一枝高大橡树上有一个东西。我猜是熊，我就摸刀，但见那件东西忽然发出粗而可厌的人声说道——

　　"'喂，厚颜先生，假使我不把这些树枝咬了，今晚半夜你到哪里受烧烤去呢？'

　　"那东西一面狞笑，一面将树枝搅得怪响，我胯下的马一吓立刻放开蹄子狂奔，所以我始终没有看清楚那魔鬼究竟是什么。"

　　老渔人道："不要这样说。"他将两臂叉成十字形；老妇人也照样一做，一声不发。涡堤孩张着明星似的眼向他望，说道："这一段最好的地方，是他们究竟没有烧烤他。再讲，你可爱的少年！"

　　骑士接着说——

"我的被惊吓的马背着我往树枝丛里瞎闯，他浑身是汗，也不听勒束。后来他差不多对准一石罅里冲去。其时我猛然看出我马前发现了一个顶高的白人，我马也见了，吓得停了下来。我乘机扣住了他，我又定神一看，原来方才以为大白人者是一条瀑布的一片银光，从一山脚上一直泻下来，拦断了我马的路。"

"多谢多谢，瀑布！"涡堤孩喊道，她两只手拍在一起。但是那老人却摇摇头，呆顿顿地注视他面前。

黑尔勃郎又讲——

"我刚正整理好鞍缰，我旁边突然发现一个小人，矮而丑得不可以言语形容，浑身棕黄，一个鼻子大得比他其余全体放在一起不相上下。他那横阔的口缝一咧，露出怪样的蠢笑，向我鞠上无数的躬。我不愿意和这丑东西胡闹，我就简括地谢了他，旋转我那余惊未已的马，想换一头走走，要是再碰不见什么，想就回去，那时候太阳早过了子午线，渐渐地沉西。但是忽然像电光似一闪，那小东西又站在我马前。

"我恨恨地说道：'闪开去！我的牲口很野，小心它撞倒你。'

"'嘻！'那矮子也发出怒声，这会儿笑得尤其蠢相。

"他说：'给我些钱，因为我拦住你的马；要是没有我，你同你的马不是早滚入那石罅里去了。哼！'

那矮鬼手里举着骑士给的金币，一路跳一路叫："坏钱！坏币！
坏币！坏钱！"

"'不要装出那许多鬼脸，拿钱去吧，你这谎徒，方才救我的是那瀑布，哪里是你可厌的小鬼！'说着我摸出一块金币，投在他双手张着像叫花似那怪样的小帽。我就向前，但是他在背后怪叫，忽然他又并着我的马跑得异样地快。我放开缰绳飞跑；但是他也跟着飞跑，跑得那矮鬼浑身都像脱节似的，看了又可笑又可厌。他手里举起我的金币，一路跳一路叫：'坏钱！坏币！坏币！坏钱！'他放开重浊的嗓子，狠命地喊，每次好像喊断了气。他可怕的红舌头也伸了出来。我倒慌了，只好停了下来，我问他为什么吵得这样凶。'再拿一块去，'我说，'拿两块去吧，给我滚开。'

　　"他又重新还他奇丑的敬礼，口里猖猖说道：

　　"'但是我的小先生，不是金子，这不会是金子；这类的废物我自己就有不少，等一等，我给你看。'

　　"其时忽然地皮变成玻璃似透明，地皮也变成球形，我望进去只见一大群矿工玩着金子银子。他们翻筋斗，豁虎跳，滚在一起，互以金银相击，彼此以金屑吹到面上。我那丑的伴侣，一半在里面，一半在外面；他叫他们把一堆堆金子推给他，他拿出来给我看，哈哈笑着，然后又抛进地里去。他又将我给他的金币递给下面那些人看，他们笑得半死，大家都伸长了脖子发尖声嘲我。后来他们爽性伸出涂满矿屑的指头点着我，愈吵愈凶，愈喊

最后他们都伸出污迹斑斑的指头指着骑士

愈响，愈跳愈疯，他们一大群都爬出来向我直奔。那时我可真吓了。我的马也大起恐慌。我两腿拼命一夹，它就疾电掣似飞跑，这是第二次我在林中瞎闯。

"等到我顿了下来，我觉得一股晚凉。我从树林里望见一条白色的足径，我心里一慰，想那一定是通城里的路。我就往那道上走，但是一个暗洞洞的面貌，完全白色，形状尽在那里变，从树叶里向我看。我想避了他，但是随你怎样避，他总挡着我。后来我益发很想冲他过去，但是他抛下一个大白水泡打在我同马身上，一阵昏转，连方向都认不清楚。那东西一步步赶着我们，只让我们看清楚一个方向。等到我们走上那条路，他紧跟在背后，但是似乎没有恶意的样子。过了一会儿我们四面一看，我看出那白水泡的脸是长在一个一样白的奇大无比的一个身体上。我疑心那一定是游行的水柱，但是终究不知道是什么一回事。那时马和人都倦得很，只好听那白人的指挥，他跟着一路点头，似乎说：'很对！很对！'所以直到晚来我们到了林边，我望见菜园和湖里的水，你的小村舍，那时候白人也就不知去向。"

"好容易出来了！"渔人说。他于是商量他转去的时候最好走那一条路。但是涡堤孩一个人在那里傻笑。黑尔勃郎觉得了说道：

"我以为你昨天很欢喜见我？为什么我们讲起我要离去，你这样开心？"

涡堤孩说："因为你不会成功，随你想法去渡那泛滥的涧。其实你还是不试为佳，因为那急水里下来的树枝石片，很容易将你冲得粉碎。至于这条湖，我知道父亲也不能很远地撑你出去。"

黑尔勃郎站起来，笑着，看看究竟她讲的是否事实；老人伴着他，涡堤孩在他们旁边跳。他们一看情形，她的话是对的，骑士心里打算既然如此，只好暂时在这岛上等着，水退了再走。他们走了一转，三人一齐回到屋子里，黑尔勃郎在女孩耳边轻轻说道——

"如此便怎么样呢，小涡堤孩呀？我现在要住下来你讨厌不讨厌？"

"哼，"她悻悻地答道，"算了，不要假惺惺！要不是我咬你那一口，谁知道你那故事里还有多少培儿托达哩！"

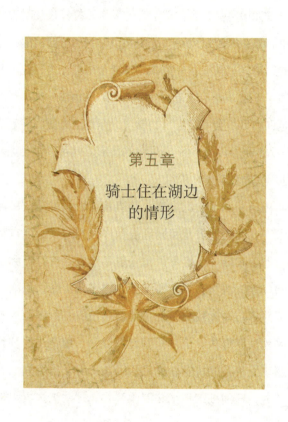

第五章

骑士住在湖边
的情形

我亲爱的读者，你们在世界上浪漫东西，也许有一天寻到个安心适意的地方，你情愿弹扑了你鞋帽上的风尘，打算过几时安静生活。我们本性里恋慕在家园过太平日子的愿望，到那时自然醒了过来；你想起未来的家庭，充满幸福和纯挚的爱情，机会难再，此地既然合适何妨就此住了下来，开手建造呢？事实上结果也许与你那时的理想大相悬殊，也许你日后会懊丧当时的错误，但是这方面我们暂且不管。我们只要各人想起生平预期平安乐境的情形，就可以体会黑尔勃郎当日在湖边住下来的心理。①

　　事有凑巧，那涧水愈泛愈宽，简直将这块长地截成岛形，黑尔勃郎心中私喜，因为他借此可以延长他作客的时候。他在村舍里寻出一张弓，他就收拾一下，每天出去射鸟作耍，有时打到了佳味，自是他们的口福。涡堤孩很不愿意他这样丧残生命，每次他带回伤禽，她总责他不应如此残酷。但是他要是没有打到东西，她一样地不愿意，因为没有野味，他们只好鱼虾当膳。她奇怪的脾气反而使得黑尔勃郎享受精美的快感，尤其因为她一阵子娇嗔满面，转眼又放出万种风流，任他细细地消化温柔幸福。那对老夫妻见他们如此亲热，自然有数；也就看待他们好比已经订婚似的，或者竟当他们

---

　　①此段文字是徐志摩根据原作衍生出来的评论，非原作中的文字。——编者注

是已婚的夫妇，因为照顾他们高年，所以移到这岛上来同住。如此
清静的生活，简直使黑尔勃郎觉得他已经是涡堤孩的新郎。他幻想
这两老一少茅舍小岛以外，再也没有世界，他就想再与世人接触也
是枉然；有时他那战马对着主人长鸣，似乎提醒催促他再干英雄事
业，有时那锦鞍上宝章猛然向着他闪发光芒，有时他挂在屋里的宝
剑从壁上跌了下来，在剑鞘里吐出悲凉的啸声，他的雄心亦未尝不

动，但是他总自慰道——"涡堤孩非渔家女，其必为远方贵族之秀嗣无疑。"

如今他听那老妇人谯呵涡堤孩，他觉得老大的不舒服。虽然这顽皮的孩子总不让人家占便宜，但他总以为他的妻子被责；可是他又不能抱怨老太太，因为涡堤孩其实恶作剧得厉害。所以结果他还是敬爱这主妇，一面自寻欢乐。

但是不多几时，他们平安的生活发生了一个小问题。平常吃饭的时候，要是户外有风（其实每天多有风），渔翁和骑士，总是一杯在手，相对陶然。这酒是渔人从前从城里带回来的，现在交通一隔绝，他们的存货已经完结，两个人都觉得不自在起来。涡堤孩还是照样开心，笑得震天价响，他们可无心加入。一到晚上她就离开屋子。她说她不愿看他们两个拉得顶长生气的脸子。刚巧那天天气又变，黄昏的辰光树里风湖里浪叫得怪响，他们心里一吓，一齐跳到门口拦住涡堤孩不许出去，因为他们记起上一次的花样。但是涡堤孩开心地拍着一双手，对他们说道：

"要是我变出酒来，你们给我什么报酬？其实我也不想报酬，只要你们今天拉得长长干燥无味的脸子，有了酒来一润，马上回复原来欢喜的样子，我就满意。你们跟我来吧。这森林的涧水送给我们一大桶好酒在岸边，要是我骗人，你们尽管罚我睡一个礼拜不许起来。"

他们似信非信跟了她去，走到涧边，果然见草堆里一个桶，而且看上去竟像上等酒桶。他们就赶紧将这桶朝屋里滚，因为天色很坏，湖礁边头的白沫溅得很高，好像他们探起头来，招呼快下来的阵雨。涡堤孩也忙着帮他们推，这时候大点的雨已经从密层层的乌云里漏下来，她仰起头来望着天说道——

"小心弄湿我们，还要好一会子我们才到家哩。"老儿听了，骂她不应该对天无礼，但是她一个人尽是咯咧咧笑着。说也奇怪，雨果然没有下来，一直等他们到了家，把桶盖子揭开，试出桶内的确是一种奇味上好的香酿，那雨才倾盆而下，树枝湖水也夹着大发声威。

他们一会儿盛上好几瓶，这一下又可以几天无忧。酒一到立刻满屋生春，老的小的，男的女的，都兴致很高，外边尽让它雷雨，他们围着炉火一起谈笑。老渔人忽然一本正经郑重地说道——

"嘻！你威灵的天父，我们不知道怎样感谢你的恩赏，但是那可怜的主人恐怕已经葬身在河里了。"

涡堤孩笑眯眯对着骑士举起酒杯，接着说："算了，再也不用管他们！"但是黑尔勃郎也庄严地说道——

"老父呀，只要我能寻得那人，我一定不辞冒险去黑暗中摸

当大暴雨即将从密层层的乌云降落在他们的头上时，她仰起头望着天
责备道："小心弄湿我们，还要好一会我们才到家哩。"

索。但是我告诉你，假使我果然找到了那酒主人或是他们一群人，我情愿照原价加倍还他。"

老人听了很中意，他点着头表示赞成他的见解，良心上的负担一去，他就高高兴兴举起杯来一饮而尽。但是涡堤孩向黑尔勃郎说：

"你要花的钱，尽花不妨事。但是你要跑出去瞎找，那不是傻子。你要是不见了我，一定连你的眼睛都哭出来，你一定得答应不去，和我们一起喝酒好。"

黑尔勃郎笑了，答道——

"唉，是的，当然！"

她说："既然如此，何必讲那蠢话。各人自己应该当心，何必旁人多管？"

老太太叹了口气，摇摇头别转了去；老头儿也不高兴，责她道：

"你倒好像是异教徒或是土耳其养大来的，但求上帝宽恕我们，你这不学好的孩子。"

"是不错，很对，但是我有我的意见，"涡堤孩接口说，"随他是谁养育我的，你说的话多不相干。"

老儿扳下脸来喝道——"少说话！"她虽然唐突惯的，这次可也吓得发颤，抱住黑尔勃郎低声问道——

"难道你在发怒吗，我美丽的朋友？"

骑士握紧她软绵似的手，拍拍她的头发。他也说不出什么话，因为老人对涡堤孩如此严厉，他很不愿意，所以这一老一小两人呆呆地坐着，彼此都生气，静悄悄过了好一阵子。

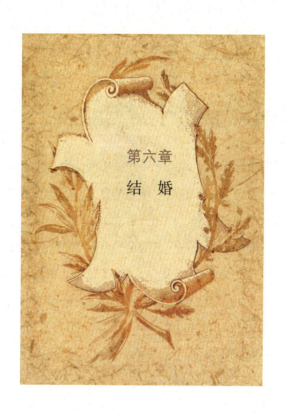

第六章

结　婚

　　正在大家觉得尴尬，忽然一阵轻轻的叩门声从静空气里传了过来，屋子里的人一齐骇然。这是我们都有经验的，一桩很无足轻重的事实，因为他突然而来，往往引起绝大的恐慌，但是这一回我们应该记得那奥妙的森林就在他们附近，而且他们这块地是人迹不到的地方，所以他们相顾惶惶。又听见打了几下，跟着一声深深的叹息。骑士就起来去拿刀，但是老人悄悄说道——"假使来的是我所虑的，有兵器也不中用。"

　　同时涡堤孩已经走近门边，厉声叫道："你若来不怀好意，你地鬼，枯尔庞自会教训你好样子。"

　　其余屋里的人，听见她古怪的话，更吓了；他们都看着她，黑尔勃郎正要开口问她，门外有人说道——"我不是地鬼，我是好好的人。要是你们愿意救我，要是你们怕上帝，你村舍里面的人，赶快让我进来！"

　　但是他话还没有说完，涡堤孩早已呀的一声把门打开，手里拿着灯往外面黑夜里一照。他们看见一个年老的牧师，他无意见这样神仙似一个少女，倒吓得缩了回去。他心里想这样荒野地方，一间小茅屋发现了如此美丽的幻象，一定是什么精怪在那里作弄他，所以他就祷告："一切善灵，颂扬上帝！"

　　涡堤孩笑起来了，说道："我不是鬼，难道我长来丑得像鬼？无论如何，你明明看见你的圣咒没有吓我。我也知道上帝，知道赞美他。神父，进来吧，屋子里都是好人。"

　　牧师战兢兢鞠了一躬，走了进来，他神气很和善可敬。但是他的长袍上，他的白胡子上，他的白发上，处处都在那里滴水。渔人同骑士立即引他到内房，拿衣服给他换，一面将他的湿衣交给老太太去烘干。这老牧师至至诚诚地谢他们，但是不敢穿那骑士取给他的锦绣的披肩。他另外选了渔人一件旧灰色外套穿上。等他回到外房，

主妇赶快将她自己的太师椅让他坐，再也不许他客气，"因为，"她说，"你年高又'累'了，而且是上帝的人。"涡堤孩老规矩将她平常坐在黑尔勃郎身旁的小凳子推到牧师的脚边，并且很殷勤地招呼这老人。黑尔勃郎轻轻向她说了一句笑话，但是她正色答道——

"他是服侍创造我们一切的他。这并不是闹着玩的事。"

于是骑士和渔人拿酒食给他，牧师吃过喝过，开头讲他昨天从大湖的对面的修道院动身，打算到僧正管区去告诉大水为灾，修道院和邻近村落都受损失。但是他走到傍晚辰光，有一处被水冲断了，他只得雇了两个船家渡他过去。

"但是，"他接着说，"我们的小船刚划得不远，大风雨忽然发作，水势既狂，旋涡更凶。一不小心，船家的桨都叫浪头打劫了去，转瞬不知去向。我们只得听天由命，几阵浪头将我们漂到湖的这边。后来我神魂飘荡，只觉得去死不远，但是我知觉回复的时候，我身子已被浪头送到你们岛上的树下。"

"你说我们岛上！"渔人说道，"本来连着对面的。但是这几天森林里的急流同湖水发了疯，我们连自己都不知道在哪里了。"

牧师说：

"我在水边黑暗里爬着，满耳荒野的声音，看见一条走熟的路，领到那边咆哮的水里。后来我见到你们屋子里的光，我就摸了过来，我不知道怎样感谢天父，他从水里救了我出来，又送我到你们这样虔敬的人家；况且我不知道我这辈子除了你们四位以外，会不会再见人类呢？"

"你这话怎样讲？"渔人问道。

牧师说："谁知道这水几时才能退？我是老衰了。也许水还没有静下去，我的老命倒用到头了。而况水势要是尽涨，你这里离陆地愈远，你的小小渔舟又不能过湖，也许我们从此再不能与世人接触也未可知。"

老主妇听了用手支着十字说道："上帝不许！"但是渔人望她笑笑，答道——

"那也并没有什么稀奇，尤其于你不相干，老妻是不是？这几年来你除了森林到过哪里？除了涡堤孩和我，你又见过什么人呢？骑士先生来了没有几时，神父刚刚到得。假使我们果真同世间隔绝了，他们两位也和我们同住，那岂不是更好吗？"

老太太说："难说得很，同世界上隔绝，想想都可怕。"

"但是你要和我们住了，你要和我们住了。"涡堤孩挨到黑尔勃郎身边轻轻地唱着。

但是他正在那里出神。自从牧师讲了最后一番话，那森林背后的世界，好像愈退愈远；这花草遍地的岛上愈觉得青青可爱，似乎

对他笑得加倍的鲜甜。他的新娘在这大地一点上好比一朵最娇艳的蔷薇婷婷开着，并且如今牧师都在身边。他一头想，那老太太见涡堤孩在牧师面前和黑尔勃郎黏得如此紧，露出一脸怒气，似乎一顿骂就要发作。骑士再也忍不住，转过来对牧师说道——

"神父呀！你看在你的跟前一个新郎和新妇。如其这孩子和她父母不反对，请你今晚就替我们结婚。"

这对老夫妇吓了一大跳。他们固然早已想到这件事体，但是他们都放在肚里，就是老夫妻间彼此也没有明讲过，现在骑士忽然老老实实说了出来，他们倒觉得非常离奇。涡堤孩顿然正色不语，呆钝钝看着地上，一面牧师在那里打听仔细实际情形，又问老夫妻主意如何。讲了好一阵子，一切都很满意的决定。主妇就起身去替小夫妻铺排新房，又寻出一对神烛来。同时骑士拿下他的金链来，打算拗成两个戒指，预备结婚时交换。但是她一看见忽然好像从她思想的底里汹了上来，说道——

"不必！我的父母并没有打发我到世上来要饭。他们的确想到迟早这么一晚总要临到我的。"

说着，她奔出门去，一会儿回来手里拿着两个宝贵的戒指，一个递给新郎，一个自己戴上。老渔人很惊骇地注视她，老太太更觉稀奇，因为他们从来不知道小孩子有这对戒指。

涡堤孩说："我的父母将这些小物事缝在我来时穿的衣服里。但是他们不许我告诉随便哪个，除非我结婚。所以我一声不响将它们藏在门外，直到今晚。"

牧师已经将神烛点起，放在桌上，打断他们的问答，吩咐那两口子站在他跟前。然后他替他们结婚，老夫妻祝福小夫妻，新娘倚在新郎身上微微颤动，在那里想心事。突然牧师喊道："你们这群人好古怪！为什么你们告诉我这岛上除了你们四人，再也没有生灵？但是我行礼的时候我见对着我一个高大穿白袍的人在窗外望。

他这时候一定到了门口，或者他要这屋子里什么东西。"

老太太跳将起来叫道："上帝禁止！"渔人一声不发摇摇头，黑尔勃郎跳到窗口，他似乎看见一道白光，突然遁入黑夜里去了。但是他告诉牧师一定是他偶尔眼花，看错了，于是大家欢欢喜喜围着炉火坐了下来。

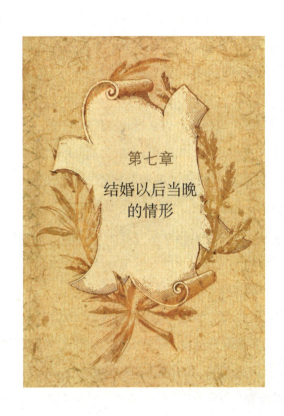

第七章

结婚以后当晚
的情形

那晚结婚行礼涡堤孩始终很知礼节，但是等得一完结，她的顽皮立刻发作，而且比往常加倍放肆。新郎、她的养父母，和她方才很敬礼的牧师，她一一都开玩笑，直到老妇人真耐不过去，放下脸来想发话。但是骑士很严肃地止住了她，意思说涡堤孩现在是他的妻子，不应随便听申斥。在事实上骑士心里也觉得她闹得太过分，但是他用尽种种方法再也不能收束她。有时新娘觉得新郎不愿意，她稍为静一点，坐在他旁边，笑着吹几句软话到他耳边，结果将他皱紧的眉山重新平解了去。但是一波未平一波又起，她不多一会儿又是无法无天地闹将起来。后来牧师也看不过，正色说道："我年轻的好友，看了你谁也觉得你活泼有趣，但是你要记住总得调剂你灵魂的音乐，使他抑扬顿挫，与你最爱丈夫的和谐一致才好。"

"灵魂！"涡堤孩喊道，她笑了起来，"你说得很中听，也许是大多数人应该服从的规则。但是一个人若然连灵魂都没有，那便怎么样呢？我倒要请教，我就是这么一回事。"

牧师还以为她和他顽皮，听了大怒，默然不语，很忧愁地将他的眼光别了转去。但是她盈盈地走到他面前，说道——

"不要如此，你要生气，也先听我讲讲明白，因为你不高兴我也不痛快，人家对你好好的，你更不应该让人家难过。你只要耐耐

心心，让我讲给你听我究竟什么意思。"

大家正在等她解释，她忽然顿了下来，好像内部一种恐怖将她抓住，她眼泪同两条瀑布似泻了出来。这一突如其来，大家也不知怎样才好，各人都踌躇不安地向她望着。过了一会儿她收干眼泪，很诚恳地朝着牧师，说道——

"有灵魂一定是一桩很欢喜的事，也是一件最可怕的事。是不是——先生用上帝名字告诉我——是不是爽性没有它倒还好些？"

她又顿了下来，似乎她眼泪又要突围而出，等着回答。屋子里的人现在都站了起来，吓得都往后退。但是她只注意牧师，同时她

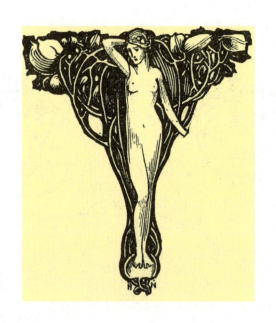

面貌上出现一种非常离奇的表情——这表情使得大家心里都充满了绝对的恐怖——

　　大家没有作声，她又接着说："灵魂一定是一个很重的负担，真是重。我只想到它快临到我，我就觉到悲愁和痛苦。你看，方才我多快活，多没有心事！"

　　她又大放悲声，将衣服把脸子蒙住。牧师很严肃地向着她，用圣咒吩咐，如其她心里有什么恶魔的变相，叫她用上帝的威灵驱他出去。但是她跪了下来，将他的圣咒背了一遍，并且赞美感谢上帝因为她心里很平安清洁。然后牧师向骑士说："新郎先生，你的新妇，我现在听你去管她。照我看来，她一点没有邪恶。虽然有些怪僻，我保举她，望你小心，忠实，爱她。"

说着他出去了，老夫妇也跟着出去，用手架着十字。

涡堤孩仍旧跪在地下，她仰起头，羞怯怯瞅着黑尔勃郎，说道——

"如今你也不要我了，但是我苦命孩子并没有闹乱子。"

她说得楚楚可怜，万分妩媚，黑尔勃郎原来一肚子恐怖和疑心，顿时飞出九霄之外，赶快过去将她抱了起来，温存了一会子。她也从眼涕里笑了出来，好比阳光照着晶莹的涧水。

她轻轻用手拍着他脸子，私语道："你离不了我，你舍不得我。"他毅然决然连肚肠角角里所有的疑惧一齐消灭——因为他曾经想他新娘或者是鬼怪的变相。但是还有一句话，他忍不住问她——

"涡堤孩我爱，告诉我一件事——那牧师敲门的时候，你说什么地鬼，又是什么枯尔庞，究竟什么意思？"

"童话！童话！"涡堤孩说，她笑将起来，重新又乐了。"开头我吓你，收梢你吓我。这算是尾声，也是结束我们新婚夜！"

"不是，这哪里是收梢。"骑士说着，早已神魂飞荡。他吹灭了烛，涡堤孩先要开口，她一朵樱桃早已被他紧紧噙住，害她气都透不过来。恰好月光如泻照着这一对情人喜孜孜地进房归寝。

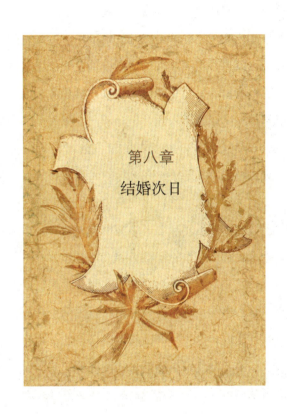

第八章

结婚次日

清晨的光亮将小夫妻惊醒。涡堤孩羞答答将被蒙住了头，黑尔勃郎已在床上睁着眼思索。他夜间一睡熟就做稀奇可怕的梦，梦见鬼怪变成美妇人来迷他，一会儿她们的脸子全变做龙的面具。他吓醒了睁开眼，只见一窗流水似的月光。他就很恐慌地往涡堤孩一看，（他伏在她胸口睡）只见她沉沉熟眠异样风流。他于是向她玫瑰似的唇上印了一吻，重新入睡，但是不一会儿又被怕梦惊觉。现在天也亮了，他完全醒了，神仙似的新娘依旧无恙，在他旁边卧着，他将过去的经验重头想了一遍，他对于涡堤孩的疑心也彻底解散。他老老实实求她饶恕，她伸出一只玉臂给他，叹了一口长气，默然不答。但是她妙眼里荡漾着万缕深情潜然欲涕，黑尔勃郎如今是死心塌地地相信她的心是完全属他再也没有疑问。

他高高兴兴起来，穿好衣服，走入客堂。他们三个人早已围炉坐着，大家满脸心事谁也不敢发表意见。牧师似乎在那里祷告祈免一切灾难。等到他们一见新郎满面欢容出来，他们方才放心。渔人也就提起兴致和骑士开玩笑，连老太太都笑将起来。涡堤孩也预备好了，出房来站在门口，大家都想贺喜她，但是大家都注意到她脸上带着一种奇特又熟悉的表情。牧师第一个很仁慈地欢迎她，他举手替她祝福。她震震地跪在他面前。她卑声下气请他饶恕昨晚种种的放肆，并且求他祝福她灵魂的健康。然后她起来，与她养父母接

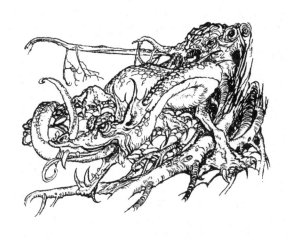

吻，谢他们一切恩德——

"我在心里感觉你们待我的慈爱，我不知怎样感激才好，你们真是可亲爱的人呀！"

她将他们紧紧抱住，但是她一觉察老太太想起了早饭，她立刻跑到灶前去料理端整，只让最轻简的事给她娘做。

她一整天都是如此——安静，和善，留心，俨然一位小主妇，同时又是娇羞不胜的新娘。

知道她老脾气的三人，刻刻提防她现狐狸尾巴，归到本来面目。但是他们的打算全错。涡堤孩始终温柔恬静，同安琪儿一样。牧师的眼再也离不了她，他再三对新郎说："先生，上天恩惠，经我鄙陋的媒介，给了你一座无尽的宝藏！你应加意看管，你一辈子已经享用不尽了。"

到了黄昏，涡堤孩温温地将手挽住她丈夫，引他到门口，那时西沉的太阳照着潮润的草和树上的枝叶。这少妇眼里望出来，似乎在那里闪着爱和愁的一簇鲜露，她樱唇上似乎挂着一温柔忧愁的秘密——这秘密的变形能听得见的只有几声叹息。她领着他愈走愈远。他说话的时候，她总是向他痴望，默默不语，这里面的消息，是一个纯粹爱情的天堂，世上不知能有多少人领略。他们走到了涨水的涧边，但是这水已经退下，前几日那样汹涌咆哮，如今又回复了平流清浅，他们看了很为惊讶。

"明天，"涡堤孩含着一包眼泪说道，"明天这水可以全退，那时你就可以骑马而去，任你何往，谁也不能阻你。"

骑士哈哈一笑说道："除非和你一起，我的爱妻呀！就是我想弃你逃走，教堂和国家，牧师和皇帝，也会联合起来，替你将逃犯捉回来的。"

"那是全靠你，那是全靠你。"涡堤孩说着，半泣半笑。"但是我想你一定要我，因为我这样爱你。现在你抱我到对面那小岛上去。我们到那边去定夺。我自己也会渡过去，不过哪里有你抱我在手里有趣，就是你要抛弃我，也让我最后在你怀中甜甜地安歇一次。"

黑尔勃郎被她说得难过，不知道怎样回答好。他抱了她过去到那岛上，他方才认明这小岛就是发水那夜他寻到涡堤孩后来抱她渡水的老地方。他将她一副可爱的负担——放在软草上，自己也预备贴紧她坐下去。但是她说："不是这里，那边，坐在我对面，在你开口之前我先要观察你一双眼。我有话告诉你，留心听着。"于是她开讲——

"我的亲爱的甜心，你一定知道，在四行（水火地林）里面都有一种生灵，他们外面的形状和人一样。只是不很让你们注目他们，在火焰里有那骇异的火灵；土里有细毒的地灵居住；在树林中有树灵，他们的家在空中；在湖海溪涧里有水灵的全族来往。他们的住所在水晶宫里；高大的珊瑚树结满青翠鲜红的果子，在他们园里生长，他们的地上铺满纯洁的海砂和美丽异样的贝壳，古代所有的异宝，和今世不配享受的奇货，都排列在浅蓝波纹的底里，丛芦苔花的中间，和舐爱的涓滴结天长地久的姻缘。水灵在此中居住，形象瑰美，大多比人类远胜。渔人打鱼的时候，往往遇见绝美的水姑，出没烟波深处，唱着人间难得的歌儿。他就告诉他同伴说她们长得多美，后来就叫她们涡堤孩。你，此刻，对面坐的，你眼里见的就是一个涡堤孩。"

　　骑士只以为他的娇妻在那里顽皮，造了一大堆话，来和他闹玩笑。但是他虽然这么想，他同时也觉得有些蹊跷，一阵寒噤从他脊骨里布遍全身，他一句话也说不出，只一直对她望着。但是她凄然摇摇头，叹了一声长气，接续又讲——

"我们原来比你们人强得多——然因我们长得和人一式，我们也自以为人——但是有一个大缺点。我们和其余原行里的精灵，我们一旦隐散，就完结，一丝痕迹也不留下，所以你们身后也许醒转来得到更纯粹的生命，我们只不过是泥沙烟云，风浪而已。因为我们没有灵魂：我们所以能行者无非是原行的力，我们生存的辰光也可以自己做主，但是等到一死，原行又将我们化为尘土；我们无愁无虑，欣然来往，好比黄莺、金鱼和一切自然美丽的产儿。但是所有生物都想上达。所以我的父亲，他是地中海里一个有势力的亲王愿意他的女孩能够得到一个灵魂，去和人类共享艰难愁苦。不过要得灵魂除非能与人发生爱情结为夫妇。现在我有一个灵魂，这个灵魂是你给我的，我最最亲爱的人呀！只要你不使我受苦，我这一辈子和身后的幸福都算了是你的恩典。假使你离弃了我，你想我如何了得？但是我不能勉强你。所以你若然不要我，立刻说出来，你独自走回对岸去就完了。我就往瀑布里一钻，那是我父亲的兄弟，他在这树林过隐士的生活，不很与他族人来往。但是他很有力，比许多大河都强，更尊重些，我到渔人家就是他带来的，那时的我是一个美丽快乐的小孩，他将要仍旧带我回父母去——我，有了灵魂，一个恋爱受苦的妇人。"

她本来还要说下去，但是黑尔勃郎一把搂住了她，充满了热情恋爱，将她抱过岸去。然后他热泪情吻，发誓决不抛弃他的爱妻，并且自以为比希腊故事里的匹马利昂（Pymalion）更幸福。（匹马利昂崇拜他石塑的女像，后来爱神怜他痴，使石像活了与他成配）涡堤孩自然心满意足，二人并肩交臂慢慢走回家来，如今她领会了人间美满的恋爱生活，再也不想她的水晶宫和她显焕的父亲了。

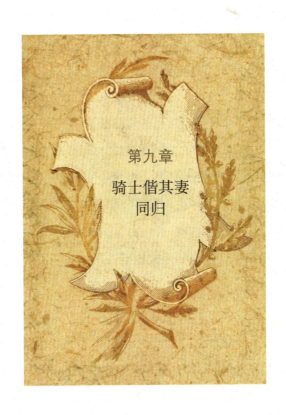

第九章

骑士偕其妻
同归

明天一早黑尔勃郎醒过来的时候，不见了共衾的涡堤孩，他不觉又疑惧起来。但是他正在胡想，她已经走近身来，吻他一下，坐在床边，说道——

　　"我今天起得早些，我去见我伯父，问定当一声。他已将水完全收了回去，他现在在树林里幽幽淡淡地流着，重新归复他隐士的生活。他水里空中许多同伴也都休息去了，所以一天星斗全已散消，随你什么时候动身都可以，你穿过树林也足都不会打湿。"

　　黑尔勃郎还有些恍恍惚惚，前后事实好像一个荒唐大梦，他怎么会同涡堤孩发生了夫妇关系。但是他外貌依旧坦然，不让涡堤孩觉察，况且这样蜜甜一个美妇人，她就是妖精鬼怪要吃他的脑髓他都舍不得逃走哩。后来他们一起站在门口看风景，青草绿水，美日和风，他稳坐在爱情的摇篮里，觉得异常快乐，他说道——

　　"我们何必一定今天动身呢？一到外边世界上去，我们再也不要想过这样幽静鲜甜的日子。让我们至少再看两三个太阳落山，再去不迟。"

　　涡堤孩很谦卑地回答说：

　　"悉听主公尊便！就是这对老夫妻总是舍不得离开我的，假使我们再住下去，使他们看见有了灵魂以后的我，充满爱情和尊严的

泉流，那时若然分别，岂不是害他们连老眼都要哭瞎了吗？现在他们还以为我暂时的平静安详，犹之没有风时候湖里不起波浪一般，我的感情不过像稚嫩的花苗而已。要若然我新生命愈加充满岂不是连累彼此都受更深切的痛苦吗？要是再住下去我这一番变化又如何瞒得过他们呢？"

黑尔勃郎很以为然。他就去见渔翁，告诉他立刻要动身，赶快预备。牧师也愿意一起上路。他们扶了涡堤孩上马，经过那水冲过一块地向森林里进发。涡堤孩吞声饮泣，老夫妻放声大哭。他们就此分别了。

三个人已经进了森林的寂静和深厚的树荫。你看这是多有趣的一幅图画，左右上下是一碧纯青好像一座绿玉雕成的宫殿，一头锦鞍玉辔的昂昂战马上坐着天仙似一个美女，一边是神圣高年白袍长袖的老牧师，一边是英武风流遍体金绣的美少年，拥护着缓缓前进。黑尔勃郎一心两眼，只在他娇妻身上。涡堤孩余悲未尽，也将她一汪秋波倾泻在她情人眼里，彼此万缕情丝互相联结。他们走了一阵，旁边忽然发现了一个行客，牧师与他随便招呼了一下。

他穿一件白袍，很像牧师那件祭服，他的帽子一直拉到眼边，他衣服很长，拖了一地，所以他走路都不很方便，时常要用手去整理。等到他对牧师说道——

"神父，我在这树林住了好几年，从来也没有想到人家会叫我隐士。我不知道什么悔罪修道，我也无罪可悔无道可修。我就爱这树林因为他又静又美，我日常在绿荫深处游行徘徊，拖着这件长白袍霍霍作响，偶尔有几缕阳光从叶缝里漏下来照着我，我总是无忧无虑，自得其乐。"

牧师答道："如此说来你是一位很隐僻的人，我很愿意多领教一点。"

他问道："你老先生又是哪里来的呢？让我们换个题目谈谈。"

神父道："他们叫我哈哀尔孟神父，我是从湖的那边马利亚格拉司修道院里来的。"

"噢，是吗？"这生客说道，"我的名字叫枯尔庞，人家也叫我枯尔庞男爵；我在这林里同飞鸟一样自由，恐怕比他们还要自由些。我乘便有句话对那女郎说。"

他本来在牧师右边走着，一刹那间他忽然在牧师的左边出现，靠近着涡堤孩，他探起身来向她耳边轻轻说了几句话。但是涡堤孩很惊慌地一缩，说道——

"你再也不要缠我。"

"哈哈，"生客笑道，"你倒结得好婚姻，连亲戚都不认了！什么，连你伯父枯尔庞都不理睬，你记不记得他当初背着你到这儿来的？"

涡堤孩答道："我一定要请求你再也不来见我。我现在很怕你，要是我丈夫见我和这样怪伴在一起，有这样稀奇的亲戚，他不要吃吓吗？"

枯尔庞说道："胡说！你不要忘记我是你此地的保护人。要不是我，那些地鬼就要来欺侮你。所以让我静静地护住你同走；这老牧师似乎比你还记得我些，方才他告诉我说他看我很面熟，他说他落水时候似乎见我在他近边。对的，当初是我一片水将他从浪里托出来，后来他平安游到岸上。"

枯尔庞笑道："小侄女，你不要忘记我是你此地的保护人。"

涡堤孩和骑士都向着哈哀尔孟神父看，但是他一路走好像做梦，人家说话他也不理。涡堤孩对枯尔庞说——

"我们快到森林边儿了，我们再也不劳你保护，其实你虽然好意而来，反而使我们害怕。所以求你慈悲，你离开我们去吧。"

但是枯尔庞似乎很不愿意。他将脸子一沉，对着涡堤孩切齿而视，她吓得喊了出来，叫她丈夫保护。电光似一闪，骑士跳到马的那边，举起利刃向枯尔庞头上砍去。但是刀锋没有碰到什么枯尔庞，倒斩着一条滔滔的急流，从一块方石上流将下来，一直冲到他们身上，骤然一响，好像一声怪笑，连他们衣服一齐溅湿。牧师顿然似乎醒过来，说道：

"我早已料到，因为这山边的涧贴紧我们流着。在先我觉得他是个人，能说话。"

在黑尔勃郎耳中，这瀑布明明在那里说话——

敏捷的骑士，

壮健的骑士，

我不生气，

我也不闹。

望你永远如此保护你可爱的新娘。

骑士，

你如此壮健，活泼的青年！

不上几步，他们已出了树林。皇城已在他们面前，太阳正在沉西，城里的楼台都好比镀金一样，他们的湿衣服也渐渐晒干。

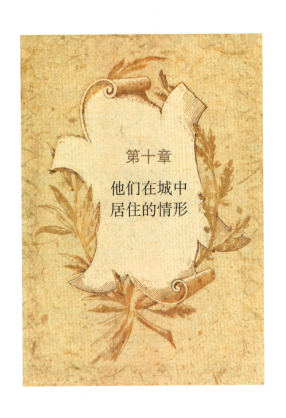

第十章

他们在城中
居住的情形

黑尔勃郎骑士的失踪早已传遍皇城，所有曾经瞻仰过他的风采或是见过他比艺的人都觉得非常忧虑。他的从人还在城里守着，但是谁也没有胆子进林去冒险寻他，接着又是大水为灾，骑士依旧音信毫无，人人都以为他已遭不幸，培儿托达也自悲蹇运，懊悔当初不该诱他进林探险。她的养父母公爵和爵夫人要来领她回家，但是她劝他们陪她一起，住在城里等骑士是死是生有了确实消息再说。同时另外有许多骑士也和她相识，她也怂恿他们进森林。但是她希望黑尔勃郎生回，所以不敢冒昧以身许人。因此她的悬赏无非是缎带、手套，至多不过一吻，谁也不愿意用性命去拼，而况去寻他们自己的情敌呢？

　　所以等到黑尔勃郎突然回来，他的从人不用说，所有城里的居民，单除了培儿托达，没有一个不惊喜交集。尤其因为他带回了一个绝美的新娘，哈哀尔孟神父证婚，大家更觉得高兴，但是培儿托达别有一腔心事，万分忧急。第一因为她到这个时候实在一心一意地爱这青年的骑士，再兼之他失踪期内她焦急的情形大家知道，如今骑士带了妻子回来，大家更要注意她的态度。但是她行为非常大方，丝毫不露痕迹，待涡堤孩也很和气。讲到涡堤孩，人家都以为是哪里国王的公主大概被什么术士咒禁在森林里，此次被骑士救了出来。他们要是再问下去，这对小夫妻或是不答或是将话岔了开去。牧师的口也是金人三缄，并且黑尔勃郎一到就叫人送他回修道院去，所以再也没有人泄露真情，大家只得瞎猜算数，就是培儿托达也想不出其中奥妙。

涡堤孩同培儿托达的交情一天密如一天。她总说："我们从前一定相识，否则你我之间定有一种很深妙的同情连锁，因为若然没有隐秘的理由，我决计不会得初次见面就这样亲切地爱你。"培儿托达也承认她一见涡堤孩就发生奇样的感情，虽然表面涡堤孩似乎是她得胜的情敌。她们两个人一密切就不愿意分离，一个就劝她的养父母，一个劝她的丈夫，大家暂缓行期。后来甚至提议培儿托达送涡堤孩到林斯推顿城堡，在但牛勃河的发源处。

一天愉快的晚上，他们在皇城市场上徘徊，周围都是高树，商量动身的事。时候已经不早，三人尽在星光下散步闲谈，市场中间有一石坛上面一个绝大的喷泉，雕刻也很美丽，水声奔洒淅沥，好比音乐一般，他们看着都说好。树影的背后露出附近人家的光亮，一面一群小孩在那里玩耍，其余偶尔路过的人也很快活。他们三个人说说笑笑，非常得意，日间他们讲起这事似乎觉得还有问题，但是现在一谈，所有困难都完美解决，培儿托达定当和他们同行。但是他们光在那里决定哪一天动身，忽然一个身量高大的人从市场中间走近他们，向他们很客气地鞠了一躬，往涡堤孩耳边轻轻说了句话。她虽然很不愿意这人来打断他们话头，她还是跟了他走开几步，他们开始用很古怪的言语谈话。黑尔勃郎猛然觉得曾经见过这人，他瞪着眼尽向他望出了神，一面培儿托达不懂怎么一回事，很慌张地问他，他也没有听见。一会儿涡堤孩很高兴地拍拍手走了回来。那人一路点头匆匆地退后，走入喷泉里面去了。如今黑尔勃郎心里想他已经明白这意思，但是培儿托达问道："亲爱的涡堤孩，那'喷泉人'问你要什么？"

涡堤孩很奥妙地笑着，回答说："后天你生日你就知道了，你可爱的孩子！"她再也不能多说。她请培儿托达和她的养父母那天吃饭，他们就分别了。

培儿托达一走开，黑尔勃郎就问他妻子："枯尔庞吗？"不觉打了一个寒噤，他们慢慢从黑暗的街上走回了家去。

涡堤孩答道："是的，是他，他想出种种诡计要费我的时光。但是他今夜可告诉我一件事，我听了很欢喜。假使你一定立刻要知道这新闻，我亲爱的主公，你只要命令一声，我就一字不遗地讲给你听。但是你若然愿意给你的涡堤孩一个很大很大的欢喜，请你等到后天，听我出其不意当众报告。"

骑士乐得做个人情，当时也就不追问。那天晚上涡堤孩睡梦中，还在那里呓语道——"后天她要知道了这'喷泉人'的新闻，培儿托达这孩子不知道是多少欢喜，多少惊异哩！"

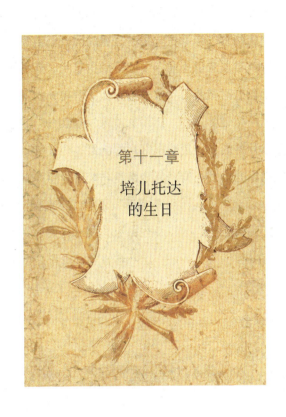

第十一章

培儿托达
的生日

那天涡堤孩请客，主客都已入席。培儿托达，遍戴珍珠花朵，朝外坐着，光艳四照，好比春季的女神；她的两旁是涡堤孩和黑尔勃郎。等得正菜吃过，点心送上来时，德国旧时习惯，照例直开大门，好使外边人望进来看见，是与众共乐的意思。仆役拿盘托着酒和糕饼分给他们。黑尔勃郎和培儿托达都急于要知这涡堤孩答应报告的消息，老是望着她。但是她不加理睬，独自眯眯笑着只当没有那回事。和她熟悉的人，见得出她欢容满面，两叶樱唇，笑吟吟好像时常要吐露她忍着的秘密，但是她盘马弯弓故意不发，好比小孩难得吃到一块甜食，舍不得一起咽下，含含舐舐，还要摸出来看看。黑尔勃郎和培儿托达明知她在那里卖关子，可也没有法想，只得耐着，心里怦怦地跳动，静等这乖乖献宝。同座有几个人请涡堤孩唱歌。她很愿意，叫人去取过她的琴来，弹着唱道——

> 朝气一何清，
> 花色一何妍，
> 野草香且荣兮，
> 苍茫在湖水之边！
> 灿灿是何来！
> 岂其白华高自天，

跌入草田裾前哉？

呀！是个小孩蜜蜜甜！

蜜蜜甜无知亦无恕，

攀花折草儿自怜，

晨光一色黄金鲜，

铺遍高陌和低阡。

何处儿从来？蜜饯的婴孩，

儿从何处来？

远从彼岸人不知，

湖神载儿渡水来。

儿呀！草梗有刺棘，

小手嫩如芽，

儿切莫乱抓，

草不解儿意，

花亦不儿语，

红红紫紫徒自媚，

花心开蘂香粉坠，

儿亦无人哺，

饥饿复奈何，

儿以无娘胸，

谁唱"罗拉"歌；

阿儿初自天堂来，

仙福犹留眉宇间，

问儿父母今何在，

乖乖但解笑连连。

看呀！大公昂藏骑马来，

收缰停马止儿前，

锦绣园林玉楼台，

儿今安食复安眠，

无边幸福谢苍天，

儿今长成美复贤，

唯怜生身父母不相见，

此恨何时方可消。

涡堤孩唱到此处琴声戛然而止，她微微一笑，眼圈儿还红着。培儿托达的养父母公爵和爵夫人也听得一包眼泪。公爵很感动，说道："那天早上我寻到你，你可怜蜜甜的孤儿，的确是那样情形！歌娘唱得一点不错，我们还没有给你最大的幸福。"

涡堤孩说道："但是你们应该知道那两老可怜的情形。"她又拨动了琴弦唱道——

培儿托达

娘入房中寻儿踪，

鼠穴虫家尽搜穷，

阿娘泪泻汪洋海，

不见孩儿总是空。

儿失房空最可伤，

光阴寸寸压娘肠，

哭笑咿呀犹在耳，

昨宵儿摇入睡乡。

门前掬实又新芽，

明媚春光透碧纱，

阿娘觅儿儿不见，

满头飞满白杨花。

白日西沉静暮晖，

鹧鸪声里阿翁归，

为怜老妻犹强笑，

低头不觉泪沾衣。

阿父知是兆不祥，

森林阴色召灾殃，

如今只有号啕母，

不见娇儿嬉筐床。

"看上帝面上，涡堤孩，究竟我父母在哪里？"培儿托达哭着说，"你一定知道，你真能干，你一定已经寻到了他们，否则你决计不会使我这样伤心。他们也许就在此地？会不会是——"

　　她说到这里，向同席的贵人望了一转，她眼光停住在一个皇室贵妇身上，她坐在公爵夫妇旁边。涡堤孩站起来走到门口，她两眼充满了极烈的感情。

　　"然则我可怜的生身父母究竟在哪里呢？"她问道，说着老渔人和他妻子从门前群众里走了出来。他们的眼，好像急于问讯，一会儿望着涡堤孩，转过去又看着遍体珠罗的培儿托达，两老心里早已明白她就是他们遗失的爱女。"是她。"涡堤孩喜得气都喘不过来，这一对老夫妇就饿虎奔羊似赶上去抱住了培儿托达，眼泪鼻涕，上帝天父，斗个不休。

　　但是培儿托达又骇又怒，推开了他们向后倒退。她正在那里盼望发现出一对天潢贵胄的父母，来增加她的荣耀，她又生性高傲，哪里能承认这一双老惫低微的贱民。她忽然心机一动，想不错，一定是她的情敌安排的诡计，打算在黑尔勃郎和家人面前羞辱她的。她一脸怒容向着涡堤孩，她又恨恨地望着那一对手足无措的老百姓。她开口就骂涡堤孩摆布她，骂渔翁夫妻是钱买来索诈的。老太太自言自语地说道："上帝呀，这原来是个恶女人，但是我心里觉得生她的是我。"渔翁捻紧了手，低头祷告，希望她不是他们的女儿。涡堤孩一场喜欢，如今吓得面如土色，睁大了眼看看这个，又看看那个，她再也料不到有这场结果。

"你有没有灵性？你究竟有灵魂没有，培儿托达喂！"她对她发怒的朋友说，好像疑心她在那里发魔，是失落了神智，想唤她醒来。但是培儿托达愈闹愈凶，被拒的一对不幸父母爽性放声大号，看客也都上来各执一是，吵个不休，涡堤孩一看神气不对，她就正颜严色吩咐有事到她丈夫房里去讲，大家都住了口。她走到桌子的上首，就是培儿托达坐的地方，大家的目光都注着她，她侃侃地演说道——"你们如此愤愤地对她看，你们吵散了我畅快的筵席，唉！上帝，我再也想不到你会这样蠢，这样硬心肠，我一辈都猜不透什么缘故。如今结果到如此田地，可并不是我的错处。相信我，这是你的不是，虽然你自己不肯承认。我也没有话对你说，但是有一件事我要声明——我没有说谎，我虽然没有事实上的证据，但是我所说的我都可以发誓保证。告诉我这件事的不是旁人，就是当初将她诱入水去，后来又将她放在草地上使公爵碰到那个。

"她是个妖女！"培儿托达顿然叫了出来，"她是个女巫，她同恶鬼来往！她自己承认的！"

"那个我不承认，"涡堤孩答道，她满眼自信力和纯洁可敬的神情，"我不是女巫。你们只要看我就明白。"

培儿托达接口说："然则她造谎恫吓，她不能证明我是那些贱民的女儿。我公爵的父母，我求你们领了我出这群人出这城子，他们只是欺侮诬毁我！"

但是高尚的公爵依旧站着不动。爵夫人说道——"我们总要明白这回事。天父在上，此事若不是水落石出，我决不离此室。"

于是渔人的妻子走到她旁边，深深福了一福。说道——

"我在你高贵敬天的夫人面前，披露我的心。我一定得告诉你，若然这恶姑娘是我的女儿，她的两肩中间有一点紫罗兰色的记认，还有她左足背上也有一点。只要她愿意跟我出这个厅堂去——"

培儿托达抗声说道："我不愿意在那个村妇面前解衣。"

"但是在我面前你是愿意的，"爵夫人很严厉地说道，"你跟我到那里房里去，这仁善的老太太也来。"

三个人出去了，堂上剩下的人鸦雀无声地静候分晓。过了一会儿，他们回了进来，培儿托达面无人色，爵夫人说道——

"不错总是不错，我所以声明今天女主人所说的都已证实。培儿托达的确是渔人夫妇的女儿，大概你们旁观人所要知道者也

"她的两肩中间有一点紫罗兰色的记认，还有她左足背上也有一点。"

尽于此。"

　　爵爷和夫人领了他们养女走了出去，爵爷示意渔人和他妻子也跟了去。其余都私下议论。涡堤孩一肚子委屈，向黑尔勃郎怀里一倒放声悲泣。

第十二章

他们从皇城
动身旅行

林斯推顿的爵士（黑尔勃郎）并不愿意那天纷乱的情形。但是事实上既已如此，他反而觉得很满意，因为他的娇妻临事如此忠实，恳切，尊严。他心里想："如其我果然给了她一个灵魂，我给她一个比我自己的还强些。"他所以赶快来慰藉悲伤的涡堤孩，打算明天就动身，因为出了这桩事体以后，她对于这地方也不会再有多大兴会。但是舆情对于她还是没有改变。非常事实的发现往往有些预兆，所以培儿托达来源的证明也没有引起多大的惊异，众人很多反对她，因为那天她行为过于暴烈。但是他们夫妻不很知道这情形。他们再也不愿多麻烦，所以三十六策走为上策。

　　明天一早一驾清洁的马车已经在客寓门口等涡堤孩。黑尔勃郎和他从人的马也都预备好了。骑士刚领着他夫人走出门来，一个渔装女郎走了上来。

　　黑尔勃郎说道："我们不要你的货，我们正在动身。"

　　女郎啜泣起来，他们才觉察她是培儿托达。他们领了她重新进去，一问才知道公爵夫妇怪她那天行为过于焦躁，不愿意继续养她，虽然给了她一份很厚的嫁奁。渔人夫妇受了他们奖赏，那天晚上已经回他们天地去了。

　　"我想跟他们同回去，"她接着说，"但这老渔人，人家说他是我父亲——"

　　"他们说的不错，培儿托达，"涡堤孩插口道，"那天你以为
'喷泉人'者确实对我说的。他叫我不要领你一起回林斯推顿城堡
去，所以他泄露这机密。"

　　"然则，"培儿托达说，"我的父——既然如此——我的父
说道：'我不要你，除非你脾气改过。你要跟我们独身穿过这树
林，那才证明你爱我们。但是不要再摆女爵主架子，你要来就是
个渔娘。'我很想听他吩咐，因为全世界都已经不认识我，我

愿意和我穷苦的父母独自过一世渔家女的生活。但是，老实说，我实在不敢进森林去。里面多是妖精鬼怪，我又如此胆小。但是有什么办法呢？我此时无非来向林斯推顿的贵妇赔罪，求她饶恕我前天种种无礼。夫人呀！我知道你是一番好意，但是你不知道我听了你的话好像受伤一样，我又骇又怒，忍不住滚出了许多鲁莽疯狂的说话。宽恕我吧！宽恕我吧！我是如此十分倒运。你只要替我设身处地想想，昨天开宴之前，我是如何身份，但是我今天呢？"

她涕泗滂沱说了这一番话，她的手抱住了涡堤孩的项颈。她也感动得半晌说不出话来，但是末了她说——

"你跟我们一起到林斯推顿去吧；一切都照我们前天的预算；只要你仍旧叫我的名字，不要什么夫人呀、贵妇呀闹不清楚。你要知道我们从小的时候彼此交换，但是从今以后我们住在一起，再没有人力能够分散我们。但是第一件事就是你陪我们去林斯推顿。我们犹如姊妹一样，有福同享，快在此决定吧。"

培儿托达满面羞容瞟过眼去望着黑尔勃郎。他看她受了这样委屈，早动了恻隐之心，连忙伸出手来挽住了她，亲亲切切地请她放心，他们夫妇总不会亏待她。

他说："我们会派人去关照你父母为什么你不回家。"他接着替那对老夫妇想法子，但是他觉得培儿托达一听见提起她父母就双眉紧蹙，他就将话岔了开去，再也不提。他就携着她手，送她上车，其次涡堤孩；自己骑上马，并着她们的车欣欣上路，一会儿出了皇城，将种种不快意的经验一起弃在后面。二位女眷坐在车上也说说笑笑，吸着新鲜空气，浏览着乡间景色。

赶了几天路程，他们一天傍晚到了林斯推顿的城堡。所有的侍从一齐上来拥住了他们幼主，交代一切，所以涡堤孩独自和培儿托达一起。她们爬上了堡塞的高墙，赏玩下面希华皮亚的景色。忽然一个高人走了上来，对她们恭恭敬敬行了个礼，培儿托达猛然记起了那晓皇城市场上所见的喷泉人。涡堤孩旋过去向他一看，露出不愿意带着威吓的神色，培儿托达想一定就是那怪，正在惊疑，那人一路颠头，匆匆退下，隐入邻近一座灌木林中去了。但是涡堤孩说道——

"不要怕，亲爱的小培儿托达，这一次他再也不会来缠你了。"

她于是从头至尾将这段故事一齐讲了出来，她自己是谁；培儿托达如何离开她的父母；她自己如何到他们那里去。培儿托达开头听了很吓。她以为她朋友忽然疯了，但是她愈听愈信，恍然明白。她想想真奇怪，从小听见的荒唐故事，如今非但亲身经历，而且自身受了一二十年的播弄，方才打破这谜。她很尊敬地看着涡堤孩，但是禁不住发了一个寒噤，总觉得她是异类；一直等到他们坐下吃夜饭，她心里还在那里疑虑黑尔勃郎如何会得同鬼怪一类东西发生恋爱。

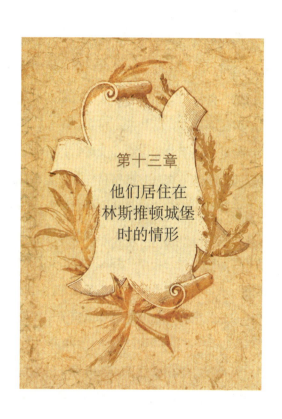

第十三章

他们居住在
林斯推顿城堡
时的情形

写下这故事来的人，因为他自己心里很受感动，所以希望人家看了也可以一样感动，但是他要向读者诸君道一个歉。他要请你们原谅，如其他现在用很简的话报告你们在一长时期内所发生的事件。他明知道他很可以描写如何一步一步黑尔勃郎的爱情渐渐从涡堤孩移到培儿托达，如何培儿托达的热度逐渐增高和他做爱，如何他们合起非但不可怜涡堤孩，而且视为异族，逐渐地疏忽她，如何涡堤孩悲伤，如何她的眼泪和骑士良心上戳刺，再也不能回复他从前对她的恋爱，所以虽然他有时对她还和气，一会儿又发了一个寒噤，抛开了她，去和真人的女郎培儿托达寻欢谈爱；作者很知道这几点都可以，并且也许是应该，从详叙述，但是他心肠硬不起来，因为他生平也有过同样的经验，如今想起了，心里还像椎刺，眼泪如面条一般挂将下来，何况动手来写呢？亲爱的读者呀！大概你们也免不了有同样的感觉吧？人世间的趣味原应该用痛苦来测量。假使你在这行业里面，你所得的痛苦比你给人的痛苦来得多，你就赚了钱，发了财。因为在这类情形之下，所有唯一的感觉，无非你灵魂中心窝里蜿蜒着几丝蜜甜的悲伤，精美的幽郁，或者你想到了那一处园里湖上从前是你销魂的背景，如今都如梦如寐，渺若山河，你鼻脊里就发出一阵奇酸，两朵水晶似泪花，从眼眶里突了出来，慢慢在你双颊上开了两条水沟。好了，我也不再多说下去，我并不愿意将你们的心刺成千疮百孔，让我言归正传，简简地接着讲吧。①

可怜的涡堤孩异常悲伤，而他们两个也并不真正快乐，但是培儿托达还不满意。她于是逐渐地专制跋扈起来，涡堤孩总是退让，再加之一个情热的黑尔勃郎处处总袒护她。同时城堡里生活也反常起来，到处有鬼灵出现，黑尔勃郎和培儿托达时常碰到，但是以前从来也没有听见过。那个高白人，黑尔勃郎是很熟悉了，认识是枯尔庞，培儿托达也知是喷泉怪，也时常在他们二人跟前出现恫吓，尤其欺凌培儿托达，她有一次甚至吓得害病，所以她时常决意要离开这城堡。但是她依旧住下去，一部分为她恋爱黑尔勃郎；一部分因为她自恃清白，就有鬼怪也没奈何她，并且她也不知道往哪里去好。这老渔人自从接到了林斯推顿爵士的信告诉他培儿托达和他一起住着，他就乱七八糟写了一封回信，他一辈子也不知写过几封信，他的文字之难读可想而知。他信里说道——

"我现在变了一个孤身老头，因为我亲爱忠信的妻子已经到上帝那里去了。但是我虽然寂寞！我情愿有培儿托达的空房不希望她回来。只要你警戒她不要伤损我亲爱的涡堤孩，否则我就咒她。"

这几句话培儿托达只当耳边风，但是她可记得她父亲叫她住在

---

① 此段文字是徐志摩根据原作衍生出来的评论，非原作中的文字。——编者注

外面，这种情形本来很普通的。

有一天黑尔勃郎骑马去了，涡堤孩召集了家里的仆役，吩咐他们去拿一大块石头来盖塞了堡庭中间华美的喷泉。仆役们抗议因为喷泉塞住了，他们要到下边山石里去取水。涡堤孩显出忧伤的笑容，说道——

"我很抱歉使你们要多忙些，我很情愿自己下山去取水，但是这喷泉非关塞不可。听我的话，再没有旁的办法。我们虽然有些不方便，但是我们可以免了很大的不幸。"

所有的仆役都高兴女主人如此和气诚恳，他们再也不抗议，一齐下去扛了一块大的石块上来。他们刚放下地，预备去盖住泉眼，培儿托达跑将过来，喊着止住他们。她每天自己也用这泉水洗涤，所以她不答应将它关塞。但是平常虽然总是涡堤孩让步，这一步她却不放松；她说她既然是一家的主妇，一切家里的布置当然要照她吩咐，除了爵主以外她不准第二人干涉。

"但是你看，哼！看吧！"培儿托达叫道，又恼又急——"看，这可怜的水缠绕地喷着，似乎它知道要遭劫，它再也不得见阳光，再也不能像镜子似的反照人面。"她正说着，这水突然高冲，发出尖利的响，好像有东西在里面挣扎着要冲出来似的，但是涡堤孩益发坚定地命令立刻下手封盖。这班下人很愿意一面讨好女

主人，一面惹怒培儿托达，也不管她大声狂吼恫吓，他们七手八脚一会儿将这泉口掩住。涡堤孩倚在上面沉思了一会儿，伸出她尖尖的玉指在石面上写了好些。但是她一定在手中藏着一种尖利的器具，因为她一走开，人家过去看的时候只见上面刻着种种奇形的文字，谁都不认识。

黑尔勃郎晚上回家，培儿托达接住了他，淌着眼泪抱怨涡堤孩的行径。他怒目向着他妻子，但是她，可怜的涡堤孩，很忧伤地敛下了她的眼睫。然后她平心静气地说道——

"我们主公和丈夫，就是定罪，一奴仆也给他一声辩的机会。何况他自己正式的妻子呢？"

"那么你说，为什么你有这样奇异行为？"骑士说着，满面霜气。

涡堤孩叹口气说道："我不能在人前对你说。"

他答道："培儿托达在这里你告诉我还不是一样？"

"是，假使你如此命令我，"涡堤孩说，"但是你不要命令。我求恳你，不要如此命令。"

她说得又谦卑，又和气，又顺从，骑士的心里忽然回复了从前快乐日子的一线阳光。他执住了她的手，引她到他的房里，她于是说道——

"你知道我们凶恶的枯尔庞伯父，我亲爱的主公，你也时常在堡塞的廊下受他的烦扰，是不是？他有时甚至将培儿托达吓出病来。看起来他并没有灵魂，他无非是一个外界元行的镜子，在这里面照不出内部的境界。他只见你时常和我不和睦，见我一个人为此时常哭泣，见培儿托达偏拣那个时候欢笑。结果是他想象了许多愚笨的见解，要动手来干涉我们。我就是抱怨他叫他走，又有什么用？他完全不相信我的话。他卑微的本性估量不到爱情的苦乐有这样的密切关系，两件事差不多就是一件事，要分开他们是不成功的。笑是从泪湿的心里出来，泪是从喜笑的眼里出来。"

她仰起来望着黑尔勃郎，娇啼欢笑，一霎那从前恋爱的速力又充满了骑士的心坎。她也觉得，将他搂紧在胸前，依旧淌着欢喜的眼泪接着说道——

"既然扰乱治安的人不肯听话，我没有法想，只得将门堵住不许他再进来。而他接近我们唯一的路就是那喷泉。他和邻近的水灵都有仇怨。从再过去的一个山谷，一直到但牛勃河如其他的亲知流入那河，那边又是他的势力范围了。所以我决定将喷泉封盖起，我在上面还写着符咒，如此他也不会来干涉你，或是我，或是培儿托达。固然只要小小用些人力就可以将那块石盖移去，又没有什么拦

阻。假使你愿意，尽管照培儿托达主意做去，但是你要知道她再也想不到她执意要的是什么东西。枯尔庞那粗人尤其特别注意她，要是他时常对我所预言的果然有朝发现，难说得很，我爱，要知道事体不是儿戏呢？"

黑尔勃郎听了很感激他妻子的大量，她想尽种种方法，将她自己的亲人摒斥，为的非但是一家的安宁，并且也体谅到培儿托达。他将她抱入怀中很动感情地说道——

"那块石头准他放上，从此谁也不许移动，一切听你，我最甜美的小涡堤孩。"

她也软软地抱紧他，心里觉得天堂似快乐，因为夫妻生疏了好久，难得又听见了这样爱膏情饯的口吻。二人着实绸缪了一下，最后她说道——

"我最亲爱的一个，你今天既然这样甜美温和，可否让我再恳一个情？你只要自己知道，你同夏天一样，就是阳光照耀的时光，说不定云章一扯起，风雨雷电立刻就到眼前。这固然是自然的威灵，犹之人间的帝王。你近来动不动就发脾气，开口看人都是严厉得很，那固然很合你身份，虽然我总免不了孩子气，往往一个人哭泣，但是请你从今以后千万不要在近水地方和我发气，因为水里都是我的亲戚，他们无知无识只见我被人欺凌就要来干涉，他们有力量将我劫了回去，那时我再也不得出头，这一辈子就离不了水晶宫殿，再也不能和你见面，就是他们再将我送回来，那时我更不知如何情形。所以求你，我的甜心，千万不要让这类事发生，因为你爱你可怜的涡堤孩。"

他郑重答应听她的话，于是夫妇一同走出房来，说不尽的畅快，彼此充满了恋爱。培儿托达走过来，带了好几个工人，一脸怒容说道——

"算了，秘密会议已经完毕，石头也可以搬走了。去，你们去扛下来。"

但是骑士很不满意她如此跋扈，放了脸子，简简说道——"石头准他盖上。"他接着说培儿托达不应与涡堤孩龌龊。那群工人一看如此形景，暗暗好笑，各自搭讪着走了开去。培儿托达气得面色发青，旋转身奔向她自己房中去了。

晚饭时间到了，培儿托达还不出来。他们就差人去看她，但是她房中空空，只留下一封信给骑士。他骇然拆封，读道——

"渔家贱婢，安敢忘形。孟浪之罪，无可祷也。径去穷舍，忏悔余生。夫人美慧，君福无涯。"

涡堤孩深为愁闷。她很热心地催黑尔勃郎赶快去寻回他们的逃友。其实何必她着急呢？他从前对培儿托达的感情重新又醒了过来。他立刻电掣似遍查堡内，问有人曾见女郎下山否。大家都不知道，他已经在庭中上了马，预备沿着他们当初来路寻去。刚巧有人上山来报告说，有一女郎下山，向"黑谷"而去。箭离弦似的，骑士已经驰出了堡门，往"黑谷"追去，再也听不见窗口涡堤孩很焦急地喊道——

"到黑谷去吗？不是那边，黑尔勃郎，不是那边！就是要去也领我同去！"

但是他早已影踪毫无，她赶快叫人预备她的小马，放足缰绳，独自追他去了。

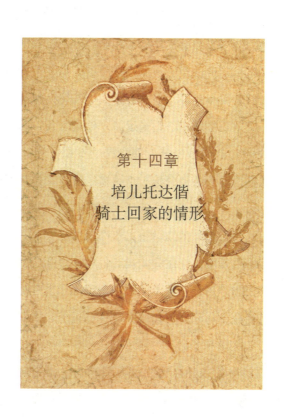

第十四章

培儿托达偕
骑士回家的情形

黑谷深藏在万山之中，人迹罕到之处。邻近居民以其隐秘故名之曰黑谷，其中深林箐密，尤多松树。就是山缝里那条小河也是黑蔚蔚地流着，似乎紧锁眉头，幽幽地声诉不见天日之苦。现在太阳早已落山，只剩了黄昏微茫，那山林深处，益发来得荒惨幽秘。骑士慌慌张张沿着河岸前进，他一会儿又怕跑得太匆忙，跑过了她的头；一会儿又急急加鞭，防她走远了。他此时入谷已深，照理他路如其没有走错，他应该就赶上那步行的女郎。他一肚子胡思乱想，深恐培儿托达迷失。他想她一个娇情的女孩，如今黑夜里在这荒谷中摸路，天色又危险得很，暴风雨就在眼前，要是他竟寻不到她，那便如何是好。最后他隐隐望见前面山坡上一个白影子，在树荫里闪着。他想这是培儿托达的衣裙，他赶快想奔过去。但是他的马忽然倔强，使劲地后退，骑士不想浪费时间而且在树堆里寻路又麻烦，骑士急得跳下马来，将马缚在一棵枫树上，独自辟着丛草前进。他眉毛上颊上滴满了树枝的露水，山头雷声已起，一阵凉风，呼的一声刮得满林的枝叶，吼的吼，叫的叫，啸的啸，悲鸣的悲鸣，由不得骑士打了一个寒噤，觉得有点心慌。好容易他望过了那白影子，似乎有人晕倒在地，但是他决不定那一堆白衣是否培儿托达那天穿的。他慢慢走近跟前，摇着树枝，击着他刀——她不动。

　　"培儿托达！"他开头轻轻地叫了一声，没有回音，他愈叫愈响——她还是听不见一样，寂无声息。他便尽力气叫了一声"培儿托达"！隐隐山壁里发出很凄凉的回音："培——儿——托——达。"但是躺着那个人依旧不动。他于是伛了下去；偏是夜色已深，他也辨不出他的眉目。但是现在他有点疑心起来，用手向那一堆去一撩，刚巧一阵闪电将全谷照得铄亮。他不看还可，一看只见一只奇形异丑的脸子，听他阴惨的声音说道——

"来接吻吧，你相思病的牧童！"

黑尔勃郎吓得魂不附体，大叫一声，转身就跑，那丑怪在后面追。"家去吧！"他幽幽说着，"那群妖怪醒了！家去吧！哈哈！如今你逃哪里去！"他伸过一双长白臂去抓他。

"丑鬼枯尔庞！"骑士提起胆子喊道，"原来是你这鬼怪！这里有个吻给你！"说着他就挥刀向他脸上直砍。但是他忽然变成一堆水，向骑士冲来。

骑士现在明白了枯尔庞的诡计，他高声自言道："他想威吓我抛弃培儿托达，我要一回头，那可怜无告的女孩，岂非落入他手，受他魔虐，那还了得。但是没有那回事，你丑陋的水怪，谅你也不知道人心的能力多大。他要是将生命的势力一齐施展出来、谁也没奈何他，何况你区区的精灵。"他一说过顿觉胆气一壮，精神陡旺。说也凑巧，他运气也到门了。他还没有走到他缚马的地点，他

111

培儿托达在黑谷

明明听见了培儿托达悲咽的声浪；她就在他左近，所以他在雷雨交加之中能听出她泣声。骑士似获至宝，展步如飞往发声处寻去，果然觅到了培儿托达，浑身发颤，用尽力气想爬过一山峰，逃出黑谷的荒暗。他迎面拦住了她，那孩子虽然骄傲坚决，到了这个时候，由不得不惊喜交集，她心爱的人果然还有良心冒着黑夜电雨，赶来救她出此荒惨可怕的环境。一面骑士说上许多软话央她回去。她再也不能推辞，默不作声跟着他就走。但是她娇养惯的如何经得起这一番恐慌跋涉，好容易寻到了那马，她已经是娇喘不胜，再也不能动弹。骑士从树上解下了马缰，预备挟他可爱的逃犯上马，自己牵着缰索向黑荫里赶路回家。

但是这马也教枯尔庞吓得慌张失度，连骑士自己都上不了马背，要将培儿托达稳稳抬上去绝对不能。他们没有法想只得步行上道；骑士一手拉着马缰，一手挽住踉跄的培儿托达，她也很想振作起来，好早些走出这黑谷，但是她四肢百骸多像棉花一般再也团不拢来，浑身只是瑟瑟地乱颤，一半因为方才一阵子趁着火性身入险地，行路既难，枯尔庞又尽跟着为难，吓得她芳心寸乱，此时虽然神智清楚一点，但是满山隆隆的雷响，树林里发出种种怪声，闪电又金蛇似横扫，可怜培儿托达如何还能奋勇走路。

结果她从骑士的手中瘫了下去，横在草苔上面，喘着说道——

"让我倒在此地吧，高贵的先生呀！我只抱怨自己愚蠢，如今我筋疲力绝，让我死在此地吧！"

"决不，决不，我的甜友呀，我决不抛弃你！"黑尔勃郎喊道，一面使尽气力扣住那匹马，现在他慌得更厉害，浑身发汗，口里吐沫，骑士无法，只得牵了它走开几步，因为恐怕它践踏了她。但是培儿托达以为他果真将她弃在荒野，叫着他名字放声大哭起来，他实在不知道怎样才好。他很愿意一撒手让那咆哮的畜生自由向黑夜里乱冲去，但是又怕他的铁蹄，落在培儿托达身上。

正在左右为难，踌躇不决，他忽然听见一辆货车从他背后的石路上走来，他这一喜，简直似天开眼了一般，他大声喊救；那边人声回答他，叫他别急，就来招呼他。不到一会儿，他果然看见两只颁白的牲口从丛草里过来，那车夫穿一件白色的外衣，一车的货物，上面盖住一块大白布。那车夫高声喊了一个"拔尔"，牲口就停了下来。他走过来帮骑士收拾那唾沫的马。

"我知道了，"他说，"这畜生要什么。我初次经过此地，我的牲口也是一样的麻烦。我告诉你这里有一个恶水怪，他故意捣乱，看了乐意。但是我学了一个咒语，你只要让我向你牲口耳边一念，他立刻就平静，你信不信？"

"好，你快试你的秘诀吧！"焦躁的骑士叫道。他果然跑到那

114

马口边去念了个咒语。一会儿这马俯首帖耳平静了下来，只有满身的汗依旧淌着。黑尔勃郎也没有工夫去问他其中奥妙。他和车夫商量，要他将培儿托达载在他车上货包上面，送到林斯推顿城堡，他自己想骑马跟着。但是那马经过一阵暴烈，也是垂头丧气，再也没有力量驮人。所以车夫叫他也爬上车去，和培儿托达一起，那匹马他缚在车后。

"我的牲口拉得动。"车夫说。骑士就听他的话，和培儿托达都爬上货堆，马在后面跟着，车夫很谨慎地将车赶上路去。

如今好了，风雷也已静止，黑夜里寂无声息，人也觉得平安了，货包又软，也没有什么不舒服，黑尔勃郎和培儿托达就开始讲话彼此吐露心腹。他笑她脾气这样大，搅出一天星斗，培儿托达也羞怯怯地道歉。但是他句句话里都显出恋爱的光亮，她心坎里早已充满了那最神秘的质素，如今止不住流露出来。骑士也是心领神会，寻味无穷，一张细密的情网轻轻将他们裹了进去。

两人正在得趣，那车夫忽然厉声喊道："起来！牲口！你们举起脚来！牲口，起劲一点！别忘了你们是什么！"

骑士探起头来一望，只见那马简直在一洼水里汆着车轮像水车一般地转，车夫也避那水势，爬上了车。

"这是什么路呢？倒像在河身里走，怎么回事？"黑尔勃郎喊着问那赶车的。

"不是，先生！"他笑着答道，"不是我们走到河里，倒是河水走到我们路上来。你自己看，好大的水。"他的话是对的，果然满谷都是水，水还尽涨着。

"那是枯尔庞，那好恶的水怪。你有什么咒语去对付他没有？我的朋友。""我知道一个，"赶车的道，"但是我不能行用它，除非你知道我是谁。""谁还和你开玩笑？"骑士叫道，"那水愈涨愈高，我管得你是谁。"

"但是你应得管，"赶车的道，"因为我就是枯尔庞。"说着他一阵狂笑，将他的丑脸探进车来，但是一阵子车也没有了，牲口也不见了，什么东西都消化到烟雾里，那车夫自己变成一个大浪，嘭的一声将后面挣扎着的马卷了进去；他愈涨愈高，一直涨得水塔似一座，预备向黑尔勃郎和培儿托达头上压下，使他们永远葬身水窟。

但是在这间不容发的危急时刻，涡堤孩干脆的声音忽然打入他们耳鼓，月亮也从云端里露了出来，涡堤孩在山谷上面峰上站着。她厉声命令，她威吓这水，凶恶的水塔渐渐缩了下去，呜呜地叫着，河水也平静下去，反射着雪白的月色；涡堤孩白鸽似从高处抢了下来，拉住了黑尔勃郎和培儿托达，将他们带上高处草地，她起劲安慰他们。她扶培儿托达上她骑来的小白马，三人一起回家。

116

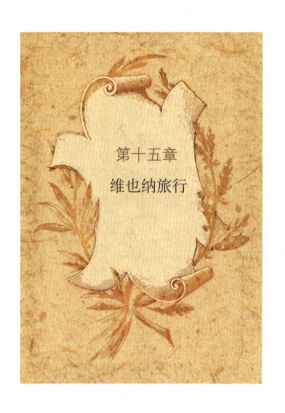

第十五章

维也纳旅行

经过了这一番捣乱，城堡里过了好一时安静生活。骑士也愈加敬爱他妻子的神明甜美，这回拼着命救他们出枯尔庞和黑谷的险。涡堤孩光明磊落，自然心神舒泰，并且因为丈夫的感情回复，她尤其觉得安慰。培儿托达受了这次经验，形迹上也改变了好多，她骄恣的习气，换成了温和知感的情景，她好胜的故态也不复显著。每当他们夫妻讲到塞绝喷泉或是黑谷冒险两桩事，她总很和婉地求他们不要提起，因为前一件事使她窘愧，后一件事使她害怕。本来两事都成陈迹，原无讨论之必要。所以林斯推顿堡里，只见平安欢乐。大家心里也都如此想，望到将来好像满路都是春花秋果。

如此冬去春来，风和日暖。人人也都欣喜快乐，只见百花怒放，梁燕归来，由不得动了旅行的雅兴。

有一次，他们正谈到但牛勃河的源流，黑尔勃郎本来地理知识很丰富，他就大讲其那条大河之美，如何发源，如何流注许多名地，如何百川贯注，如何两岸都是灿烂的葡萄，如何这河流步步佳胜，到处都展览自然的力量和美德。

"要是循流下去直到维也纳，这水程才痛快哩！"培儿托达听得高兴不过喊将起来，但是她话还没有说完，已经觉察了莽撞，连忙收敛，默默地两颊红晕。

这一下触动了涡堤孩的慈悲心，很想满足她爱友的愿望，接着说道——

"那么我们去就是，谁还拦阻我们不成？"

培儿托达喜得直跳，张开一张小口，再也合不拢来，两个人赶快用颜色来画他们畅游但牛勃河的水程。黑尔勃郎也不反对，他只对涡堤孩私语道——

"但是我们如其走得这样远，枯尔庞会不会再来和我们麻烦呢？"

"让他来好了！"她笑答道："有我在这儿，他么法儿也没有。"

所以他们绝无困难，他们立刻预备，欣欣出发，打算畅畅快快玩一趟。

这岂不是奇怪，大凡我们希望一件事怎么样，结果往往正得其反？不祥的势力预备害我们的时候，偏爱用种种甜美的歌儿、黄金似的故事，引我们高枕安眠。反之那报喜消息的天使往往选顶尴尬的时间，出其不意来打门，吓得我们空起惊慌。

他们游但牛勃河开头这几天，的确欣喜快乐。一路的景色，美不胜收，步步引人入胜。但是一天到了一处特别妩媚的地点，他们正想细细赏览，那可厌的枯尔庞，突然又来作怪。最初他无非卖弄他的小诡计，招惹他们，涡堤孩生了气，向着逆风怪浪，一顿呼喝，果然敌势退了下去，但是等不到好久，那玩意儿又来了，又得涡堤孩去对付，如是者再而三，他们虽然没有吃亏，一团的游兴可被他打得稀烂。

船家也起了疑心，彼此互相私语，向着他们三人尽望。他们的侍从也觉得大家所处的地位很不妥当，也看着主人，露出张皇态度。黑尔勃郎口上不言心里在那里想道——

"这是结交异类的报应，人和鱼结婚好不奇怪。"

他又自己解释，想道——

"我当初并不知道她是个人鱼！算我晦气，步步碰到这荒谬的亲戚，但是过处不在我。"

他一肚子这类思想、辩护自己，但是他想的结果，非但没有安慰，而且移怒到涡堤孩身上。他恨恨地望着她，可怜的涡堤孩也完全明白他意思。她一面对付枯尔庞已经精神疲乏，又遭黑尔勃郎一顿白眼，诉说无从，只得暗吞珠泪，等到黄昏时节，风平浪定，她睡熟了。

但是她刚刚闭眼睛，船上人立刻又起惊慌。因为大家眼里见一个可怕的人头从小浪里穿出来，不像平常泅水的人头，恰直挺挺装在水面上，并着船同等速率进行。大家惨然相顾，吓得话都说不出来。尤奇者任你往什么方向看，你总看见一个狞笑奇凶的头面。你说"看那边"，他说"看那边"，总之一阵子船的左右前后，水面上顿然开了一个人头展览会，一河阴风惨色，吓得大家狂叫起来。涡堤孩从睡梦中惊觉，她刚一张眼，所有的怪现象立刻消灭。但是黑尔勃郎受此戏弄，忍不住心头火起，他正想发作，涡堤孩满眼可怜，低声下气求道——

"看上帝面上吧，丈夫！我们在水面上，你千万不可与我发怒。"

骑士默然不语，坐了下去，在那里出神。涡堤孩向他私语道——

"我爱，我们就此为止，平安回林斯推顿何如？"

但是黑尔勃郎愤愤说道——

"如此我倒变了自己城堡里一个囚犯，要是打开了喷泉，我连气都透不出了，是不是？我只希望作发疯的亲戚——"

但是他讲到此处，涡堤孩轻轻将手掩住了他的口唇。他又静了，想着涡堤孩说过的话。同时培儿托达的幻想也似春花怒发，活动起来。她知道涡堤孩的来源，但是不完全，她不知道那水怪究竟是个什么谜，她只觉得他可怕，但是连他名字都不知道。她正在乱想，无意中将黑尔勃郎新近买给她的颈链解了下来，放在水面上拖着，激起一颗颗水珠，溅破落日反射微弱的阳光。一只巨手忽然从但牛勃河伸出来，向她的颈链一抓，拉入水去，培儿托达骇得大声

121

响喊，一阵的冷笑从水底里泛了上来。骑士再也忍不过去。他跳将起来，望着水里高声咒骂，和水鬼挑战。培儿托达失了她最宝爱的颈链又受了大惊，不住地啜泣，她的眼泪好比洋油浇上骑士的怒火，狂焰直卷起来，其时涡堤孩也靠船边坐着，她手放在水里，这水忽然往前一冲，忽然呜呜若有所言，她同她丈夫说道——

"我的亲爱，不要在此地骂我；随你骂谁都可以，但是不要骂我。你知道什么缘故？"

他好容易将他怒焰稍为压下一些，没有直接攻击她，实际他也气得话也说不上来。然后涡堤孩将她放在水里的手探了出来，拿着一串珊瑚的颈链，宝光四射，连人的眼都看花了。

"你拿这串吧，"她说，欣欣将珊瑚递给培儿托达，"这是我赔偿你的，你不要再生气，可怜的孩子。"

但是骑士跳了过来。他从涡堤孩手中将那可爱的珍玩抢了过来，往河里一抛，大声怒吼道——

"原来你依旧和他们来往，是不是？好，你就和他们一起住去，随你们出什么鬼戏法，也好让我们人类过太平日子，哼，你变的好戏法。"

但是他看见可怜的涡堤孩呆呆地望着她两泪交流，刚才她想拿珊瑚来安慰培儿托达那只手依旧震震地张着。她愈哭愈悲，好像小

一霎时她消失在但牛勃河的浪涛中心

123

孩平空受了责备一般。最后她凄然说道——

"唉！蜜甜的朋友，唉！再会吧！你不应该如此；但是只要你忠信，我总尽力替你豁免。唉！但是我现在一定要去了，我们年轻的生活就此告终。休矣！休矣！何至于此，休矣！休矣！"

说着她一翻身就不见了。似乎她自己投入水里，又似乎她被拉入水，究竟谁也说不定她怎样去的，总之一霎时她葬身但牛勃浪涛中心，音踪杳绝；只剩几个小波也绕住船边似乎啜泣，似乎隐隐还说着："休矣！休矣！忠信要紧！休矣！"

黑尔勃郎无论如何忍心，再也止不住热泪迸流，差不多晕了过去。

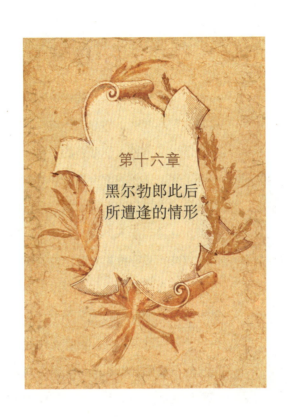

第十六章

黑尔勃郎此后
所遭逢的情形

　　俗语说事过情迁：随你怎样倾江倒海的、悲伤，随你悲伤的性质如何，随你感情沸流到一千二百度或是低降到一百个零度之零度，随你如何灰心，随你张开眼来只见愁云惨雾，生命的种种幸福都变成荒芜惨绝；只要你不死，只要你苟延残喘，你总逃不过时间的法力，钟上的搭过了一秒，你悲伤的烈度，无形中也搭宽了一些，你就愈觉得这残喘有苟延之必要，时间愈过去，你的悲度也消解得愈快，往往用不到几月甚至于不到几天，你完全可以脱离悲伤的束缚，重新提起兴致过你的快乐日子。怪不得宰我当初要疑心三年之孝太不近情理。不要说父母，现在社会上父母不是儿女的冤家对头已是难得难得，何况能有心坎深处真纯的爱情——不要说父母和子女关系，就是我们男女相爱热度最高的朋友，大家香喷喷会呼吸热烘烘会接吻的时候，不消说自然是卿卿我我，誓海盟山，我的性命就是你的，你的魂灵就是我的，若然你有不测不消说我自然陪你死，就是不死，我总终身独守，纪念我们不断的爱情。而且我敢保证他们发誓的辰光，的确正心诚意，纯粹从爱河里泛起来的波浪，情炉里飞起来的火焰，你要不相信真是阿弥陀佛，世上再也没有相信得过的事了。这类经验彼此不消客气，多少总有过些。但是——我很恨这转语，但是我实在不得不但是——但是金子要火来试验，你立的情誓要不幸的生死盛衰聚散来试验，试验的结果究竟百分里有几分是黄金呢？当然你我都不希望有这类试验之必要，不过试验要轮到你的时候你又有什么法想呢？从前听说中国社会上，虽然男女夫妇间从不知爱情为何物，而丈夫死了妻子往往有殉节的风俗，据说有的媳妇自己还想活不肯死，她的翁姑可放她不过，因为她死了可以请贞节牌坊，光宗耀祖哩。那班可怜的少妇，就是不全死，亦得半死，因为一万个寡妇里面，难得有一个再有嫁人的机会。这类情形我们听听都不忍心，可笑他们黄种人还自以为是古文明，说西方人野蛮，其实他们那样荒谬绝伦的家庭婚姻制度，还不是和亚菲利加吃人的野人相差无几吗？至于讲到我们情形可大不相同，不但妻死了，男子再娶，丈夫死了，女人自由再嫁，就是大家没有死，鲜鲜地活着，彼此依旧嫁娶自由，只要法庭上经过一番手续就是！或者彼此要是更文明些爽性连法律都不管，大家实行自由恋爱就是，个人自由权，爱情自由，个个字都是黄金打的，谁也不能侵犯。在这样情形之下从前同生同死的盟誓，自然减少了许多，大家都是"理性人"了！若然爱偶之一遭了不幸，我们当然不能说那活的连悲伤的情绪都没有，但是即使有，恐怕也是见风就化散吧！[1]

著书人无端跑了一趟野马，他实在自己都不知道讲了些什么，他当然要向读者深深道一个歉，至于关于本题的意思，简单说无非是激烈的情感是不能常住的。我们极怒的时候，只觉得全身的火一起上升到脑里，一丝丝神经都像放花筒似迸火，脑壳子像要胀破，头发胡须——如其你有胡须——都像直竖起来；但是我敢赌一百万东道谁能将毛发竖他一点钟，就是半点钟一刻你都赢了。最剧烈的悲伤虽然比大怒的生命可以长些，但是也长不到哪里，我们过后追念死者，似乎仍旧觉得不快，但是这是忧思，不是积极的悲了。[2]

现在言归正传。上节停在涡堤孩一入水黑尔勃郎一时悲伤晕了过去。但是你放心，他醒过来的时候悲伤也就差不多了。他回到林斯推顿城堡，自然不很高兴，有时居然泫然涕下，有时伸出两手像要抱人似的。他自己倒很担心恐怕他再也不会快乐，结果他的生命，也就悲伤完结。同时他也经验到——我们差不多大家经验过的——悲伤的一种快感，很难以言语形容的一种情形。培儿托达也

---

① 此段文字是徐志摩因自身的感情经历而发的评论，非原作中的文字。——编者注
② 此段文字是徐志摩根据原文衍生出来的评论，非原作中的文字。——编者注

陪他饮泣，所以二人一起在林斯推顿静悄悄过了好几时，时常记念涡堤孩，彼此几乎将从前互吸的感情忘了。并且涡堤孩现在时常梦里来会丈夫。她来总同在时一样，很温柔地抱住他，一会儿离去，依旧啜泣，所以往往他醒过来的时候不知道何故他的双腮尽湿：究竟是她的眼泪呢，还是他自己的呢？

但是可畏的时光愈过，他的梦也逐渐减少，他的愁也逐渐迟钝。那时我们久别的老渔翁忽然在林斯推顿城堡出现。他听见涡堤孩的消息，他来要他女儿回去，再也不许她和独身的贵人住在一起。"因为，"他说，"我女儿究竟爱她生父不爱我都不问，但是现在她名誉要紧，所以他所要求的，再也没有商量余地。"

老渔人声势汹汹，但是黑尔勃郎一想他如其让培儿托达跟父亲回去，她吃不惯苦不用说，就是他自己一个人独留在这宽大的城堡里冷清清的日子如何过得去，况且他自始至终爱培儿托达的，就是涡堤孩在时"形格势禁"，此番她长别以后，他还没有跳出悲伤圈子，所以把培儿托达暂时搁起，如今老头一来啰嗦，他只得明说他想留他女儿的意思。但是老儿很不赞成这一头亲事。老儿很爱涡堤孩，以为谁都不能决定涡堤孩之入水的确是死。就是涡堤孩的尸体的确永卧在但牛勃河底或是已经被水冲入海去，培儿托达对于她的死至少应负一部分的责任，如何可以乘机来占据她的地位呢？但是

老儿也很爱骑士，他女儿温柔的态度，至诚的祷告，为涡堤孩流的涕，——打动了老人的心，结果他还是答应。此事就此定局，骑士立即打发人去请哈哀尔孟神父，就是当初在老渔人家替他和涡堤孩结婚的神父，求他来城堡庆祝他第二次的婚姻。

神父接到了林斯推顿爵主的信，立刻就动身，向城堡进发。他走路走得过急有时连气都喘不过来，或者他脚上背后的老病发作，他总对自己说："也许我还可以消化不幸！老骨头争气些，赶到目的再瘫不迟！"他提起精神一口气赶到了城堡的庭中。

那对新人手挽手儿坐在树荫下，老渔人坐在旁边。他们一见哈哀尔孟神父，大家欣然跳将起来，赶上去欢迎他。但是他什么话都没有说，单请新郎陪他进堡去密谈。骑士正觉踌踏，神父开口说道——

"我何必定要密谈呢，林斯推顿的贵胄先生？我要讲的话就是关系你们三人的话，既然大家有关系，自然大家一齐参与为是。然则我先要问你，骑士先生，你是否可以一定有把握你的妻子的确死了？我可不是那么想。她失踪情形我暂且不论，因为我当时并不目睹。但是她对于你始终是一个信义忠实的妻子，那是没有问题的。而在这最近十四天夜间，我梦里总见她站在我床边，搓着她一双柔软的小手，一面的愁容，轻轻地叹气道：'拦止那桩事，亲爱的神父呀！我还是活着！嘻！救他的生命！嘻！救他的灵魂！'但是我莫名其妙，不知道那桩什么事。后来果然来了你的专差，所以我星夜赶来，不是来替你们结婚，但是来分散那不能在一起的人。让她去吧！黑尔勃郎！让他去吧，培儿托达！他另有所属。你看他满脸悲凄不见的愁痕，依旧未退哩。从来没有如此的新郎，况且她梦里明明告诉我，或者你让他去，否则你也从此不会享福。"

在他们三人的心里，大家都承认神父的话不错，但是他们早已爬上了老虎背，再也爬不下来。就是那老渔翁亦被他们骗得一厢情愿以为再也不会有意外发生。他们三人就你一声我一句，和一片好心的神父辩驳。最后老牧师一看情形不对，知道无可挽回，摇摇头，叹了气，转身就出堡门，非但不肯住夜，连汤水都不肯喝。但是黑尔勃郎总以为是他年老了脾气乖僻，毫不介意，另外派人到邻近神道院里去请一位牧师来行礼，那边一口答应，他们就将婚期都定了。

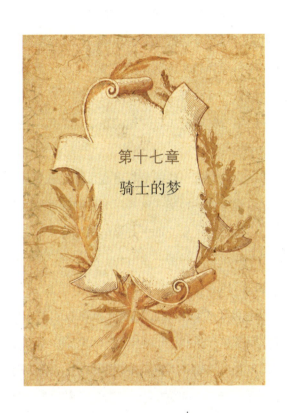

第十七章

骑士的梦

天将晓未晓的时候，骑士半醒半眠卧在床上。他想要重新睡熟，他觉得一种恐怖将他推了回来，因为梦乡里有鬼。但是如其他想要完全醒过来，他耳旁只听得窸窸窣窣一群天鹅扑着翅膀和咿咿欢娱的声音，使得他神经飘飘荡荡总是振作不起。最后他似乎又睡熟了，恍恍惚惚只觉得那群鹅将他放在柔软的翅膀上，腾云驾雾似飞山过海，一路唱着和美的鹅歌。他想恐怕这是死兆吧，但是也许另有缘故。忽然他觉得飞到了地中海上。一只鹅在他耳边唱说："此是地中海。"他向下一望，只见海水水晶似透明，可以直望到海底。他看见了涡堤孩，她坐在水晶厅上。她在那里伤心哭泣，满面愁容。骑士不禁想起了从前那一长篇历史，当初何等快乐，后来如何不幸，如今彼此又为渺渺云水隔住。但是涡堤孩似乎不觉得他在场。枯尔庞依旧拖着长白袍走到她跟前，不许她再哭。她抬起头来，很严正地对他望着，说道："我虽然身在水底，但是我有灵魂。所以我依旧悲泣，虽然你不能知道眼泪的意义和价值。那是上帝赐福，凡有忠实灵魂的人，总是受天保佑的。"他摇头不信，想了一想说道——"但是，我的侄女，你还得受我们元行法律的支配，他如其不忠信而重娶，他的命应该赔偿给你。"涡堤孩道："他到如今还是鳏夫，他刺痛的心上依旧保留着爱我的情。"枯尔庞冷笑道："但是他快做新郎，一两天之内只要牧师一祷告，婚姻

他能看见涡堤孩坐在海底的水晶厅里

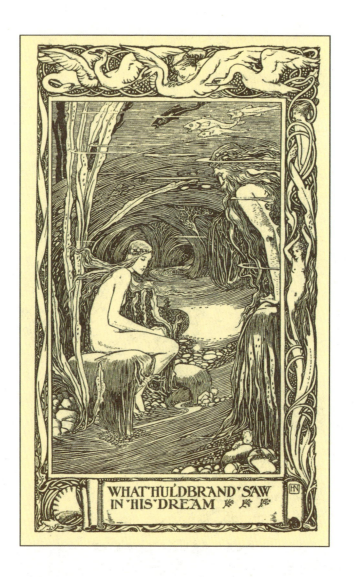

WHAT HULDBRAND SAW
IN HIS DREAM

就成立，那时你定须杀死这重娶的丈夫。"涡堤孩笑答道："但是我不能，我已经将喷泉塞住，不要说你，连我都不能进城堡去。"枯尔庞道："但是若然他离开了城堡，或是有一天喷泉重新开了呢？你要知道他并不注意那类小事情。""惟其为此，"涡堤孩又从眼泪里笑道，"惟其为此，所以他的梦魂现在停在地中海面上，听我们的警告哩。那是我故意安排的。"于是枯尔庞仰起头来，恨恨地看着骑士，一顿足，忽然穿入水波深处去了。那群鹅重新又唱将起来，展开翼儿就飞，骑士昏昏沉沉似乎过了无数高山大川，重新回到了林斯推顿城堡，在床上醒了过来。

他一张开眼，只见床前站着他的侍从，报告他神父哈哀尔孟依旧在邻近逗留着，他昨晚见他在森林里用树枝砌了一间茅棚在里面过夜。问他为什么，他答道："除了结婚以外，还有旁的礼节，我这次就使没有经手喜事，也许还有另外用处。做人总得处处预备。况且丧事喜事一样都是人事，眼光望远些，谁都免不了的。"

　　骑士听了这番话，又想起方才的梦，种种的猜想都奔到他胸头。但是他终究以为事情既已安排妥当岂有迷信妖梦改变之理，所以结果他毅然决然照原定计划做去。

第十八章

黑尔勃郎举行
婚礼的情形

黑尔勃郎和培儿托达举行婚礼那一天，林斯推顿城堡中贵客到了不少，外面看来，很是热闹欢喜，但是当事人的心里，恰有一种说不出的不舒服，良心上不安宁。出神见鬼的事倒没有，因为那喷池依旧塞住，枯尔庞的徒党无从进身。新郎自己不用说，就是老渔人乃至于曾经见过涡堤孩的亲友，都觉得似乎少了一个主要人物，因为涡堤孩在时待人和善得众人欢心，如今不明不白地失了踪，偏是隔上不多时发现了这头亲事，也难怪旁人心里一半诧异一半不平。那天喜筵的时候大家表面上虽然应酬谈笑，心里谁也离不了涡堤孩的印象，偶然呀的一声有人推门进来，大家都张皇注视，疑心是涡堤孩来了，等得看明白进来的人是掌礼或是酒仆，他们都显出失望的神情，本来满席的笑语喧阗，也忽然沉了下去，变成忧郁的寂静。新娘要算最活泼，最满足，但是连她也有时觉得有些诧异这林斯推顿堡内主妇一席如何轮到了她，一面又想起涡堤孩冰冷的尸体，僵卧在但牛勃河底，或是已经随流入海不知去向。神父那番不吉利的警告又不住地在他们三人脑筋中烦扰，并且引起种种奇异的幻想。

天还没有黑喜筵就散了，不是因为新郎不耐烦——普通新郎总是不耐烦的——而为上面所说的几层缘故，宾主都觉得有兴不能尽，空气中似乎布满了不愉快的预兆愁惨的情景。培儿托达陪着女客去了，骑士也进内室，一群侍从侍候他换衣服。那天结婚连照例跟随新娘新郎的一群青年男女都没有。

培儿托达想变换她思想的潮流。她吩咐侍女展览黑尔勃郎此次替她预备的衣服面网首饰，打算选出几件，预备明日晓妆。一群侍女就高高兴兴来出主意，这个说新娘应该满头珠翠红衣绿袜，那个说太华丽了也不好，不如单戴白金珠花的面网和白缎银镶的衣裙，配着淡灰丝袜和绿丝绒鞋，一面大家又争着称赞新娘的貌美。培儿托达正在镜里端详自己的倩影，忽然叹道——

"但是你们难道没看见这边颈上那些雀斑吗？"

她们一看，果然新娘左边颈皮上有几块黑影子，但是她们只说是"美人斑"，有了这一丝深色，愈显出肤色之白嫩。培儿托达摇摇头，心里想那总是斑点。她叹口气道："其实我可以想法子去了它。但是堡庭里的喷泉封闭在那里，从前我总欢喜用那泉水，很有匀净肤色的功效。真的，我只要弄得到一小瓶已经足够！"

"那就够了吗？"一个快捷的侍女笑道，说着溜了出去。

"她总不会得那样冒昧，"培儿托达说，露出半惊半喜的神情，"今天晚上就去撕开那块盖住泉眼的石头吧？"但是一阵子她们就听见一群人走入堡庭，从窗格里望得见那活泼的侍女领头，他们扛着杠杆等类，去重开那喷泉。培儿托达说道："我实在很愿意他们去打开，只要手续不太麻烦时间不过长就没有什么。"她心里其实很得意，因为如今做了主妇，居然要什么就有什么，开口要闭口到，她欣欣伏在窗口，看他们在庭中月光底下动手。

那群人"杭好旱好"使尽气力，开掘那石块。间或有人叹息，以为旧主妇当初一番心机，如今新主妇当家，头一天就有变更。但是事实上他们用不到费那么大劲。因为等得他们一动手，这喷泉内部似乎有势力帮着他们掀开那块笨石。他们骇然相顾说道："难道这喷泉压得日久，力量大得连石头都冲得动？"说着，那石块愈起愈高，简直自做主，不用人力轻轻地滚了下来。同时泉眼里迸出一个极高的白水柱。工人们在旁边正在惊异，忽然觉察这水柱变成了一个素衣缟服白网盖面的妇人。她涕泗交流地悲泣，举起双手摇着表示哀痛，慢慢儿，慢慢儿下了喷泉台，望城堡正屋走去。一霎时堡里的人吓得狂奔的狂奔，狂叫的狂叫，新娘在窗内也吓得硬挺挺站着，面无人色，她身旁的侍女也都像触了电一般，动弹不得。等得这形象走近了她房，培儿托达猛然觉得那白网底下的眉目仿佛是涡堤孩。但是这一路悲泣的形象走了过去，迟顿顿，慢吞吞，似乎犯人上刑场的光景。培儿托达高声喊人去寻骑士，但是侍女们只突出一双眼呆看，理也不理，新娘也发了噤，似乎她自己的声音骇住了她。

她们正在石像似塑着，话也说不出，脚也移不动，这可怕的异客已经走到了城堡正厅，步上那白石的台阶，走进大堂，哀哀地哭，一路尽哭着。伤哉！她初次来到此地何等欢喜呢？

其时骑士在内室已经辞退了侍从。他衣服半解，独自站在一座大衣镜前出神，旁边点着一支很缓的小烛。忽然门上有一个小指弹着，很轻地弹着。那是当初他们夫妻和睦时候的一种记号，涡堤孩要他去的时候，就来用小指轻轻弹门。黑尔勃郎跳将起来，但是他又自语道："这无非是妄想。我应该登新床去了。"

"是的，你应该，但是一张冷床而已！"他听得门外一个悲泣的声音回答，他从镜子里看见门开了，慢慢儿，慢慢儿，这白色游行的形象移了进来，重复谨谨慎慎将门掩上。"他们已经将喷泉打开，"她软软说道，"如今我已到此，你生命完尽了。"

他觉得他的心停止了跳动，知道数不可逃，但他将手掩面说道——

"不要使我死于恐怖。如其你网后是一鬼相，那就请你不必再揭开，你一下杀了我就算，再不要让我见你。"

"唉！"这形象答道，"难道你不愿意再对我一看吗？我依旧和初次你在湖边发现我的辰光一样美丽，我爱，哟！你还怕我来吓你不成？"

"哟，但愿如此，"黑尔勃郎叹道，"但愿我能死在你吻上！"

"当然，只要你愿意，我最爱的亲亲呀！"她说着，就将手揭去了面罩，一张蜜甜的脸笑了出来，顿时室内好像充满了万道霞光。

恋爱——死！骑士浑身战栗，无量数的情电子从骨髓皮肉五脏六腑四肢百骸里迸射出来，将他的生命灵魂躯壳，一股脑儿地恋爱化——他浑身战栗，展开双手，涡堤孩直扑了进来，泪如泉涌，两片香甜情热颤动的樱唇立刻和骑士的黏在一起，她再也不放，愈搂愈紧，愈紧愈搂，眼泪如潮水般横流，几乎将她的灵魂都冲了出来。她的眼泪泻满他一脸一胸，他还是紧紧抱着，直等到骑士在甜美的不幸中，蜜甜的香唇上，气绝身亡，从她可爱的玉臂圈中漏出，倒卧在长眠的榻上。

"我已经哭死了他。"涡堤孩告诉她在前房碰到的侍役，她慢慢从惶骇无措的人群中走入喷泉中去了。

第十九章

骑士黑尔勃郎
埋葬的情形

林斯推顿爵主的死讯一传出去，头一个到门的就是那等办丧事的神父哈哀尔孟，刚巧上一天特请来结婚的牧师仓皇逃走，二人在大门口撞一个满怀。

神父听他们说了详情以后说道："命该如此，这丧礼如今落在老人身上，我也不要什么伙伴。"他就过去用例话安慰那新娘寡妇，但是培儿托达尘心烦重，如何能听得进老牧师不入耳之谈。老渔翁倒很明白，虽然他女婿女儿遭此不幸，他也不免悲悼，但当培儿托达咒骂涡堤孩为女妖鬼怪时，老人总摇头叹道——"这场公案也只有如此了结一法。我只看见上帝公平的判决，况且黑尔勃郎，死后受苦痛最深者无过执行死刑那人，我们可怜被摒的涡堤孩。"他帮着料理丧务，一切排场都按照死者的身份。他们林斯推顿家的葬地在邻近一乡村，是他们的领地，骑士的尸体照例要与他的祖先合葬。城堡里所有的仪仗都已排列起来，预备一起葬人，因为黑尔勃郎是林司推顿的末裔；送葬的人也都跟着棺柩上路，在青天底下迤逦走着，口里唱丧歌，神父哈哀尔孟手执一高大的十字架在前领路，后面跟着培儿托达，她父亲老渔人在旁边扶住她。其时大家忽然觉察培儿托达的侍从一片黑服中间，发现了一个雪白的形象，头面幂得很密，双手绞扭显出极端痛苦悲伤。那形象旁边的人都暗暗吃吓，或向旁闪，或往后退，她们这么一动，那白像又发现在后面

146

一群人中间，他们又起恐慌，纷纷躲避，所以结果这长串送殡的仪从，闹得不成体统。其中有几个军士胆子很大，走近去向那白影说话，想将她推挤出去，但是他们的手一触到，形象就融灭，一转眼又只见她于于徐徐跟在丧会中进行。直到后来所有的女侍从都逃避干净，所以这白影悠悠荡荡贴紧了培儿托达。但是她移得很慢，前面的新孀简直没有觉得，自此她缓缓跟着前进。

　　他们到了墓地，所有的丧仪和人列成圆形围住墓坑。培儿托达方才觉到了这不速之客，她又骇又恼将身倒退，要她离开骑士的葬所。但是幂面的白影轻轻摇头不允，伸手向着培儿托达似乎款求的模样；孀妇不禁感动，她顿时想起了从前涡堤孩待她的好处，和在但牛勃河上给她那串珊瑚项珠。但是神父哈哀尔孟吩咐禁声，大家一起在尸体前默祷。培儿托达跪了下来，其余送葬的人连坟上做工的也都跪下。他们祷完站起来的时候，白色的异客已经不见；在她跪的一点上忽然从泥土里涌起一柱珠泉，洁白如银，将骑士的新坟浇洒一周；然后平流到墓地旁边，积成一个美丽的小潭。后世那村上的人还时常对着这泉水嗟叹，相信是可怜的涡堤孩的不昧精灵，展开她仁爱的手臂永远抱住她心爱的人。

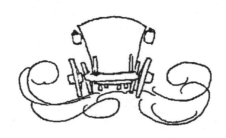

UNDINE

Friedrich Baron de la Motte Fouqué
Translated from the German by William Leonard Courtney

CONTENTS

TO UNDINE

Undine! Thou fair and lovely sprite,
Since first from out an ancient lay,
I saw gleam forth thy fitful light
How hast thou sung my cares away!

How hast thou nestled next my heart,
And gently offered to impart
Thy sorrows to my listening ear,
Like a half-shy, half-trusting child,
The while my lute, in wood-notes wild,
Thine accents echoed far and near!

Then many a youth I won to muse
With love on thy mysterious ways,
With many a fair one to peruse
The legend of thy wondrous days.

And now both dame and youth would fail,

List to my tale yet once again;
Nay, sweet Undine, be not afraid!

Enter their halls with footsteps light,
Greet courteously each noble knight,
But fondly every German maid.

And should they ask concerning me,
Oh, say, "He is a cavalier,
Who truly serves and valiantly,
In tourney and festivity,
With lute and sword, each lady fair!"

CHAPTER I
HOW THE KNIGHT CAME TO THE FISHERMAN

Now it may be hundreds of years agone that there lived a worthy old fisherman, and he was seated on a fine evening before his door, mending his nets. The part of the country where he lived was right pleasant to behold. The grassy space on which his cottage stood ran far into the lake, and perchance one might well conceive that it was through love of the clear blue waters that the tongue of land had stretched itself among them, while with embrace as close and as loving the lake sent its arms round the pleasaunce where the flowers bloomed and the trees yielded their grateful shade. It was as though water welcomed land and land welcomed water, and it was this made both so lovely. But on this happy sward the fisherman and his household dwelt alone. Few human beings, or rather none at all, even cared to visit it. For you must know that at the back of this little tongue of land there lay a fearsome forest right perilous to traverse. It was dark and solitary and pathless, and many a marvellous strange creature and many a wraith and spectral illusion haunted its glades, so that none might dare adventure unless a sheer necessity drave them.

Nathless, the worthy fisherman might pass unharmed, whensoever he was carrying some choice fish caught in his beautiful home to a large town bordering the confines of the forest. He was a man full of holy thoughts, and as he took his way through the gloomy shades peopled with forms of dread, he was wont to sing a pious chaunt with a clear voice, and an honest heart, and a conscience void of guile.

Well, the fisherman sated him over his nets, and he minded no evil, when a sudden fear came over him. He thought he heard a rustling noise in the forest as though a horse and rider were drawing every moment nearer to his little home. And it seemed as though all he had dreamed on many a stormy night of the wizardry of the forest was coming to his ken, and above all, the semblance of a snow-white man, huge and terrible, who nodded his head unceasingly with vague and bodeful portent. Nay, but as he raised his eyes towards the wood, he thought he saw the nodding man drawing nigh through the branches of the trees. Yet comfort came to him and a better mind, for he bethought himself how no evil had befallen him even in the forest itself, and here upon the open tongue of land there was little chance of evil influences. So he said aloud a verse from Holy Writ, repeating it with all his heart, and his courage came back so that he almost laughed at the vain fancy that had possessed him. And the white nodding man he saw to be nothing but a stream, well-known and familiar, which ran foaming from the forest and fell into the lake. But the noise he had heard was no fancy. It was in sooth caused by a gallant knight, bravely appareled, who issued forth from the shadow of the wood and came riding towards the cottage. A scarlet mantle was thrown over his doublet, embroidered with gold; red and violet feathers waved from his golden-coloured headgear; and a beautiful sword, richly dight, flashed from his shoulder-belt. The white horse whereon the knight rode was more slender than chargers are wont to be, and as he trod lightly over the turf, it seemed as though the green and flowery carpet took no harm from the print of his hoofs.

It was a fair and comely sight to see the knight advance. Nathless, the old fisherman was not wholly at his ease, albeit that he told himself that no evil might come to him from so much beauty. He stayed, therefore, quietly busy with his nets, politely taking off his headgear as the stranger drew near, and saying never a word.

Presently the knight came up and asked whether he and his horse might have shelter and care for the night.

"Fair sir," quoth the fisherman, "as for your horse, I may give him no better stable than this shady meadow, and no better provender than the grass that growth thereon. But for yourself I bid you welcome to my cottage, and glad shall I be to offer such supper and lodging as we have."

Right pleased was the knight: he dismounted forth with, and with the fisherman's help took off both saddle and bridle from the horse, letting him loose upon the flowery green. Then turning to the fisherman: "Good fisherman," quoth he, "I thank thee. Yet had I found thee less hospitable and kind, methinks thou wouldst scarcely have got quit of me today. For, as I see, there is a broad lake before us, and behind lieth the wood. God forbid that I should ride back into its mysterious depths, now that the shades of night are falling!"

"Nay, nay," quoth the fisherman, "we will not speak too much of that!" So he led his guest into the cottage.

Within, beside the hearth, whence a scanty fire shed a dim light through a clean-swept room, was sitting the fisherman's old wife in a large chair. She rose as the knight entered to give him a kindly welcome, but seated herself again in the chair of honour without offering it to her guest. Whereupon saith the fisherman, with a smile, "Fair sir, thou must not be angered nor take it amiss that she hath not given to thee the best seat in the house. For it is a custom among poor people that only the aged should have it."

"Why, husband," quoth the dame, "of what art thou thinking? Doth not our guest belong to Christian folk, and how then might it come into his head, being of good young blood, to drive old people from their seats? Take a chair, I beseech thee, young master," said she, turning to the knight. "Pretty enough is the chair over yonder. Only treat it not with roughness, I beg thee, for one of its legs is none of the soundest."

Then the knight took the chair with care and seated himself upon it in all good humour; for indeed it seemed to him as though he were kinsman to this little household, and had but just come back from abroad.

The three soon began to talk in friendly and familiar manner. As to the forest, indeed, concerning which the knight asked some questions, the old man showed no desire to speak at large; for it was not a subject, it seemed to him, to discuss at nightfall. But of their home and former life the old couple spoke freely, and listened eagerly enough when the knight discoursed to them on his travels, and how he had a castle near the source of the Danube, and how he was hight Sir Huldbrand of Ringstetten. While the talk went on pleasantly and eagerly, the knight became aware that now and again there was a splashing sound at the little low window, as though someone were throwing water against it. Each time the splash came, the old man knit his brow and seemed marvelously distempered. But when at length a whole shower dashed against the panes and bubbled into the room through the decayed window-frame, he rose, with anger in his face, and called out in threatening tones: "Undine," cried he, "wilt thou for once leave off these childish pranks? And today there is the more reason, for that there is a stranger knight with us in the cottage."

All grew silent without, only a low laugh was faintly heard; and the fisherman, as he came back from the window, addressed himself to the, stranger. "Honoured sir," quoth he, "thou must needs pardon such tricks, and perchance many a freakish whim besides. For indeed, she meaneth no harm. It is but our foster child, Undine, who though she hath already entered her eighteenth year, will not wean herself from such childishness. Nathless, as I have said, she hath a good heart."

"Nay, thou mayest talk," quoth the old dame. "Certès, when thou comest home from fishing or a journey her frolics may please thee well enough. But an thou hadst her with thee the whole day long, and heard not a sensible word, and so far from being a help in the housekeeping as she grew older, found that it was only by much care and anxiety she could be kept from ruining us altogether by her follies that meseemeth, is quite another thing; nor could the patience of a saint fail to be worn out at last."

"Ay, ay," quoth the fisherman with a smile, "thou hast thy troubles with the girl, and I have mine with the lake. Often it breaketh through my dams and teareth my nets to pieces. Yet I love it; and so too dost thou love the pretty elf, for all the torment and vexation she bringeth. Is it not so?"

"Nay," quoth the dame, "'tis impossible to be angry with her, and that is the truth."And she smiled, well pleased.

Then of a sudden the door flew open and lo! A strangely fair and beautiful maiden glided into the room, with happy laughter on her lips. "Thou hast jested with me, father," saith she, "for where is thy guest?"

And then she saw him. Full of wonder and amazement she stood watching the handsome knight; while Huldbrand, on his part, looked with all the more earnestness at her beautiful face, because he deemed that it was but her momentary surprise which lent her so strange a charm. Right soon, he thought, will she turn away her eyes and become all the more bashful and composed. But it was not so. When she had gazed her full, she drew near to him confidingly, and knelt at his feet; and while she played with a gold medal hanging from a rich chain on his breast, she whispered:

"Kind sir and handsome guest, why then is it that thou art come at last to our poor cottage? Hast thou wandered about the world for years and only now found thy way? Is it out of that wild forest that thou comest, my beautiful knight?"

The quick reproof of the angry beldame gave him no moment for reply. Sternly she bade the maiden behave herself seemly, and go to her work. But Undine, minding not a jot for all her words, drew a little footstool close to Huldbrand's chair and sat down on it with her spinning. "It is here that I will work," quoth she. The old man did, as parents are wont to do with spoilt children. He made as though he had marked naught of Undine's willfulness, and was beginning to talk of something else. But this the girl would not suffer. "I have asked," said she, "our beautiful guest whence he cometh, and he hath not answered me as yet."

"I come," saith Huldbrand, "from the forest."

Then said she, "Thou must tell me how you came there, for all men dread it; and what marvelous adventures befell thee, for without some strange things of the sort no man can win his way."

Now Huldbrand shuddered at the memory, and as he looked towards the window, it seemed as though one of the weird figures he had met in the forest were pushing in his grinning face; but it was but the deep dark night that he saw, shrouding everything without. So he collected himself and was about to begin his tale, when the fisherman broke in. "Sir Knight," quoth he, "this is no fit hour for such discourse as this." Whereupon Undine sprang angrily from her stool, and standing straight before the old man with her little hands pressed to her sides, "Father," cried she, "he is not to tell his story? He shall not? But I will have it! It is my will! He shall, in spite of you!" And she stamped her foot on the floor.

Now, albeit that she was violent enough, she wore through all her fury so comic a grace that Huldbrand could but the more eagerly watch her anger than at first he did her gentleness. But far other did it fare with the fisherman. His wrath, which hitherto he had suppressed, burst forth in open flame, and with harsh words he reproved Undine's disobedience and unmannerly behaviour towards the stranger, his good old wife joining with him heartily. But Undine cared not a jot. "If ye choose to scold," cried she, "and will not do what I want, ye may sleep alone in your smoky old hut!" And like an arrow she was at the door and out into the dark night.

CHAPTER II
HOW UNDINE HAD COME TO THE FISHERMAN

Now when she had gone, both Huldbrand and the fisherman sprang from their seats and were bent on following the angry girl. But before they had reached the cottage door, Undine had long vanished in the darkness without, and not a sound of her light footstep betrayed whither she had gone. Huldbrand looked questioningly at his host. "Perchance," he mused to himself, "this sweet vision, which hath gone back again into the night, is but one of those marvellous shapes which, a short while agone, played their mad tricks upon me in the forest."

But the old man muttered between his teeth: "This is not the first time that she hath treated us thus. Now shall we have aching hearts and sleepless eyes the livelong night; for who knoweth but that she may sometime come to harm, if she remaineth alone in the dark until daylight?"

"Then for God's sake," cried the knight, "let us follow her forthwith!"

"And what would be the use?" returned the old man. "It would be a sin were I to let you pursue the foolish girl in solitude and darkness; while as for me, my old limbs could not catch the runaway, even if we knew whither she had gone."

"Nathless," quoth Huldbrand, "let us at least call after her and beg her to come back," and eagerly did he raise his voice, "Undine! Undine! Come back!"

But the old man shook his head. "Little good will shouting serves," saith he. "Thou knowest not her perversity." And yet he too could not forbear to call, "Undine! Undine! Come back, I beg you, come back if only this once!"

It came to pass, however, as the fisherman had surmised. No Undine could be seen or heard, and since the old man could by no means suffer that Huldbrand should go forth alone, they had perforce to return to the cottage. There they found the fire almost extinguished on the hearth, while the old wife, to whom Undine's flight and danger seemed of far smaller moment than they did to her husband, had already retired to rest. The fisherman bestirred himself to blow up the embers, and put fresh wood upon them; and by the light of the kindling flame he sought out a tankard of wine, which he placed between himself and his guest.

"Sir Knight," quoth he, "I perceive that thou too art disturbed about the silly girl. It were better, methinks, that we both should talk and drink and so pass the night, than that we should toss sleeplessly upon our rush mats. Is it not so?"

Huldbrand readily agreed. The fisherman made him take the old housewife's seat of honour, and there upon they drank and talked as beseemed two honest and worthy men. Howbeit, as often as anything seemed to move before the windows, or even at times when nothing was moving, one of the two would start, and look up and whisper, "She is coming!" And then they would be silent for a space, and when nothing appeared they would shake their heads with a sigh, and resume their talk. Yet, as neither of them could help but think of Undine, naught pleased them better than that the fisherman should tell, and the knight should hear, the story how Undine had first come to the cottage. So the fisherman began, as followeth:

"It may be," saith he, "some fifteen years ago that I was one day passing through that wild forest to sell my fish at the city. As for my wife, she was resting at home, as is her wont; and at that time, Iwis, for a happy cause, for God had given us two old people a marvellously fair child. A girl she was; and it had come into our minds whether for the sake of the new comer it might be a wiser course to leave this beautiful home, and seek a more habitable spot in which to bring up our treasure. Poor folk, as thou dost know, Sir Knight, have not always full liberty in such cases; but, Heaven helping, each must do as he can. Now the matter somewhat troubled me, as I went along, for this slip of land was dear to me, and I bethought me with a shudder amid the noise and brawls of the city, how it might come to pass that in such a bustle, or in some scene not much quieter, I should have perforce to take up my abode. Nathless, no murmur against the good God passed my lips. Nay, I thanked him in secret for my new-born babe. Nor yet can I say that aught befell me, either going or returning, out of the common way. At that time nothing had I seen of the marvels and portents of the wood. The Lord was ever with me in its mysterious shades."

At that he lifted his cap reverently from his baldhead, and stayed for a while musing with prayerful thoughts. Then, covering himself once more, he went on as followeth:

"Alack," saith he, "on this side of the forest a great sorrow awaited me. With tears in her eyes, and all clad in mourning, my wife came to meet me. 'O gracious God,' I sobbed, 'where is our child?'"

"'Our child is with Him on whom thou hast called,' returned she.

"We entered the cottage together, weeping silently. And then, when I had looked round for the little corpse and found it not, I learnt all that had chanced. My wife had sat her down with the child by the edge of the lake. Right happily was she playing with it, and void of all fear, when on a sudden the little one bent forward, as though she had seen something marvelously fair beneath the waves. My wife saw her laugh, the dear angel, and put forth her little hands, and in a moment she had sprung out of her arms and disappeared beneath the glittering mirror of the lake. Anxiously and long did I seek for our lost one, but it was all in vain. No trace of her was to be found.

"That selfsame evening we were sitting, childless and alone, in the cottage. Neither had any pleasure in talk, nor indeed would our tears have allowed it. It seemed better to gaze into the fire and utter never a word. On a sudden, something rustled outside the door, which straightway opened; and lo! A beautiful little girl, clad in rich garments, stood there on the threshold, smiling at us. Marvellously astonied were we; as for me, I wist not whether it might be illusion or reality on which I gazed. But I saw the water dripping from her golden hair and her rich garment, and methought the pretty child had been lying in the water and needed our help. 'Good wife', said I, 'no one hath been able to save our dear one; let us, at least, do for others what would have been so blessed a boon for ourselves.' So we took the little one and undressed her, put her to bed and gave her something warm; but she, meanwhile, spoke not a word. Only she smiled upon us with eyes full of the colour of lake and sky.

"Next morning we saw at once that she had taken no hurt from her wetting, and methought I should ask her about her parents, and by what odd chance she had come hither. But full strange and confused was the account that she gave. Far away from here must she have been born; for, during these fifteen years past, not a word have I learnt of her parentage. Moreover, both then and since, her talk has been of such strange things that, for aught we can tell, she may have dropped down to us from the moon! Golden castles, crystal domes of such does she prattle, and I know not what marvels beside. The simplest and clearest tale she tells is that, being out with her mother on the great lake she fell into the water, and that she only came to her senses here under the trees, when she found herself with joy on this right happy shore.

"Certès, we have had our fill of misgiving and perplexities. It was our mind forthwith to keep the child we had found, and to bring her up in the place of our lost darling, but who could reveal to us whether she had been baptized or no? On this matter she had naught to tell us. When we questioned her, it was her wont to answer that she knew full well that she was created for God's praise and glory, and that whatever might appertain to God's praise and glory she was well content should be done to her.

"Now it seemed to my wife and to me that, an she had not been baptized, there was no time for delay; whereas, an she had, we could not repeat a good thing too often. So, thinking it out, we sought for a good name for the child, for we were often at a loss what to call her. And, as we pondered, it seemed that Dorothea might be the best name, for I had heard that it signifieth a gift of God, and full sure had she been sent to us by God as a gift and comfort in our woe. But she would not hear of this; it irked her sore; Undine, she said, her parents had named her, and Undine she still would be. Now this appeared to me to be but a heathenish name, not to be found in any calendar; and for this reason I took counsel of a priest in the city. He approved the name no better than I did, but yet at my prayer he came with me through the forest in order to perform the right of baptism here in my cottage. So prettily clad was the little one, so sweetly did she bear herself, that she at once won the priest's heart. With such soft speech and cozening words did she flatter him, using the while such merry mockery, that he could remember none of the grave arguments he thought to use against the name Undine. Undine, therefore, was she baptized; and while the ceremony went on she held herself with much simplicity and sweetness, and seemed to have forgotten all the wild and untamed restlessness of her daily behaviour. For indeed, Sir Knight, my wife was wholly in the right when she told you that she hath been most difficult to bear with. If I were to tell—"

And here the knight stayed the fisherman's talk. He would fain call his notice to a sound of rushing waters which ever and anon had caught his ear while the old man rambled on. Now the water seemed to burst against the cottage window with redoubled force, and both sprang to the door. There, by the light of the lately risen moon, they saw the brook, which came from the forest, wildly overflowing its banks, and sweeping away stones and tree-trunks in its impetuous course. The storm, as if awakened by the tumult, broke furiously from the clouds that passed swiftly over the moon; the lake howled under the mad buffet of the wind; the trees of the little peninsula groaned from root to topmost bough, and bent dizzily over the surging waters.

"Undine! For Heaven's sake, Undine!" cried the two men in terror. Not a word came back in answer, and without further thought they rushed out of the cottage, one in this direction, and the other in that, searching and calling for Undine.

CHAPTER III
HOW UNDINE WAS FOUND AGAIN

Hereupon the story telleth how Huldbrand fared in his search for Undine.

The longer he sought for her beneath the shades of the trees and found her not, the more anxious and distraught did he become. Once more the thought that Undine was but a phantom, a vision caused by the mysterious forest, took possession of him. Indeed, as the waves howled and the tempest roared, and the trees crashed down in ruin, the complete change and contrast in a scene which had been but a few moments agone so peaceful and beautiful, made him marvel whether peninsula, cottage and fisherman were not all a mockery and an illusion. Yet still from afar he could hear through the din the cries of the old man for Undine, and the wife's loud prayers and hymns.

At length cometh he to the brink of the swollen stream and marked how it had driven its wild course right in front of the forest, so that the peninsula was turned into an island. "Ah, God," he thought, "it might well be that Undine has adventured herself into that fearful wood—perchance in her pretty petulance because I was not allowed to tell her aught of its horrors; and now behold how the stream severs us from her, and she may well be weeping on the other side alone, among ghosts and spectres!" Sharply did he cry out in his terror, and swiftly did he clamber down some rocks and uprooted pine-stems, that he might reach the raging stream and by wading or swimming across find the fugitive on the other side. He bethought him of all the shapes of wonder and fear that he had encountered even in daylight beneath the branches that now rustled and roared so ceaselessly. And more than all, it seemed to him as though on the opposite shore a tall man in white, whom he knew only too well, were grinning and nodding at him in mockery. It was these very monstrous forms which urged him to cross the flood, as he bethought him that Undine might be among them, alone in her agony.

Now, as he grasped the stout branch of a pine and stood, supporting himself by it in the midst of the current, which only with all his force could he withstand; and while yet with unblenching courage he pressed further into the stream, he heard a soft voice which said to him, "Venture not, venture not; full crafty is that old man, the stream!" He knew the sweet tones, he stood there, beneath the shadows which shrouded the moon, as though in a trance, all dizzy and bewildered in the waves which were now rapidly rising up to his very waist. Nathless he would not desist.

"If thou are not really there, if thou art but a floating mist, then let me too cease to live and become a shadow like thee, thou dear Undine!" Crying these words aloud, he stepped deeper still into the waters.

"Look round, look round," came a voice to his ear; and as he turned he saw by the moonlight, momentarily unveiled, a little island encircled by the flood; and there under the branches of the overhanging trees was Undine, smiling and nestling happily in the flowery grass.

Ah, how much more joyously now than before did the knight use the aid of his stout pine-branch! Nimbly he crossed the flood, and stood beside the maiden on a little plot of grass, safely guarded and screened by the good old trees. Undine half raised herself from the ground, and under the green leafy tent, throwing her arms round his neck, she drew the knight down beside her on her soft couch.

"Beautiful friend," whispered she, "thou shalt tell me thy story here. Here the cross old people cannot hear us. And our roof of leaves giveth us as good shelter as their poor old hut!"

"Nay, but it is Paradise itself!" quoth Huldbrand, as he covered her face with eager kisses.

Meantime the fisherman had come to the edge of the stream and raised his voice to the young people. "Why, how is this, Sir Knight?" said he, "I welcomed thee as one honest man may welcome another, and behold, I find thee playing in secret the lover with my foster-child, and leaving me the while to run hither and thither through the night in search of her!"

"I have only just found her myself, old father," returned the knight.

"So much the better," was the answer, "and now bring her across forthwith to firm ground."

But this Undine would by no means allow. She protested that she would rather go with the stranger into the depths of the forest than return to the cottage where no one would do what she wished, and from which the knight himself would sooner or later depart. Then, again throwing her arms round Huldbrand, she sang with pretty grace:

A stream flowed forth of a darkling vale
And sought the bright sea-shore;
In the ocean's depths it found a home
And never returned more!

The old man wept bitterly at her song, but this seemed not to move her a jot. She was all for kissing and caressing her new friend, until he said to her, "Undine, if the old man's grief touch not thy heart, it toucheth mine; let us go back to him."

She opened wide her large eyes in wonder, and spoke at last slowly and hesitatingly. "If this be thou wish, well and good. What is right for thee is right for me. But the old man yonder must first give me his word that he will let thee tell me what thou sawest in the wood and—other things will follow as they must."

"Come, only come," cried the fisherman, unable to utter another word. He stretched his hands to her across the rushing stream, and as he nodded his head as though in fulfilment of her request, his white hair fell strangely over his face in such sort that Huldbrand bethought himself of the nodding white man of the forest. But not letting himself think of anything that might baffle or confuse him, the knight took the beautiful girl in his arms and bore her over the narrow space where the stream had divided her little island from the shore.

The old man fell on Undine's neck and seemed as though he could never have his fill of joy; his good wife also came up and with great tenderness kissed her recovered child. No word of reproach passed their lips, and even Undine, forgetting all her petulance, almost overwhelmed her foster-parents with loving endearments. When at last they had recovered themselves of their transports, lo, it was already dawn and the lake shone rosy red. Peace had followed storm and the little birds were singing merrily on the dripping branches. And now when Undine insisted on hearing the knight's story, the old couple smiled and readily acceded to her wish. They brought out breakfast under the trees which screened the cottage from the lake and then sated down with thankful hearts. Undine, because she must needs have it so, lay on the grass at Huldbrand's feet, the while he proceeded with his story.

CHAPTER IV
OF THAT WHICH BEFELL
THE KNIGHT IN THE WOOD

Now this is what Huldbrand told of the things that had befallen him. "Eight days agone," saith he, "I rode into the imperial city which is on the other side of the forest. And it chanced that, hard on my arrival, there was a splendid tournament and running at the ring, and certès, I spared neither horse nor lance. Once, as I stood still at the lists, resting after the toil that I loved, and was handing my helmet back to my squire, lo, I espied a very beautiful woman standing, richly dight, in one of the spectators' galleries."

"I asked those about me and learnt that the name of the lady was Bertalda, and that she was the foster-daughter of a mighty duke in the land. Now her eyes rested on me, as mine on her; and as is the wont of young knights, forasmuch as I had already ridden bravely, I bore myself for the rest of the encounter with yet higher courage. That evening I was Bertalda's partner in the dance, and so I remained all the days of the festival."

Hereupon a sharp pain in his left hand, which was hanging down, stayed Huldbrand in his discourse, and he looked down to see what might be the cause. Undine had bitten hard his finger, and seemed marvellously gloomy and distempered. Of a sudden, however, she looked up into his eyes with gentle, sorrowful face, and whispered very softly, "'Tis thou who are to blame!" Hiding her face the while. The knight began to speak again, in no small measure perplexed and thoughtful.

"Now, this Bertalda was a wayward and a haughty damsel. She pleased me not so much the second day as the first and the third day still less. Nathless, I busied myself about her, for that she seemed to hold me in higher favour than other knights, and thus it befell that once in sport I besought her for one of her gloves. 'Sir Knight,' quoth she, 'I will give it to thee when, all by thyself, thou hast searched the ill-omened forest through and through, and canst bring me tidings of its marvels.' I recked little of her glove, but the word of a knight once given cannot be withdrawn, and a man of honour needs no second prompting to a deed of valour."

"Methought she loved you," saith Undine.

"Ay, so it seemed," returned Huldbrand.

"Why, then," laughed the maiden, "right foolish must she be to drive from her the man she loved—and, moreover, into a wood of evil fame! The forest and its mysteries might have waited long enough for me!"

Huldbrand smiled fondly at Undine. "Yester morning," quoth he, "I set off on my enterprise. The morning was fair, and the red tints of sunrise caught the tree-stems and lay along the green turf. The leaves were whispering merrily together, and in my heart I could have laughed at the silly folk who were frightened at so beautiful a place. 'Full soon shall I have passed and repassed the wood,' said I to myself with confident gaiety, and ere I had had time to bethink myself of the matter I was deeply plunged into the thick glades, and could see no more the plain that lay behind me. Thereupon it came to my mind for the first time that I might easily lose my way in the forest, and that perchance this was the only peril the traveller had to face. So I paused awhile and looked round at the position of the sun, which meanwhile had risen higher in the heavens. As I looked I saw something black in the branches of a high oak. 'A bear, maybe,' I thought, and I felt for my sword. But it spoke with a human voice, all harsh and ugly, and called to me from above: 'Sir Malapert,' it cried, 'an I fail to nibble away the branches up here, what shall we have to roast you with at midnight?' And so saying it grinned and made the branches shake and rustle in such sort that my horse, grown wild with terror, galloped me away before I had time to see what kind of devil's beast it might be."

"Thou must not give him a name," said the fisherman, and he crossed himself. His wife did the like with never a word.

But Undine looked at the knight with sparkling eyes. "The best of the story is," quoth she, "that they have not roasted him! Go on, fair sir!"

So the knight went on with his tale.

"So wild was my horse that it went hard with me to stay him from charging the stems and branches of trees. He was dripping with sweat, and yet he would not suffer himself to be held in. At length he galloped straight towards a precipice. Whereupon it appeared to me as though a tall white man threw himself across the path. The horse, trembling with fear, stopped, and I regained my hold on him. Then for the first time did I become aware that what saved me was no man, but a brook, bright as silver, rushing down from a hill by my side, and crossing and stemming my horse's path."

"Thanks, dear Brook," cried Undine, clapping her hands. But the old man shook his head and bent him thoughtfully over the ground.

Huldbrand continueth his tale. "Scarce," quoth he, "had I

settled myself in the saddle and taken a firm grip on the reins, when, lo, a marvellous little man, very small and hideous beyond measure, stood at my side. Tawny brown was his skin, and his nose almost as big as his whole body, while, grinning like a clown and stretching wide his huge mouth, he kept bowing and scraping over and over again. Since this fool's play pleased me but ill, I gave him brief good-day, and turned about my horse which still quivered with fear. Methought I would find some other adventure or else I would bestir myself homeward, for, during my wild gallop, the sun had already passed the meridian. Whereupon, quick as lightning, the little fellow whipped round and again stood before my horse. 'Make room there,' I cried angrily, 'the animal is fiery and may easily overrun thee.' 'Oh, ay,' snarled the imp, grinning yet more hideously, 'give me first some drink-money, for it was I who stopped your horse; without my aid both thou and he would now be lying in the stony ravine, Ugh!' 'Make no more faces,' quoth I, 'take your gold, albeit that thou liest, for see, it was the good brook that saved me and not thou, thou wretched wight!' And therewith I dropped a piece of gold into the quaint cap which he held before me in his begging. And I made as though I would ride on. But he shrieked aloud, and swifter than can be imagined he was once more at my side. I urged my horse to a gallop; the imp ran too, and strange enough were the contortions he made with his body, half laughable and half horrible, the while he held up the gold piece, crying at each leap of his, 'False gold! False coin! False coin! False gold!' And these words he uttered in such sort, with so hollow a sound from out his breast, that one might well conceive that after each shriek he would fall dead to the ground.

"Moreover his hideous red tongue lolled out of his mouth. And for my part, I stopped in doubt and said, 'What meaneth this screaming? Take another gold piece or yet another, but quit my side.' Once more he began his strange mockery of courtesy and snarled: 'Not gold, not gold, young sir,' quoth he, 'enough and to spare of that trash have I myself, as forthwith I will show you.' Thereupon of a sudden it appeared to me as if the solid ground were as transparent as green glass, and the smooth earth were a round ball, wherein a multitude of goblins made sport with silver and gold. Heads up and heads down they rolled hither and thither, pelting one another in jest with the precious ore and blowing gold dust in perverse sport into one another's eyes. My horrible comrade stood partly on the ground and partly within it; at times he bade the others reach him up handfuls of gold; then with harsh laugh, having shown them to me, he would fling them down clattering into the bottomless abyss. Thereupon he minded to show the piece of gold

I had given him to the goblins below, and they laughed themselves half dead over it and hissed out at me. At length they all pointed their stained fingers at me, and more and more wildly, more and more densely, and more and more madly, the whole swarm came clambering up to me. A terror seized me as erst it had seized my horse; clapping the spurs into him I galloped, for the second time, I know not how far into the forest.

"But when at last I stayed my wild course the coolness of evening was around me. A white footpath—so it appeared to me—gleamed through the branches of the trees, and that methought must needs lead to the city. Full eager was I to work my way thither, but lo, a face, white, indistinct, with features constantly changing, was ever peering at me between the leaves. Try as I might to avoid it, it accompanied me wherever I turned. And being wroth thereat, I drave my horse against it, when the phantom gushed forth volumes of water upon us and forced us, willy-nilly, to retreat. So that at the last, perpetually diverting us step by step from the path, it left the way open only in one direction; and so long as we obeyed its guidance, though it kept close behind, it did us no harm.

"From time to time I eyed it and meseemed that the white face that had besprinkled us with foam belonged to a body equally white and of gigantic stature. Full oft I fancied that it was but a moving stream, but never did I gain any certainty on this matter. Horse and knight both wearied out, we yielded to the influence of the white man, who kept nodding his head as though he would say 'Quite right, quite right!' And so at the last we came out here to the end of the forest, where I saw grass and lake and your little hut, and the white man vanished."

"'Tis well that he hath gone," muttered the fisherman, and now he began to mind him how best his guest might return to his friends in the city. Whereupon Undine laughed slyly, and Huldbrand perceiving it addressed her: "Undine," quoth he, "methought thou wert glad to see me here. Why then dost rejoice when there is talk of my departure?"

"Because thou cannot go," returned Undine, "essay the task, an thou wilt: cross that swollen stream with boat or horse or thine own legs, according to thy fancy. Nay but do not try, for sure would be thy fate: thou wouldest be crushed by the stones and tree-trunks swirling down its course like lightning. And as for the lake, full well I know it; Father dares not adventure himself far enough out with his boat."

Thereat Huldbrand arose with a smile that he might see whether Undine were right. The old man bore him company, and the maiden danced merrily along by their side. And in sooth Undine was right, and the knight found that he must need abide on the tongue of land that was now an island, until such time as the flood might subside.

As the three made their way back to the cottage, the knight bent his head to whisper in the maiden's ear: "How is it," quoth he, "my pretty Undine, art angry that I stay?"

"Ah," saith she petulantly, "let me be. Had I not bitten thy hand, who knoweth how much more of Bertalda might not have appeared in the story?"

CHAPTER V
HOW THE KNIGHT FARED ON THE PENINSULA

Now my story hath a pause. Perchance, thou too, who readest these lines, may, after many a buffet in this rude world, have reached at length some haven where all was well with thee. Home and the peace of home, which all must needs desire, appeal strongly to thy heart; and here thou thinkest is a home where the flowers of childhood may bloom ay, and that pure deep love which resteth on the graves of our dead may encircle thee. 'Tis good thou sayest to be here, and here will I build me a habitation. Nay, an thou mayest have erred and have had afterwards to do bitter penance for thine error, that mattereth not to thee now, nor wilt thou sadden thyself with unwelcome memories. But call up again in thy sweet hopes of future joy which no tongue may utter, bring back again to thy mind that heavenly sense of peace, and then, methinks, thou shalt know somewhat of how it was with Huldbrand while he lived on the peninsula.

Full oft he saw, and it pleasured him right well, how every day the forest stream rolled along more wildly; how it made its bed ever wider and wider, and so prolonged his stay on the island. Part of the day it was his wont to ramble with an old crossbow which he had found in a corner of the cottage and had repaired; and watching for the waterfowl, he shot all he could for the cottage kitchen. When he brought back his booty, Undine would oft upbraid him for his cruelty in robbing the happy birds of their life; yea, she would shed bitter tears at the sight. But, if it chanced that he brought nothing home, then she would scold him no less earnestly, for that now, through his carelessness and want of skill, they must be content with a fare of fish alone. Nathless, her pretty scoldings pleased him right well, the more so as she made amends for her angry reproaches by the sweetest caresses.

Now the old people saw how it was with the young pair, and they were well content; they looked upon them as betrothed or as already married, so that they might still live on in this isolation, and be a succour and a help to them in their old age. Nay, to Huldbrand himself, the loneliness of the place seemed to suggest the thought that he was already Undine's accepted suitor. To him it appeared as if there were no world beyond these encircling waters, and no other men with whom he might mingle if he recrossed them. When at times his horse might chance to neigh to remind him of knightly deeds, or the coat of arms on his saddle and horse-gear confront him with a frown, or his sword of a sudden fall from its nail on the wall, slipping from its scabbard, as it fell; he would stay his uneasiness by murmuring to himself "Undine, certès, is no fisherman's daughter, she is sprung more likely from a princely house in some foreign land." But one matter irked him sore. It was when the old dame scolded Undine in his presence. Not that the maiden cared a jot, she was wont to laugh and took no pains to hide her mirth. But his own honour seemed concerned therein, albeit that he could not blame the fisherman's wife, for Undine ever deserved ten times the, reproof that she received. In his heart he could not but feel that the balance was in the old woman's favour. And so his life flowed on in happiness and peace.

There came, however, a break at last. It was the habit of the fisherman and the knight when they sate them down to their midday meal, or in the evening when the wind, as it commonly did, roared without, to share together a flask of wine. But now the store that the old man had brought from time to time in his visits to the city was exhausted, and the two men were quite out of humour in consequence. Undine laughed gaily at them all day, but for their part they were neither of them merry enough to join in her jests as usual. Towards evening she left the cottage to avoid, as she said, faces so long and so dismal. As night fell, there were again signs of a storm and the waters began to rush and roar. Full of fear, the knight and the fisherman sprang to the door to bring home the maiden, for they bethought them of the anxiety of that night when Huldbrand first came to the cottage. But Undine swiftly came up to them, clapping her little hands with joy. "What will ye give me," quoth she, "if I provide some wine? Or rather, give me nothing, for it will content me well if ye look merrier and be of better cheer than throughout this dismal day. Only come with me, the stream has thrown a cask ashore. 'Tis a wine cask for certain, or else let me pay the penalty with a week's sleep!" The men followed her forthwith, and sure enough in a sheltered creek they found a cask which they ardently hoped might contain the generous liquor for which they thirsted.

With as much haste as possible they rolled the cask towards the cottage, for the western sky was overcast with heavy storm-clouds, and they might see in the twilight the waves of the lake lifting their foamy crests as if looking for the rain which must shortly come down. Undine helped the men all she might, and when the storm threatened to burst on their heads, she uttered a laughing reproof to the clouds. "Come, come," saith she, "look to it that ye wet us not, we are still some way from shelter." The old man warned her that she might suffer for such presumption, but she laughed softly to herself, and no evil came of it to anyone. Nay more, to their surprise they reached the hearth with their prize perfectly dry; and not till they had opened the cask and found that it contained a most exquisite wine, did the rain burst from the dark cloud and the storm sweep through the tree-tops and over the heaving waves of the lake.

Full soon a score of bottles were filled from the cask, promising a supply for many days, and they sate them round the glowing fire, drinking with many a merry jest and comfortably secure against the raging storm without. Of a sudden, however, the fisherman became grave. "Ah, great God," saith he, "here we are, rejoicing over this rich treasure and, mayhap, he to whom it once belonged hath lost his life in the waters that robbed him of his possession."

"Nay, that he hath not," returned Undine, and she filled the knight's cup to the brim with a smile.

But Huldbrand answered, "By my honour, old father, an I knew where to find and rescue him, no task of peril by night would I shirk. This much, however, I can promise. If ever it be my lot to return to places where my fellows live, I will seek out the owner of this wine or his heirs, and pay for it two fold or threefold." The speech pleased the old man full well, he nodded approvingly and drained his cup with greater pleasure and a clearer conscience.

But Undine was not so pleased. "Do as thou wilt," quoth she, "with thy gold and thy repayment, but about thy venturing out in search, thou spakest foolishly. I should weep full sore if thou wert lost in the attempt; and is it not truth that thou wouldest fain stay with me and the good wine?"

"Ay, in sooth," quoth Huldbrand, with a smile.

"Then," saith Undine, "thou words were foolish. For charity, it is said, beginneth at home, and in what do other people concern us?"

The old woman turned away with a sigh, shaking her head, while the fisherman forgot for the nonce his love for the maiden and scolded her. "Thy speech," saith he, as he finished his reproof, "soundeth as though Turks and heathen had brought thee up. May Heaven forgive both me and thee, thou mannerless girl!"

"Well," returned Undine, "'tis what I feel for all that, let who will have brought me up, and what availeth thy sermon?"

"Be silent," cried the fisherman; and Undine, who in spite of her petulance, was very timid, shrank from him. Trembling she nestled close to Huldbrand's side, and softly murmured, "Art thou also wroth with me, dear friend!" The knight for answer pressed her hand and stroked her hair. Naught could he say, for it irked him that the old people should be so severe against Undine. But he kept his lips closed, and thus they all sat opposite to each other for a while in embarrassed silence with anger in their hearts.

CHAPTER VI
TELLETH OF A WEDDING

Now in the midst of this stillness came the sound of soft knocking at the door, and startled those that were within; for, at times, but a trifling incident can scare us, when it happeneth unexpectedly. But in this case there was the more reason for alarm in that the enchanted forest lay so near, and that the little promontory appeared out of the reach of all human visitors. They looked at each other with doubt in their faces, and when the knocking came again, and this time accompanied with a groan, the knight sprang to reach his sword. But the old man whispered softly, "Sir Knight," quoth he, "an it be what I fear, no weapon will be of avail." Meantime Undine approached the door and called out boldly and angrily, "Spirits of the earth, I warn ye! If ye mean mischief, Kühleborn shall teach ye better!"

Words so full of mystery only added to the terror of the others, and they looked at the maiden fearfully. When Hulbrand, however, was minded to ask Undine what she might mean by such a speech, there came a voice from without. "I am no spirit of the earth," it said, "but a spirit still within its earthly frame. I pray ye within the hut, if ye fear God and will help me, open to me."

Undine at these words opened the door and held out a lantern into the night, so that they perceived an aged priest standing there. He stepped back in wonder: full startled was he to see so beautiful a maiden at the humble cottage entrance, and he might well suppose in such a case that witchcraft and magic were at work. So he began to pray, "All good spirits praise the Lord God!"

"No spirit am I," saith Undine, smiling. "Do I then look so ugly? Moreover, thou mayest see that holy words do not frighten me. I, too, know of God, and understand how to praise him— everyone in his own way, to be sure, for so hath he created us. Come in, reverend father, thou art come among good people."

So the holy man came in, bowing and looking around him. Full venerable and mild was his demeanour, but the water was dropping from every fold of his garment, and from his long white beard and his white hair. The fisherman and knight took him into another chamber, and gave him clothes to wear, while they left his own wet attire for the women to dry. The old man thanked them in humble and courteous sort, but he would on no account take the knight's rich mantle when it was offered to him, choosing instead an old grey overcoat of the fisherman. Thereupon they returned to the outer room, and the old dame at once gave up her easy chair for the reverend father, and would not rest till he had sate himself down in it. "For," quoth she, "thou art old and weary, and a priest to boot." Moreover, Undine pushed under the stranger's feet the little stool on which she was wont o to sit by Hulbrand's side, and showed herself in all ways gentle and kind towards the priest. Hulbrand whispered some jest about it in her ear, but she answered full seriously, "He is a servant of Him who hath made us all, holy things must not be mocked."

Then the knight and fisherman refreshed their guest with food and wine, and when he had somewhat recovered himself he began to tell his story. He told how the day before he had set out from his monastery, which lay far on the other side of the great lake, with intent to journey to the Bishop, for that he ought to know how deep was the distress into which both monastery and its dependent villages had fallen owing to the present marvellous floods. He had gone far out of his way, for the floods compelled him, and this day towards evening he had been forced to ask the aid of two stout boatmen to cross an arm of the lake, where the water had overflown its banks. "Hardly, however," said he, "had our little craft touched the waves when the furious storm came down upon us which is now raging over our heads. It seemed as though the waters had only waited our approach to begin their maddest dance with our boat. The oars were torn out of the hands of the boatmen and driven by the force of the waves further and further beyond our reach. Ourselves, a helpless prey in the hands of natural forces, drifted over the surging billows towards your distant shore, which we saw looming through the mist and foam. Then our boat was caught in a giddy whirlpool, and for myself I know not whether I was upset or fell overboard. Suffice it to say that in a vague agony of approaching death, I drifted on, till a wave cast me here, under the trees of your island."

"Island," cried the fisherman, "ay, 'tis an island for sure! But a day or two agone, it was a point of land; but, now that stream and lake have alike been bewitched, all is changed with us."

"Ay, so it seemed to me," said the priest, "as I crept along the shore in the dark. Naught but the wild uproar could I hear, but at last I saw a beaten footpath, which lost itself in the waters, and then I caught sight of the light in your cottage and ventured hither. Nor can I ever thank enough my Heavenly Father that he hath saved me from death and led me to such good and pious people as ye are; the more so, since I know not, whether beside you four, I shall ever look upon human beings again."

"What mean you by that?" asked the fisherman.

"Know you then," replied the holy man, "how long this turmoil of the elements may last? And I am old in years. Full easily may the stream of my life run itself out ere the overflow of the forest stream may subside. And indeed it were not impossible that more and more of the flood may force itself between you and yonder forest, until you are cut off from the rest of the world in such sort that your fishing-boat may not suffice to carry you across. Then the dwellers on the continent beyond, giving themselves up to their own pleasures and cares, may entirely forget you in your old age."

The old wife started at this, and crossing herself, said, "God forbid!"

But the fisherman looked at her with a smile. "What strange creatures we are," quoth he. "Even was it so, things would not be very different—at least not for thee, dear wife—than they are now. For many years past hast thou ever been further than the edge of the forest? And hast thou seen any human beings other than Undine and me? The knight and this holy man are but recent visitors, and they will stay with us even if this becomes a forgotten island. Methinks thou wouldest be a gainer by it, after all!"

"I know not," said the dame, "it is a gloomy thought to be

altogether cut off from other people, even though we neither see them nor know them."

"Then thou wilt stay with us, thou wilt stay with us!" whispered Undine, in a low, chanting voice, as she nestled closer to Huldbrand's side. But he was lost in deep and strange thoughts. Since the priest spoke his last words, the other side of the forest seemed to fade away; the island grew greener and smiled more freshly to his thought. The maiden whom he loved shone as the fairest rose of this little spot of earth, and even of the world—and lo, there was a priest ready at hand! Moreover, at that moment, the old dame shot an angry glance at the maiden, because even in the presence of the holy man she leaned so closely on the knight, and it seemed that a torrent of reproach might break forth. So Huldbrand turned him to the priest and exclaimed: "Holy Father," quoth he, "thou seest before thee a pair betrothed to one another, and if this maiden and these good people have no word to say, thou shalt wed us this very evening." The old couple marvelled greatly at this speech. Somewhat of the kind had indeed ere this entered their minds. But they had never given it utterance; and the knight's words came upon them as something wholly new and unexpected. And Undine had of a sudden grown grave, casting her eyes down to the ground in thought; while the priest inquired of the facts of the case and asked whether the old people gave their consent or no. And much discourse took place ere the matter was finally settled.

The old dame went to prepare the bridal chamber for the youthful pair, and to seek out two consecrated tapers which had long been in her possession and which she deemed necessary for the nuptial ceremony. Meantime the knight unfastened his gold chain, so that he might take off two gold rings to make exchange with his bride. Undine, however, when she saw what he did, roused her from her reverie. "Nay, not so," she cried, "my parents have not sent me into the world quite destitute; on the contrary, they must surely have reckoned that such an evening as this would come." Thus saying, she quickly left the room and came back in a moment with two costly rings, one of which she gave to the bridegroom and kept the other herself. The old fisherman marvelled greatly thereat, and yet more his wife, for neither had ever seen these jewels in the child's possession.

"See," said Undine, "my parents had these baubles sewn into the beautiful gown I was wearing when I came to you. They forbade me to speak of them to any one before my wedding, so I unfastened them in secret and kept them hidden till now." Thereupon the priest stayed all further questionings by lighting the consecrated tapers. He placed them on a table and summoned the bridal pair to stand before him. With a few solemn words he gave them each to the other: the elder pair blest the younger; and the bride, trembling and thoughtful, leaned upon the knight.

Then spake the priest of a sudden. "Ye are strange people!" quoth he. "Why did ye tell me that ye were alone on the island? During the whole ceremony a tall stately figure, clad in a white mantle, has been looking at me through the window opposite. He must be still there before the door if ye will invite him into the house." "God forbid," said the old dame shuddering; the fisherman shook his head in silence and Huldbrand sprang to the window. It seemed to him that he could still see a white streak, but it soon vanished altogether in the darkness. Wherefore he assured the priest that he must have been mistaken, and they all seated themselves together round the hearth.

CHAPTER VII
OF ALL THAT CHANCED ON THE EVENING OF
THE WEDDING

Now, both before the marriage ceremony commenced, and while it was in progress, Undine had shown herself as quiet and gentle as might be. But now that the ceremony was over, it seemed as if all the strange and untoward humours that were in her burst forth wholly without restraint or shame. Childish she was, and childish were the tricks with which she teased both her wedded lord and her foster-parents. Nay, she even went so far as to spite and annoy the holy man to whom lately she had shown such reverent obeisance. When the foster-mother was all for reproving her, the knight stayed her with a few grave words, "for," saith he, "Undine is now my wife." Nathless, the knight was no better pleased with Undine's waywardness than were the others. It irked him sore that she should play the child, but no signs and no warning words were of any avail. Yet it seemed that at times the bride took note of her husband's discomfiture, and then at once she became quieter, sitting down by his side, caressing him with her hands, and whispering something smilingly into his ear, so that the wrinkles on his forehead would all be smoothed away. And then again the tender mood would pass, and some wild freak of temper would make her yet more perverse and forward, so that matters would be worse than they were before. At last the priest addressed her with kind and serious words.

"Lady," quoth he, "no man can look at thee without delight, for thou art fair and young to behold, and the eye of mortal man must needs yield to thy beauty. And yet I bid thee beware and take heed to thy ways, so that thy soul may be attuned and brought into harmony with that of thy wedded husband."

"What is this thou sayest?" answered Undine. "Thou talkest of my soul. And, indeed, it may well be that for most of the sons of men thou mayest utter a wise and seasonable caution. But I pray you, if I have no soul at all, what is it that I may do? In such case the task of harmony that thou prescribest seemeth to be difficult."

Now the priest turned him away and was silent when Undine spake thus. But she came over to him, and addressed him in more reverent sort. "Sir Priest," quoth she, "thou art angry with me, and I know well the cause. Yet thou painest me with thine angry look, and thou must not pain any creature that liveth without due cause.

Listen to me, I pray thee, and have patience with me; and for my part I will seek to tell thee plainly what I mean."

Thereupon it was clear that she had bent herself to give a full and plain account of something that had hitherto been concealed. But suddenly she hesitated, as though some secret hand of restraint had been laid upon her, and with a quick shudder she burst into a flood of tears. Not a person there knew what to make of her in this case. They gazed at her in silence, filled with dim and vague apprehension. For a moment or two she rested thus, and then, wiping away her tears, she looked gravely and earnestly at the holy man and spake as follows:

"Meseemeth that there is something strange and difficult to understand about the soul. It hath a beauty of its own, hath it not? And yet to me it appeareth full of dread and awe. I ask thee, Sir Priest, might we not all of us be in better case if we never shared so beautiful and so perilous a gift? " Once again Undine was silent, as though waiting for some reply, and her tears had ceased to flow. All those in the cottage had started from their seats at her strange words, and had stepped back from her with something akin to horror in their eyes. Nathless, she looked neither to right nor to left, but only bent her gaze on the holy man, with a yearning of curiosity on her face, as though she waited for some message of terrible import. And once more she spake:

"It must be a burden right heavy to bear, this soul of which thou speakest, for even the shadow of its approach filleth me with sadness and dread. And yet, God knoweth, I had pleasure and happiness enough in my life till now." Thereupon Undine burst into a fresh flood of tears, and covered her face with the raiment that she wore. And the priest went up to her with a solemn air, and spoke to her weighty words, conjuring her, by the name of the Most Holy, to rend and cast aside the veil that enveloped her, if so be that any spirit of evil possessed her. She meanwhile sank on her knees before him, saying after him all the sacred words he uttered, praising God, and protesting that in her heart she wished well to the whole world. At the last the priest turned him towards the knight.

"Sir Bridegroom," quoth he, "I will leave thee alone with her to whom I have united thee in holy wedlock. So far as my wisdom may lead me, I find nothing of evil in her, though much that is strange and mysterious. I commend to thee three things wherewith thou mayest bear thyself well in thy future life—Prudence, Love, and Faithfulness." With these words the priest left the room, and the fisherman and his wife followed him, crossing themselves as they passed Undine.

Undine herself had sunk on her knees. She took the raiment

from her face, and, looking humbly and timidly on Huldbrand, spake as follows: "Woe is it to me, for thou wilt surely refuse to keep me as thine own! And yet no evil have I done, God wotteth, and I am naught but an unhappy child." And as she said these words her face had on it a look so tender and so wistful in its humility and beauty that her bridegroom clean forgot all the horror he had felt, and all the mystery that surrounded her, and, hastening to her side, he raised her in his arms. She smiled through her tears. It was a smile like the light of dawn playing on a little stream.

"Ah, thou canst not leave me," she whispered, stroking the knight's cheek with her tender hand.

Sir Huldbrand did his best to banish the thoughts of fear and dread that lurked in the background of his mind, persuading him that some fairy or some malicious and mischievous being of the spirit world had come to be his wife. Only the single question, half unawares, passed his lips: "Undine, my little Undine," quoth he, "tell me at least this one thing. What was all thy talk of spirits of the earth, and of Kühleborn, what time the priest was knocking at the door?"

"Naught but fairy-tales," answered Undine merrily, "children's fairy-tales. At the first I frighted you with them, and then you frighted me. And that is the end of our story, and of our wedding

wedding night."

"Nay, God be my witness," quoth the knight, "certès, it is not the end." Saying thus, he blew out the tapers, and by the light of the moon, which shone softly in at the window, he bore, with a thousand eager kisses, his beloved to her room.

CHAPTER VIII
THE DAY AFTER THE WEDDING

The bright morning light awoke the pair: Undine hid her face beneath the bed-coverings, while Huldbrand lay for a moment in silent thought. So oft as he had slept during the night, strange and marvellous visions had disturbed his rest: spectres, grinning mysteriously, had striven to disguise themselves as beautiful women; beautiful women had taken upon themselves the form of dragons; and when he started up from these hideous dreams, the moon shone pale and cold into the room, and in terror he looked at Undine in whose arms he had fallen to sleep. But lo, there she lay at his side, unchanged in loveliness and grace. Whereupon he would press a light kiss on her rosy lips and would fall again to sleep, only to be awakened by new terrors. Now that he was fully awake, he bethought himself of all this and blamed himself full sore for every doubt that had turned him against his sweet wife. He begged her to pardon his unjust suspicions; but for her part she only held out to him her hand and, sighing deeply, said not a word.

Nathless, she looked at him with a tender yearning such as he had never seen before, so that he might be certain that she bore him no manner of ill-will. With a lighter heart he rose from bed and left her to join the rest of the household in the common room.

Now the three were sitting round the hearth, with a cloud on their faces, none daring to express their fear in words. It seemed that the priest was praying in his inmost spirit that all evil might be turned aside. But as soon as they beheld the young husband come into the room with such good cheer, they put aside their trouble and anxiety; and the fisherman bethought himself to make merry jests with the knight, and so pleasantly withal that the old dame smiled, well pleased to hear them. Thereupon Undine entered the room. Now all rose to give her greeting and yet stood still a space, marvelling greatly because the young wife seemed so strange to them and yet the same. The priest first, with fatherly love in his eyes, went up to her, and as he raised his hand to bless her, she sank on her knees before him and did him reverence. With gentle and lowly words she begged him to forgive her for all that was foolish and petulant in her speech of yestereven, and implored him with no little emotion to pray for the welfare of her soul. Then, rising from her knees, she kissed her foster-parents and gave them thanks for the goodness they had shown her.

"Ah!" quoth she, "it moveth me to my inmost soul to bethink me how great, how immeasurably great, have been your kindnesses to me, my dear, dear parents!" Nor could she at the first leave off her caresses; but when she saw the old dame bestirring herself about breakfast, she went forthwith to the hearth, cooked and prepared the meal, and would not suffer the good mother to concern herself with aught.

So she remained during the day—silent, affectionate, attentive—at once a matron, and a tender, bashful girl. The three who had known her longest, thought at every moment to see some whimsical and petulant outbreak of her old wild mood. But they looked for it in vain. Undine was as mild and gentle as an angel. The priest could not take his eyes off her, and turned oft times to the bridegroom.

"Sir Knight," quoth he, "the goodness of God hath through me, His unworthy servant, entrusted thee with a treasure; cherish it therefore, as is thy bounden duty, so will it be for thy welfare, both in time and in eternity."

Now, as evening fell, Undine, hanging on the knight's arm with humble tenderness, drew him gently forth from the door. Full pleasant to behold was the gleam of the setting sun on the fresh grass and the slender stems of the trees. The young wife's eyes were dewy with sadness and love, while her lips seemed to quiver with some secret mystery, at once sweet and bodeful, which might only be revealed by scarcely audible sighs. Onward and onward she led her husband and spake never a word. Indeed, when he said something, she answered not at all, but turned upon him a look in which lay a whole heaven of love and timid devotion. Thus they reached the edge of the forest stream and the knight marvelled much to see it rippling along in gentle waves, without a trace of its former wild overflow. And Undine began to speak with regret in her voice.

"By tomorrow," saith she, "it will be quite dry, and then thou mayest travel whithersoever thou wilt, without let or hindrance."

But the knight answered laughingly. "Not without thee, my little Undine," quoth he, "for bethink thee that an I wished to desert thee, church and priests, empire and emperor, would interpose and bring thee back again thy fugitive."

"Nay, but all hangs on thee," whispered she, half weeping and half smiling, "all hangs on thee! Nathless, I think that thou wilt hold by me, for that I love thee so dearly. Only carry me over to that little island before us, the matter shall be decided there. Easily enough could I glide through the ripples, but it is so sweet to rest in thine arms, and if thou castest me off, at the least I shall have rested in them once more for the last time."

Now, Huldbrand, full as he was of wonder and fear at her words, knew not in what sort to make reply. But he took her in his arms, carrying her across, and thereupon bethought him that this was the same little island whence he had borne her back to the fisherman on the first night of his arrival. On the further side, he put her down on the soft grass, and was minded to throw himself fondly at her side. But she stayed him with a word. "Nay," quoth she, "sit there, opposite to me, I will read my sentence in thine eyes before thy lips speak. Now listen attentively, I pray thee, to what I shall say."

And she spake as followeth:

"Thou must know, my beloved, that there exist in the elements beings not unlike mortal men, which yet rarely let themselves be seen of men. Wonderful salamanders glisten and sport in the flames of fire; gnomes, lean and spiteful, dwell deep within the earth; spirits, which are of the air, wander through the forests; and a vast family of water-spirits live in the lakes and streams and brooks. In domes of crystal, echoing with many sounds, through which heaven looks in with its sun and its stars, the water-spirits find their beautiful home; lofty trees of coral with blue and crimson fruits shine in their gardens; they wander over the pure sand of the sea, and among lovely variegated shells and amid all the exquisite treasure of the old world, which the present world is no longer worthy to enjoy. All these the floods have covered with their mysterious veil of silver; below sparkle, stately and solemn, many noble ruins, washed by the loving waters which win from them delicate moss-flowers and entwining clusters of sea-grass. Those who dwell there are very fair and lovely to behold—more beautiful, I ween, than human beings. Here and there a fisherman has been lucky enough to espy some mermaid as she rose from the waters and sang; thereupon he would tell, near and far, of her beauty, and such wondrous beings have been called Undines. Thou, dear one, art actually seeing an Undine."

Now the knight tried hard to persuade himself that the spell of one of her strange humours was upon his wife, and that it pleased her to tease him with some extravagant fancy of her own. But albeit that he said this to himself over and over again, he persuaded himself none the better; he shook with a strange unnatural shudder, and having no power to utter a word, stared at his companion with unmoving eyes. For her part, Undine moved her head to and fro sadly, and with a deep sigh went on as followeth:

"We should live far more happily than other human beings— for human beings we call ourselves, being similar in face and stature—were it not for one evil that is peculiar to us. We, and our like in the other elements, vanish into dust and pass away, body and spirit, so that not a vestige of us remains behind; and when ye human beings awake hereafter to a purer life, we abide with the sand and the sparks of fire, the wind and the waves. For we have no souls. The element in which we live animates us; it even obeys us while we live; but it scatters us to dust when we die. And we are merry, having naught to grieve us—merry as are the nightingales and little gold-fishes, and other pretty children of nature. Nathless, all beings aspire to be higher than they are; and so my Father, who is a mighty water-prince in the Mediterranean Sea, was fain that his only daughter should become possessed of a soul, even though she must needs in that case endure the sufferings of those similarly endowed. Beings such as we can only gain a soul by an union of deepest love with one of thy race. A soul I now possess, and my soul thanks thee, oh my beloved, and will ever thank thee, if thou on thy part makest not my whole life wretched. For what, thinkest thou, will become of me if thou avoidest me and drivest me from thee? Still, Heaven forbid that I should hold thee to me by deceit. And if thou wilt reject me, do it forthwith and go back to the shore alone. I will plunge into this brook, which is my uncle, for here in the forest, alienated from other friends, he leads his strange and solitary life. Powerful, indeed, he is, and receiveth tribute from many great streams; and, as he bore me to the fisherman a light-hearted and laughing child, so will he take me back again to my parents, a loving, suffering woman, gifted with a soul."

Now she was minded to say more, but Huldbrand, taking her into his arms with the tenderest love, bore her back again to the shore. Not till he had gained it, did he swear, with full many tears and kisses, never to forsake his sweet wife; and he deemed himself happier far than the heathen sculptor, Pygmalion, whose beautiful statue Venus endowed with life, so that it became his love. And Undine, clinging to his arm with sweet trustfulness, walked to the cottage, feeling now for the first time with all her heart how little need there was for her to regret the forsaken crystal palaces of her mysterious father.

CHAPTER IX
HOW THE KNIGHT BORE AWAY
HIS YOUNG WIFE

Now the story here telleth how next morning Huldbrand, waking from his sleep, found not his wife by his side; and how forthwith the strange thoughts returned to his mind that his marriage, ay, and sweet Undine herself, were but delusions and sorceries. But as he mused thus, lo, Undine came into the room and sate her down beside him.

"Dear love," saith she, "I have been out betimes to see if my uncle keeps his word. And he hath already led all the waters back again into his own quiet channel, and behold he floweth once more through the forest, lonely and dreaming, as is his wont. His friends in air and water have also gone to rest; all is again peaceful and orderly around us, and thou mayest travel homewards, when thou wilt, dry-shod."

Now to Huldbrand it seemed that he was in some waking dream, and little enough could he understand the strange kindred of his wife. Nathless, he made no comment on the matter, and the exquisite grace of Undine soon lulled to rest every uneasy misgiving. When, after some space of time, he stood with her before the door, and looked over the green peninsula with its boundary of clear waters, he felt so happy in this cradle of his love that he could not forbear to say: —

"Why must we needs travel today? Rarely enough shall we find happier days in the world yonder than those we have spent in this quiet shelter. Nay, but let us see the sun go down here, twice or thrice more!"

"As my lord willeth," said Undine, humbly. "It is only that the old people will in any case part from me with pain, and when they now for the first time discern the true soul within me, and know how heartily I can love and honour them, methinks their aged eyes will be dimmed with many tears. At present they still hold my quietness and gentleness for nothing better than what they were once—the calm of the lake when the air is still; and, as matters now are, they will full soon learn to cherish a flower or a tree as they have cherished me. Let me not, therefore, I beg thee, reveal to them this soul of mine, so loving and so newly-won, just at the moment when they must lose it for this world; and how can I conceal it if we remain longer together?"

Huldbrand perceived that she was right, and forthwith spoke to the old people of the journey which he proposed to undertake that very hour. The priest offered to bear company with the young pair, and so, after taking a hasty farewell, he and the knight helped the bride to mount the horse and both walked with rapid steps by her side across the dry channel of the forest stream into the wood beyond. Silently and bitterly did Undine weep, while, as for the old people, they cried aloud. It seemed that all that they were losing in their foster-child was now borne in upon their minds.

Now the three travellers had reached in silence the densest shades of the forest. Right fair was it to see how, under the green canopy of leaves, the beautiful Undine sat on the richly-caparisoned steed, while on one side walked the venerable priest in the white garb of his order, and on the other strode the knight in gay and splendid attire, girt with his sword. Huldbrand had no eyes save for his wife. Undine, who had dried her tears, had no eyes save for him. Full soon there was naught between them but a mute converse of glance and gesture, from which they were roused at length by the low talk of the priest with a fourth traveller, who, meantime, had joined them unobserved.

He was clad in a white garment, almost like the habit of the monk, only that the hood hung low over his face; and his raiment with its vast folds floated round him in such sort that ever and anon he must needs gather it up and throw it over his arm or dispose of it in some fashion, albeit that in no way did it let or hinder his movements. When the young couple first became aware of his presence, he was speaking as followeth:

"Sir Priest," quoth he, "for many years have I dwelt thus in the forest and yet no hermit am I, in the proper sense of the word. For, as I have said, of penance I know naught, nor do I think myself to have any special need of it. I love the forest in that it hath a beauty peculiar to itself; and it pleaseth me well to pass in my white flowing garments midmost the leaves and dusky shadows, while here and there a sweet sunbeam cometh upon me unawares."

"Thou art a strange man," saith the priest, "and full willingly would I know thee better."

"And to pass from one thing to another," returned the stranger, "what sort of man art thou?"

"Father Heilmann am I called," quoth the priest, "and I come from the monastery of Our Lady beyond the lake."

"Indeed," was the reply, "my name is Kühleborn, and, so far forth as courtesy requireth, I might claim the title of Lord Kühleborn or Free-lord Kühleborn; for free am I as the birds of the forest, perchance somewhat freer. For example, I have a word to say to the lady there."

And, ere they saw what he would be at, he was on the other

side of the priest, hard by Undine. He raised himself up to whisper something in her ear, but she turned away with alarm, and cried out "Nothing more have I to do with thee!"

"Ho, ho," laughed the stranger, "hast made so grand a marriage that no longer thou recognisest thy relations? Hast forgotton thy uncle Kühleborn, who so faithfully bore thee on his back to this region?"

"Nathless I beg of thee," quoth Undine, "not to appear to me again. I fear thee now. What if my husband were to learn to avoid me, when he seeth me in such strange company and with such relations?"

"Little niece," saith Kühleborn, "forget not that I am here with thee as a guide—else might the malicious goblins of the earth play some stupid pranks with thee. Let me therefore go on quickly at thy side. The old priest had better memory for me than thou hast, for he told me that I seemed familiar to him and that perchance I was with him in the boat, out of which he fell into the water. In sooth was I, for I was the waterspout that threw him out of it and washed him safely ashore for thy bridals."

Undine and the knight turned then to Father Heilmann, but he seemed walking as it were in a dream, and perceived naught of what was passing. Thereupon Undine said to Kühleborn, "Lo!

There I see the end of the forest. No need have we of thy help, and 'tis only thou who scarest us. I beg thee, therefore, in all love and goodwill, vanish and leave us in peace."

But Kühleborn was angered thereat, his face grew hideous, and right fiercely did he gnash his teeth at Undine, who screamed aloud and called on her husband for help. Quick as lightning the knight sprang to the other side of the horse and aimed a stout blow with his sword at Kühleborn's head. But the blade struck against a waterfall, which was rushing down near them from a lofty crag, and with a splash, which sounded almost like a burst of laughter, it poured over them and drenched them to the skin. Whereat the priest of a sudden woke from his dream: "Long since," quoth he, "have I been expecting something of the sort, for the stream ran down from the heights so close to us. At the first, methought it was really a man and could speak with human voice."

Now, as the waterfall rushed down, it distinctly spoke to Huldbrand's ear in words like these:

> *Rash knight,*
> *Brave knight,*
> *I am not wroth,*
> *Nor will I chide.*

But ever guard, whate'er betide,
Thy wife as closely at thy side;
Brave knight,
Rash knight!

A few steps more and they were upon open ground. Bright shone the imperial city before them, and the evening sun, which gilded its towers, dried with its kindly beams the drenched garments of the travellers.

CHAPTER X
HOW THEY FARED IN THE CITY

For a time the story must go back somewhat and tell all that had chanced in the imperial city while Huldbrand was away in the forest. The sudden disappearance of the master of Ringstetten had indeed caused great marvel and solicitude amongst those who liked him well enough for his skill at the tourney and dance, and still more for his gentle manners and bearing. His servants were not minded to leave the place without their lord, albeit that not one of them might dare to seek him in the shades of the dreaded forest. Idle therefore they remained, idly hoping, as men will do in such case, and reminding themselves of their lost master by their outspoken sorrow. Now when full soon they were ware of the storms and floods in all their violence, they the less doubted that Huldbrand was now irretrievably lost; and Bertalda mourned for him openly, blaming herself in no small measure for that she had tempted the ill-starred knight to his fatal ride. Her foster-parents, the duke and the duchess, had come to fetch her away; but Bertalda begged them to remain with her until sure news should arrive of Huldbrand's life or death. Several young knights, who courted her full eagerly, she sought to persuade to follow the gallant adventurer into the forest. But no pledge would she give of her hand as reward for the enterprise. She ever hoped that Huldbrand might return and claim her; while, as for her suitors, not one of them cared to risk his life to fetch back so dangerous a rival for the sake of glove or ribbon or even kiss.

And now, look you, Huldbrand suddenly appeared! Great was the joy of his servants and the citizens. Almost everyone was glad at his return, save only Bertalda. It might indeed please the others that Huldbrand should bring with him so beautiful a bride, together with Father Heilmann as witness of the marriage; but Bertalda could feel naught but grief and vexation. For, in the first place, she had really loved the knight with all her heart, and, in the second place, her sorrow at his absence had proclaimed her love in the public eye far more than was now becoming. Nathless, in such circumstances, she demeaned herself as a wise maiden, and bore herself in most friendly sort towards Undine—whom, indeed, all men thought to be a princess, rescued by Huldbrand in the forest from some evil enchantment. If questioned on such a matter, both husband and wife were wise enough to hold their peace, or dexterously evaded the inquiry. And Father Heilmann's lips were sealed to idle gossip of any kind; moreover, immediately after Huldbrand's arrival, he had taken his way back to his monastery. Hence it came that everyone must needs be content with his own conjectures, and even Bertalda knew no more of the truth than the rest.

Now, day by day, Undine felt her affection grow for the fair maiden. "Certès, we must have known one another before," she was wont to say, "or else there must be some strange tie between us, for without some cause—some deep and secret cause—one loveth not another so dearly as I have loved you from the first moment of our meeting."

Nor could Bertalda herself deny but that she was drawn to Undine in sympathy and love, for all that she might hold herself aggrieved at so successful a rival. And so strong was this mutual affection that they both persuaded—the one her foster-parents, the other her husband—to postpone the day of departure from time to time; indeed, there was some talk that Bertalda should bear Undine company to the castle of Ringstetten, near the sources of the Danube.

Of this plan they spoke to one another one evening, as they walked by starlight in the public square of the imperial city, under the tall trees that encircle it. The young husband and wife had begged Bertalda to join them in their evening walk, and the three paced to and fro under the dark blue sky, now and again interrupting their talk to admire the magnificent fountain in the middle of the square, as its waters rushed and bubbled forth in strange beauty. Full happy and peaceful was the scene; glimmering lights from the neighbouring houses stole in upon them through the branches of the trees; a low murmur of children at play and folk who took pleasure in their walk, sounded in their ears; alone they seemed and yet not alone, in the midst of a bright, living world; the difficulties of the day smoothed themselves away; and the three friends could no longer understand what hindrance or objection there might be to Bertalda's visit to Ringstetten. Whereupon, as they were about to fix the day for their departure together, lo, a tall man, coming to them from the middle of the square, bowed with deep respect to the company, and said some words in the ear of the young wife. It irked her that she should be thus interrupted and by a stranger, but she went some steps aside with him and both began to whisper together, as it seemed, in a foreign tongue.

Now Huldbrand thought that he recognised the man, and stared so fixedly at him that he neither heard nor answered Bertalda's astonished questions. Of a sudden, Undine clapped her hands joyously and, laughing, left the stranger, while he, shaking his head, went away hastily as though ill-pleased, and vanished in the fountain. Then Huldbrand was certain that he was right, but Bertalda addressed herself to Undine.

"Tell me," quoth she, "what had the master of the fountain to say to thee?"

And Undine laughed to herself as she made reply. "The day after tomorrow, dear one, on thy birthday, shalt thou know all." No more would she say; but she asked Bertalda and, through her, her foster parents to dine with her husband and herself on the appointed day, and soon after they parted.

"Kühleborn, was it Kühleborn?" said Huldbrand, with a secret shudder, when they had taken leave of Bertalda, and were pacing homewards through the darkening streets.

"Ay, 'twas he," quoth Undine. "And he was minded to say many foolish things to me. But in the midst, and quite against his will, he gave me a most welcome piece of news. An thou wouldst wish to hear it forthwith, dear lord and husband, thou hast but to command, and I will tell it to thee with all my heart. But if thou wilt give a real pleasure to thy Undine, wait till the day after tomorrow and then thou too, wilt have a share in the surprise."

Full readily did the knight grant to her the boon that she had so sweetly asked; and as she fell asleep, she murmured to herself with a smile. "Dear, dear Bertalda!" quoth she. "How glad she will be, and how great will be her wonder at what the master of the fountain revealed to me!"

CHAPTER XI
BERTALDA'S BIRTHDAY

Here beginneth the story of the feast of Bertalda's name-day, how it fared for those who took part in it and in what sort it ended.

Now the company were sitting at dinner, and Bertalda, who shone like some goddess of spring with her flowers and her jewels given her by her foster-parents and friends, was placed between Undine and Huldbrand. When the rich repast was ended, and the last course had been served, the doors remained open, as the good old German custom hath it, so that the common people might look on and bear a part in the festivity of the nobles. Servants were bearing cake and wine among the spectators. Huldbrand and Bertalda, for their part, waiting with scarce-concealed impatience till the secret might be divulged, kept their eyes fixed on Undine. Silent, however, she still remained; only that now and again she smiled to herself in her hidden joy. Those who knew of the promise she had made, might espy well enough that she was ever on the point of making the revelation, and that it was only by a sort of gay self-denial that she repressed her longing, as children are wont to do when they defer to the last their choicest dainties. Bertalda and Huldbrand shared this delightful feeling, looking forward with impatient hope to Undine's message. Just at that moment some of the guests pressed Undine to sing. The time was opportune, and when her lute had been brought to her, she sang as followeth:

Fair was the morn and gay the flowers,
The grasses sweet and tall;
But there on the verge of the glassy lake
Was a pearl outshining all.

What glitters there amid the grass?
A blossom white as snow?
Or is it a gem of Heavenly light
Fallen to earth below?

'Tis an infant child, so frail and dear,
And while it dreams it plays
With rosy buds and happy flowers,
And grasps the morning rays.

Ah, whence, poor stranger, art thou here
From far and unknown strand?
The waves of the lake have borne thee on
To an unfamiliar land.

Nay put not forth, O little child,
Thy tiny hands outspread;
No answering hand will meet thine own
Voiceless that flowery bed.

The flowers may deck themselves full sweet,
And sweetly scent the air;
But none can press thee to its heart
With the love of a mother's care.

So early at the gate of life
Has dawned an orphan's lot;
The highest blessing thou hast missed
And yet thou know'st it not.

A noble duke comes riding by,
And stops, beholding thee;

He takes thee to his castle-halls,
A maid of high degree.

Great is the boon and great thy gain,
Thou'rt fairest in the land;
Yet, ah, the purest joy of all
Is lost—on an unknown strand!

With a sad smile Undine let fall her lute, and the eyes of Bertalda's foster-parents filled full of tears.

"Ay, ay," quoth the duke, "'twas so indeed that I found thee, my poor orphan," and he seemed deeply moved, "the fair singer says truly. The purest joy of all we have had no power to give thee!"

"But now listen," said Undine, "for we must hear how it fared with the poor parents." Thereat she struck the strings and sang as followeth:

The mother wanders through the house:
Wherever she might come,
She seeks with tears she knows not what,
And finds an empty home.

An empty home! oh, word of woe
To one that had been blest;
Who held her child throughout the day
And cradled it to rest!

The beech is growing green again,
The sun shines on the shore;
But, mother, fruitless is thy search,
Thy babe comes back no more!

And when the breath of eve blows cool
And father home returns,
He tries to smile as he smiled of yore, —
But a tear his eyelid burns.

For him his hearth is desolate
And he finds but blank despair;
For he hears the wail of that mother pale
And no child to greet him there!

"Ah, in Heaven's name," cried Bertalda through her tears, "tell me, Undine, I pray thee, where are my parents? For surely thou must know; surely thou must have discovered; for else thou wouldst not so have torn my heart! Perchance they are here? Can it be so?" Her eyes glanced quickly over the brilliant company and rested on a lady of high rank who was seated hard by her foster-father.

But Undine turned her towards the door and her eyes shone with tender light. "Where, then," quoth she, "are the poor parents who have waited so long?" Whereupon, look you, 'twas the old fisherman and eke his wife, who stepped hesitatingly forth from the crowd of spectators! They looked, and there was much question in their looks first at Undine and then on the beautiful maiden said to be their daughter.

"Ay, 'tis she," murmured Undine, "'tis she, indeed!" And the two old people flung their arms round the neck of their long-lost child, weeping sore and praising God.

But little pleasure, I wis, did Bertalda gain there-from. Angry and astonished, she tore herself from their embrace. A discovery such as this was more than her proud spirit could bear at a moment when she had fondly dreamed that still greater fortune was to be her lot—nay that she might come even to royal honours. Her rival, it seemed to her, had devised this plan so that she might be all the more signally humiliated before Huldbrand and the whole world. Undine she covered with reproaches; the old people she reviled; and bitter, hateful words, such as "liar", "deceiver", "bribed impostors", fell from her lips. Thereupon the old fisherman's wife said to herself in a low voice: "Ah me, she is become, I ween, a wicked girl, and yet I feel in my heart that she was born of me." As for the fisherman, he folded his hands and prayed silently that it might not be his daughter. Undine, pale as death, turned from the parents to Bertalda and from Bertalda to the parents. From the heaven of happiness of which she had dreamed she was of a sudden cast out, and such anguish and terror as she had never known even in dreams overwhelmed her thoughts.

"Hast thou a soul?" cried she, "hast thou indeed a soul, Bertalda?" She uttered these words over and over again as though to rouse her, despite her wrath, from some sudden madness or distracting nightmare. But when Bertalda only grew the hotter in her anger, while the parents whom she had rejected began to utter loud lamentation, and the guests, in eager dispute, took this side or that in the controversy, Undine asked with such dignity and seriousness to be allowed to speak in this, her husband's hall, that all were forthwith silenced. Then she moved to the upper end of the table, where Bertalda had sate her down; and, while every eye was fixed upon her, she spoke with modesty and pride the words that follow:

"My friends," quoth she, "I see that ye are troubled and angry, and truly, God wot, ye have marred my happy feast with your bickerings. But in sooth I know naught of your foolish ways and your harsh thoughts; nor indeed am I fain through all my life to become acquainted with them. No fault is it of mine that the matter hath turned out so ill, but, believes me an ye will, the fault may very well be with you, little as it so appears. Wherefore I have little to say, but one thing I must say. I have spoken naught but the truth. I cannot, nor I will not, give ye proof beyond these words of mine, but I declare it to be so. He told me of it, who lured Bertalda from her parents into the water, and who afterwards placed her on the green meadow in the duke's path."

"She is a sorceress!" cried Bertalda, "a witch who holdeth intercourse with evil spirits! Why, she confesseth it herself!"

"Nay, not so," quoth Undine, and a heaven of innocence and truth was in her eyes. "I am no witch, only look at me."

"False is she," saith Bertalda, "false and boastful. Nor can she prove that I am the child of these baseborn people. My noble parents, I ask ye to take me from this company, and from this city, where they are only minded to bring me to shame." Nathless, the duke's sense of honour forbade him to move, while his wife was as firm as he.

"We must be careful," said she, "how we act. God forbid that we should take a step from this hall without due thought."

Thereupon the fisherman's wife drew near, and curtseying low to the duchess, she said these words: "Thou hast opened my heart, noble lady, for thou fearest God. If this wicked child be in sooth my daughter, I must tell thee that she hath a mark, like a violet, between her shoulders, and another like it on the instep of her left foot. If she will but come with me out of the hall—"

"I shall not bare myself before a peasant woman," cried Bertalda, turning proudly away.

"But before me thou wilt," said the duchess, very gravely. "Follow me into yonder room, and the good old woman shall come with us."

So the three disappeared, and the others remained where they were, waiting in silence. After a time they came back. Bertalda was deadly pale.

"Right is right," said the duchess, "needs must I therefore declare that our hostess hath spoken naught but the exact truth. Bertalda is the fisherman's daughter, and that is all that it is necessary to say."

Duke and duchess went out with their adopted daughter; at a sign from the duke, the fisherman and his wife followed. The other guests departed in silence, or with secret murmurs; and Undine sank weeping into Huldbrand's arms.

CHAPTER XII
HOW THEY JOURNEYED FROM THE CITY

Now the lord of Ringstetten might well have been better pleased had the events of the day turned out otherwise; yet even so, it must needs content him that his wife should have been shown to be so good and sweet and kindly. "If a soul I have given her," he would say to himself, "'tis indeed a better one than mine own." And forthwith his only thought was to speak comfortingly to the weeping Undine, and on the following morning to leave a city, which after such events, must have become distasteful to her. No one judged her with disfavour, it is true. From the first, something of strangeness and mystery was looked for in her, and the discovery of Bertalda's birth caused no great wonderment; moreover, everyone who had heard the story and seen how distempered was Bertalda's behaviour, felt disgust at her alone. Of this, however, the knight and his lady knew nothing as yet. Praise or blame was alike painful to Undine, and there was therefore naught better to be done than leave the old walls of the city behind them with all possible speed.

At early dawn, a well-appointed carriage drove up to the entrance gate for Undine. Huldbrand's horses and those of his attendant squires were pawing the ground in the court. The knight was leading his wife from the door, when a fisher-girl crossed their way.

"We need not thy merchandise," said Huldbrand, "we are just leaving the city." Whereupon, as the fisher-girl began to weep bitterly, the husband and wife recognised that she was Bertalda. They went back with her at once to their apartments and learnt that the duke and duchess, bitterly displeased at her violence and ill-behaviour yesterday, had withdrawn their protection from her, albeit that they had given her a rich dowry. The fisherman, also, had been handsomely rewarded, and with his wife had already set out for their lonely home.

"I would fain have gone with them," she went on, "but the old man who is said to be my father—"

"He is truly thy father," Undine broke in. "Listen. The stranger who appeared to thee to be the master of the fountain told me the whole story, word for word. He wished to dissuade me from taking thee to Castle Ringstetten, and so the secret came out."

"Well, then," said Bertalda, "my father, if so it must be my father refused to take me with him until such time as I might be changed in nature and dress. 'Adventure thyself alone through the haunted forest,' quoth he, 'that shall be the proof whether thou hast any regard for us or no. But come not as a lady; come as a fisher-girl.' Now I would do as he said, for I am forsaken by the whole world, and I will live and die alone with my poor parents as a poor fisher-girl. But I dread the forest. Hideous spectres dwell there and make me afraid. But there is no help for it. I came here but to implore pardon of the noble lady of Ringstetten for that I demeaned myself so unworthily yesterday. I know well, gentle lady, that you meant to do me a kindness; but you knew not how you would wound me, and in my distress and surprise, full many a rash and frantic word escaped my lips. Ah, forgive me, forgive me, I am so unhappy! Bethink thyself what I was yesterday morning— yesterday when your feast began—and what I am now!"

Her voice was choked with a burst of passionate tears, and Undine, who also wept full sore, fell on her neck. It was long before she could utter a word, at length she said:

"Truly thou canst go with us to Ringstetten," quoth she. "Everything shall be as before arranged. Only, I beg thee, do not call me 'noble lady'. Look you, we were exchanged as children— that made our destinies akin; and we will now so closely link our destinies together that no power of man shall be able to sever them. Only, first of all, come to Ringstetten, there can we discuss how to share everything as sisters." Bertalda raised her eyes timidly to Huldbrand. As for him, he pitied the beautiful girl in her distress, gave her his hand and begged her in all kindness to trust herself to him and his wife.

"We will send a message to your parents," quoth he, "to tell them why you have not come"; and he would have added further words about the good old couple, had he not seen that Bertalda shrank from the mention of their name. He therefore said no more.

Thereupon he helped her into the carriage; Undine followed; while he, mounting his horse and trotting gaily by their side, urged the coachman to drive with all convenient speed. Full soon they were beyond the confines of the imperial city and all its painful recollections, and the ladies could now begin to enjoy the beautiful country through which their road lay.

After a few days journey they came one exquisite evening to Castle Ringstetten. The knight had much business to transact with his steward and with his other retainers, so that Undine and Bertalda were left alone. Both went out on the ramparts of the fortress and were delighted with the fair landscape that spread far and wide before them through fertile Swabia. At that moment a tall man approached them, greeting them courteously, and it seemed to Berthalda that he bore a likeness to the master of the fountain in the city. Still stronger grew the resemblance, as Undine, indignantly and with threatening gesture, bade him begone, and he departed with hasty steps, shaking his head as before, and vanishing at last in a thicket close by. But Undine reassured her friend.

"Do not be afraid, dear Bertalda," she said, "this time that hateful master of the fountain shall do no harm." And then she told the whole story in detail—who she was herself, and how Bertalda had been taken away from the fisherman and his wife, and Undine brought to them instead. At first the girl was frightened, for she thought her friend to be seized with sudden madness. But soon she felt more and more convinced that all was true, because Undine's story held together so well, and suited so aptly past events. Moreover, truth is truth, and brings its own testimony. It seemed, indeed, strange to Bertalda that she should be living, as it were, in the midst of one of those fairy tales, to which formerly she had but lent an ear.

Full reverently did she gaze upon Undine, but always with a sense of dread that came between her and her friend. At their evening meal she could not help but marvel that the knight could bear himself with such tenderness and love towards a being who now, after all she had discovered, appeared to be a phantom rather than a human being.

CHAPTER XIII
HOW THEY FARED AT CASTLE RINGSTETTEN

Now the story is silent concerning some events, and only mentioneth others cursorily, while it passeth over a considerable space of time. And for this he who reads the tale must pardon him that wrote it, the reason being that the writer is himself moved by the sadness of it, and would fain have others touched likewise. He could, an he willed it, portray—for perchance he hath the skill— how, step by step, Huldbrand's heart began to turn from Undine to Bertalda; how Bertalda more and more answered devotion by devotion; how both looked upon the wife as a mysterious being to fear rather than to pity; how Undine wept, and how her tears stirred the knight's remorse without awakening his old love—in such sort that, though at times he was kind and affectionate, a cold shudder would soon drive him from her and make him turn to his fellow mortal, Bertalda. All this, the writer knoweth full well, might be drawn out at length; mayhap, it ought so to be; but it grieveth him overmuch, for he hath known such things by sad experience, and he dreadeth even the shadow of their remembrance. And thou, too, who readest these pages, art like to have had a similar knowledge, for such is the lot of man. Happy art thou if thou hast felt the pain, rather than caused it, for in such things 'tis more blessed to receive than to give. If so it be, such a memory will give thee sorrow, and a tear, perchance, may fall on the faded flowers which once thou wert wont to prize. But enough of this, we will not pierce our hearts with a thousand separate stings, but be content to know that matters were so as I have stated them.

Now poor Undine was sad, and the others in no better case. Bertalda in especial thought she detected an injured wife's jealousy whenever her wishes were thwarted. For this reason it was her wont to bear herself imperiously, and Undine gave way sorrowfully; while as for Huldbrand, his blindness was such that he encouraged Bertalda in her arrogance. Moreover, the peace of the castle was still further disturbed by many apparitions, strange and marvellous, which met Huldbrand and Bertalda in the vaulted galleries, and these had never been heard of before in the memory of man. The tall white man, whom the knight knew only too well as Uncle Kühleborn, and Bertalda as the spectral master of the fountain, often passed before them with threats in his eye. It was Bertalda whom he especially menaced—so much so that many times she had been sick with terror, and often bethought her of leaving the castle. But Huldbrand was all too dear; and she trusted to her innocence, sith no words of love had passed between them. Besides, she knew not whither to go.

Now you must know that the old fisherman, when he received the message from the lord of Ringstetten that Bertalda was his guest, had written a few words in an almost illegible hand—such words as in his old age, and his want of experience, it would be natural for him to write.

"I am now," he wrote, "a widower, my dear and faithful wife is dead. Nathless, though I be lonely in my cottage, I would rather that Bertalda were with thee than with me. Only let her do no harm to my beloved Undine on pain of my curse."

The last words Bertalda flung to the winds, but she paid especial attention to the part concerning her absence from her father. We are all wont to do the like in similar circumstances.

It happened one day, when Huldbrand had just ridden forth, that Undine called together the servants of the household. She bade them bring a large stone and carefully cover with it the magnificent fountain, which was in the midst of the castle court. The servants urged that this would oblige them to fetch water from far down in the valley. Undine smiled sadly.

"Full sorry am I, friends," quoth she, "to increase your labour. I would rather carry the pitchers with my own hands. But this fountain must be closed. Believe me, there is no other way of escaping a much greater evil."

Well pleased, I ween, were the whole household to do anything for their gentle mistress. They asked no more questions, but took up the enormous stone. Already they had raised it in their hands, and were poising it over the fountain, when, lo, Bertalda came up running, and ordered them to stop. It was from this fountain that the water came which was so good for her complexion, and, for her part, said she: "I will never allow it to be closed." Undine, however, despite her usual gentleness, was firmer than her wont. She told Bertalda that it was her business, as mistress of the house, to make such arrangements as she thought best, and that in this she was accountable only to her lord and husband.

"Nay, but look," cried Bertalda, angry and displeased, "look how the poor water curls and writhes! It cannot bear to be shut out from the bright sunshine and the cheerful look of human faces which it loveth to mirror!"

And, in sooth, the water bubbled and hissed full strangely, it was as though there were something within which strove to release itself; but Undine only the more earnestly insisted that her orders should be carried out. There was no need to urge, the servants were as glad to obey their gentle mistress as they were to thwart Bertalda's self-will; and despite all her rude and angry threats, the stone was soon firmly fixed over the opening of the fountain. Thereupon Undine bent thoughtfully over it, and wrote something on its surface. It would seem that she held a sharp and cutting instrument in her hand, for when she had gone and the servants came near to examine the stone, they saw various strange characters upon it which none had seen before.

Now, when the knight returned home in the evening, Bertalda received him with tears and complaints of Undine's conduct. Huldbrand looked hard and cold at his wife, and she cast down her eyes in distress. Yet she made answer calmly enough.

"My lord and husband," said she, "doth not reprove even a bond slave without hearing, how much less his wedded wife?"

"Speak," said the knight, with a stern face, "what moved thee to act so strangely?"

"I fain would tell thee when we are alone," sighed Undine.

"Thou mayest tell me just as well in Bertalda's presence," he returned.

"Ay," quoth Undine, "if such be thy command. But command it not, I beseech thee." She looked so humble, so sweet, so obedient, that a gleam from better times shone in the knight's heart. He took her with some show of tenderness by the hand and led her within to an inner room, where she began to speak as followeth:

"My beloved lord," saith she, "knoweth somewhat of my evil uncle, Kühleborn, and it hath displeased him more than once to meet him in the galleries of the castle. Several times hath Kühleborn frightened Bertalda and made her ill. This is because he is devoid of soul; he is an elemental force, a mere mirror of external things, without ability to reflect the world within. Now at times he seeth that thou art displeased with me; that I, in my childlike way, am crying; and that Bertalda is perhaps at the same moment laughing. Hence he imagineth various unlikely jars and troubles in our home life, and in many ways mixeth himself unbidden with our circle. What avails it that I reprove him that I send him angrily away? He doth not believe a word I say. His undeveloped nature can give him no idea how sweetly the joys and sorrows of love resemble one another, how closely and inseparably they are united. Why, tears beget smiles, and from their hidden source smiles conjure up tears!"

She looked up at Huldbrand, smiling and weeping, and once more he felt within him all the enchantment of his old love. She was aware of this and pressed him closer to her, as she went on more happily:

"As the disturber of our peace was not to be dismissed with words, I have had to shut the door upon him, and the only door by which he can enter is that fountain. He is at variance with all the water-spirits of the adjacent valleys, and his dominion only beginneth again far down the Danube, to which some of his good friends are tributaries. 'Twas for this reason that I had the stone placed over the opening of the fountain, and I inscribed characters on it which cripple all my jealous uncle's power in such sort that he can come neither in thy way, nor mine, nor Bertalda's. Now it is true that ordinary men can raise the stone again with but common effort, for all that it is marked with strange characters. They are not let or hindered by the inscription. If it be thy will, therefore, comply with Bertalda's desire, but in truth she knoweth not what she asketh. On her, above all, the rude Kühleborn hath set his mark; and if that came to pass which he hath predicted to me, and which might well enough happen without any evil intention on thy part— thou thyself, beloved one, wouldst not be safe from peril!"

Huldbrand felt deeply how generous had been his wife in her eagerness to shut up her formidable champion, albeit that she had been upbraided therefor by Bertalda. Folding her most tenderly in his arms he said with obvious sincerity, "The stone shall remain, and all shall remain, as thou wilt have it, now and ever, my sweet Undine." Timidly and fondly she kissed him in this re-awakening of a love so long withheld, and at the last she said:

"Dearest husband," quoth she, "so gentle and kind art thou today that I would fain ask a favour of thee. See now, it is the same with thee as it is with summer. In the height of its glory, summer puts on its flaming and thundering crown of storms, so as to prove that it is a king over the earth. And thou, too, sometimes, art angry, and thine eyes flash and thy voice stormeth; and these things become thee well, though they make me in my folly weep. But never, I pray thee, behave thus on the water or even near it, for in that case my kinsfolk would regain power over me. They would tear me irrevocably from thy arms, deeming that one of their race was injured; and then I must needs dwell all my life below in the crystal palaces, never daring to come up to thee again; or else they would send me up to thee, and that, O Heaven, would be infinitely worse! No, no, beloved one, let it not come to this, if poor Undine be dear to thee!"

Full solemnly he gave the promise to do as she desired, and both left the room, full of love and gladness. As they came forth, lo, Bertalda appeared with some workmen to whom she had already given orders, and in the sullen tone she had assumed of late, said:

"The secret conference, methinks, is over at last. I suppose the stone may now be removed; go ye men, and see that it be done."

But the knight, incensed at her forwardness, gave orders, shortly and decisively, that the stone should be left where it was; and he uttered some reproof likewise to Bertaida for her behaviour towards his wife. Whereupon the workmen went away, smiling and wellsatisfied; and Bertaida, pale with rage, hurried to her room.

The hour of supper arrived and, behold, they waited in vain for Bertaida. They sent to summon her, but the servant found her room empty and only brought back a sealed letter addressed to the knight. He opened it in some amazement and read as follows: "I am but a fisher-girl—I know it well; and shame holdeth me fast. If I forgot it for a moment, I will atone by going to the miserable cottage of my parents. Live happy with thy beautiful wife!"

Now Undine was much distressed thereat, and she earnestly begged Huldbrand to hasten after their friend and bring her back. Alas, there was no need to urge! His love for Bertaida burst out anew. Hurrying round the castle, he inquired if any had seen which way the fugitive had gone. Naught could he learn, and he was already on his horse in the castle-yard, resolved at a venture to take the road by which he had brought Bertaida hither, when, of a sudden, a page came up and assured him that he had met the lady on the path to the Black Valley. Like an arrow, the knight sped through the gateway in the direction pointed out to him; nor did he hear Undine's voice of agony, as she called to him from the window: "The Black Valley! Oh, go not there, Huldbrand, go not there! Or else, for Heaven's sake, take me too!" And when she saw that she cried in vain, she ordered her white palfrey to be saddled forthwith, and rode after the knight. Nor did she permit any servant to accompany her.

CHAPTER XIV
THE BLACK VALLEY

Now the Black Valley lieth deep within the mountains. What name it may bear now I know not, at that time the country people gave it this title because of the deep gloom that the tall trees, chiefly fir-trees, threw over the ravine. Even the brook bubbling between the rocks had a black look, and was far less joyous in its flow than streams that have the blue sky over them. And now, in the darkening twilight, it ran yet more wild and gloomy beneath the hills.

With no little anxious care the knight rode along the edcoje of the brook, at one moment he feared that by delay he might allow the fugitive to get too far in advance; and at the next, that in his overhaste he might pass her by in some hiding-place. He had meanwhile penetrated far into the valley and hoped soon to win his quest, if so be that he was on the right track. The fear, indeed, that this might not be the case, made his heart beat fast with dread. How, he asked himself, might Bertalda fare, should he fail to find her, throughout the stormy night which lowered so threateningly over the valley? At length something white gleaming through the branches on the slope of the mountain caught his eye, and he thought he recognised Bertalda's dress. But when he turned in that direction his horse refused to advance and reared furiously; and the knight, because he was unwilling to lose a moment, and also because he saw that the brushwood opened no passage for him on horseback, dismounted. Fastening his snorting and terrified horse to an elm-tree, he worked his way cautiously through the bushes. On his forehead and cheeks the branches shed the cold drops of evening dew; distant thunder growled beyond the mountains; and all looked so wild that he began to feel a dread of the white figure, now lying only a short distance from him on the ground. Still right plainly he could see that it was a woman, either asleep or in a swoon, and that she wore long white robes such as Bertalda had worn that day. Close to her he stepped, rustled the branches, and let his sword fall with a clatter. She did not move.

"Bertalda!" he cried, first softly, then louder and louder. She did not hear. At last, in answer to a yet louder appeal to her name, a hollow echo from the mountain caverns repeated "Bertalda!" But the sleeper awoke not. He bent over her, but the gloom of the ravine and the darkness of coming night did not allow him to recognise her features.

And now a strange thing chanced. As with sickening dread he stooped still closer over her, a flash of lightning shot across the valley, and he saw before him a face distorted and hideous, while a hollow voice exclaimed, "Kiss me, thou love-sick fool!"

Huldbrand sprang up with a cry, and the hideous figure rose with him.

"Go home," it muttered, "unholy spirits are abroad. Go home, or I shall claim thee!" And it caught at him with its long white arms. Thereupon the knight recovered himself.

"Malicious Kühleborn," he cried, "thy tricks are vain, I know thy goblin arts. There, take thy kiss!" And he struck his sword madly against the figure. But it vanished like vapour, and a drenching spray left the knight in no manner of doubt as to who his enemy might be.

"He would fain scare me away from Bertalda," he said aloud. "Doubtless he thinks to frighten me with his foolish pranks, and to force me to abandon the helpless girl to his vengeance. But that he shall not do. Poor, weak spirit as he is, he is powerless to understand what a strong man's heart can dare, when once he is firmly resolved in purpose." He felt the truth of his words and they brought him fresh courage. Fortune herself, too, or so it seemed, was on his side, for no sooner did he reach his tethered horse than he heard, distinctly enough, Bertalda's moaning voice at no great distance, and through the growing tumult of thunder and storm he could catch the sound of her sobs. Hurrying forthwith to the spot, he found her. She was trying to climb the side of the hill, so that she might at least escape the awful darkness of the valley. As he came with loving words towards her, all her pride and strength of resolve fainted and failed before the delight of seeing the friend, who was so dear to her, close at hand to rescue her from her terrible loneliness. "Once more," she thought, "the happy life of the castle holds out to me its arms. I can but yield." So she followed the knight unresisting, but so wearied was she that Huldbrand was right glad to have his horse to carry her. In all haste he untethered him in order to put the fugitive on his back, and thus, holding the reins with all care, he hoped to win his way through the uncertain shades of the valley.

Howbeit the wild apparition of Kühleborn had made the horse mad with terror. Scarce might the knight himself have mounted and ridden so ungovernable a beast, but to put the trembling Bertalda on him was wholly beyond his power. So they resolved, perforce, to go home on foot. Drawing the horse after him by the bridle, the knight supported Bertalda with his other hand, and she, on her part, made brave show to pass as quickly as might be through the ravine. But weariness weighed her down like lead, and her limbs trembled—partly because of the past terror she had undergone through Kühleborn's pursuit, and partly because of her continued alarm at the howling of the storm and the pealing of the thunder in the wooded mountains.

And, at the last, she could no more. She slid down from the knight's supporting arm and sank on the moss.

"Leave me here, my noble lord," cried she, "I must needs suffer the penalty of my folly and die here in weariness and fear."

"Nay, nay, sweet friend," quoth he, "say not so, for desert thee I will not." And so saying he endeavoured all the more to curb his furious horse, who, rearing and plunging worse than before, must now be kept at some distance from Bertalda lest he might increase her discomfiture. So the knight withdrew a few paces, but no sooner had he gone than she called after him in most piteous sort as though in truth he were going to leave her in this solitary wilderness. What course to take he knew no, he was utterly at a loss. Gladly enough would he have given the excited beast his liberty to gallop away into the night and so exhaust his terror. Yet he feared that in this narrow defile he might come thundering with his iron-shod hoofs over the very spot where Bertalda lay.

Now he was in this sore distress and perplexity, when he heard with unspeakable relief the sound of a waggon driven slowly down the stony road behind them. He called out for help; a man's voice answered, bidding him have patience but promising assistance; and soon after two grey horses appeared through the bushes, and beside them the driver in the white smock of a carter; next a great white tilt came into sight covering the goods that lay in the waggon. At a sign from their master the obedient horses halted, and the waggoner coming towards the knight helped him to soothe his frightened animal.

"Full well I see," quoth he, "what aileth the beast. When I first travelled this way it fared no better with my horses. An evil water-spirit in truth haunteth the place, and he taketh delight in mischief of this sort. But I have learned a spell: if thou wilt let me whisper it in thy horse's ear, he will forthwith stand as quiet as my greys yonder."

"Try thy spell and quickly!" cried the knight impatiently. Then the man drew down to him the head of the restive horse and whispered something in his ear. Straightway the animal stood still and subdued, and his heaving flanks bedewed with sweat alone bore witness to his former fury. Huldbrand had no time to inquire how all this had come about; he agreed with the carter that he should take Bertalda in his waggon—in which, so the man assured him, there were a quantity of soft cotton bales—and so bear her back to Castle Ringstetten. He himself was minded to follow on horseback, but the horse appeared too exhausted by his past fury to carry his master so far, and the waggoner persuaded him to take his place beside Bertalda. The horse could be fastened behind.

"We are going downhill," said the man, "and that will be easy work for my greys." Thereupon the knight agreed and entered the waggon with Bertalda, the horse followed patiently behind, and the waggoner steadily and watchfully walked by the side.

Amid the stillness of the night, now that the darkness had fallen and the subsiding storm seemed to grow more and more remote, Huldbrand and Bertalda, in the pleasant sense of renewed security and a right happy escape, began to converse in low and confidential tones. Caressingly he rallied her on her daring flight, and she excused herself full humbly; but from every word she said there shone as it were a light which revealed amidst the darkness and mystery that her love was truly his. The meaning of her words was felt rather than heard, and it was to the meaning only that the knight responded. Of a sudden the waggoner gave a shout: "Step high, my greys," cried he, "lift up your feet! Step together and bethink ye who ye are!" The knight looked forth from the waggon and saw how the horses were stepping into the midst of a foaming stream; already they were almost swimming, while the waggon wheels turned and flashed like the wheels of a mill, and the driver had got up in front to escape the swelling waters.

"Why, what sort of road is this?" cried Huldbrand, "it goeth into the very middle of the stream!"

"By no means," said their guide, with a laugh, "it is just the reverse, the stream goeth into the very middle of our road. Look round and see how overwhelming the flood is." And, indeed, the whole valley was filled with a rushing and heaving torrent of water, which was visibly swelling higher and higher.

"'Tis Kühleborn, the evil spirit," cried the knight, "he wishes to drown us! Hast thou no spell against him, my friend?"

"Ay, ay," returned he. "I know one well enough. But I may not and cannot use it until thou knowest who I am."

"Is this a time for riddles?" shouted Huldbrand. "The flood is rising higher and higher, and what mattereth it to me who thou art?"

"Nathless, it doth matter," quoth the waggoner, "for I am Kühleborn!" Thereupon he thrust a distorted face into the waggon with a grin. But, lo and behold, the waggon was a waggon no longer! The horses were no longer horses—all melted into foam and vanished in the seething waters. Even the waggoner himself towering over them as some gigantic billow, and dragging down the horse beneath the waves despite his struggles, rose and swelled higher and higher over the drowning pair of lovers, like a mighty column of water, threatening to bury them forever.

And then, hark, 'twas Undine's voice which rang through the uproar; 'twas Undine herself who, as the moon swam clear of the clouds, was seen standing on the heights above the valley. 'Twas she, in sooth, who rebuked and threatened the floods below; and the menacing column of water vanished, murmuring and muttering, and the streams flowed gently away in the moonlight. Like a white dove Undine flew down from the height; she laid hold on the knight and Bertalda, and bore them with her to a green and grassy spot on the hill. There she refreshed their weariness and dispelled their fears, and when she had helped Bertalda to mount her white palfrey, they all three made their way back, as best they might, to Castle Ringstetten.

CHAPTER XV
HOW THEY JOURNEYED TO VIENNA

Now the story halteth for a space. After the last adventure all was quiet and peaceful at the castle. More and more was the knight conscious of that heavenly goodness in his wife, which had been so nobly proved in her hasty pursuit and rescue of them from the Black Valley, where Kühleborn's power began again. And Undine felt that inner peace and security which never fail the heart that knows itself to be in the right way. Besides, in the newly-awakened love and esteem of her husband, many a gleam of hope and joy shone upon her. As for Bertalda, she seemed humble, grateful, modest, without claiming any merit for such virtues. It might chance that either Huldbrand or Undine sought now and again to explain to her why the fountain was covered, or the real meaning of the Black Valley adventure, but she always earnestly begged them to spare her. "For," said she, "the fountain makes me feel ashamed, and the Black Valley terrifies me." Naught more of either then did she learn. And, indeed, why should she? Peace and joy had visibly come to stay at Castle Ringstetten. Real security was theirs, or so they deemed—why should life produce aught but flowers and fruit?

In conditions like these winter had come and passed away, and spring with her green buds and blue sky visited the happy inmates of the castle. Spring was in tune with their hearts and their hearts with spring. What wonder then if her storks and swallows awoke in them also a wish to travel?

One day, as they were sauntering to one of the sources of the Danube, Huldbrand spoke of the majesty of the noble river, and how it flowed on, ever widening, through fertile lands; how the glory of Vienna rose on its banks, and new might and loveliness were revealed in every tract and reach of its course.

"It must be glorious to sail down the river to Vienna," exclaimed Bertalda; then falling back on her present mood of humbleness and reserve, she coloured deeply and was silent.

Undine was much touched thereby, and with an eager wish to please her friend, she said: "What hinders us from taking this voyage?" Bertalda was delighted, and forthwith both began to picture to themselves in the most glowing colours the delight of travel on the Danube. Hulbrand also gladly agreed, yet once he whispered in Undine's ear:

"But Kühleborn regains his power lower down the river!"

"Let him come," quoth Undine gaily, "I shall be there, and he tries none of his tricks before me!" Thus the last obstacle disappeared. When they had prepared themselves for the voyage, they set out with the best courage and the brightest hopes.

Howbeit, meseemeth for us mortal men there is little to marvel at, if things should turn out contrary to our hopes. The evil power which lurks to destroy us is wont to lull to sleep its chosen victim with sweet songs and golden delusions, while the saving messenger from heaven often knocks at our door with sharp and terrifying summons.

Now for the first few days of the voyage down the Danube, their cup of happiness seemed full. Everything grew more and more beautiful the farther they sailed down the proudly-flowing river. Nathless, in a country which smiled so sweetly and was so full of the promise of pure delight, lo, Kühleborn, with his ungovernable malice, began openly to show his powers of interference. It is true that he essayed naught but irritating tricks, for Undine would often rebuke the rising waves or the contrary winds, and then for an instant the power of the enemy was humbled. But the attacks began again and again. Undine's reproofs became necessary in such sort that the pleasure of the little party was completely destroyed. Moreover the boatmen were continually whispering and looking with a certain mistrust at their passengers; while even the servants began to have forebodings and watched their masters with suspicious glances.

Huldbrand would often say to himself: "Certès, like should only wed with like, this cometh of an union with a mermaid!" And making excuses for himself, as we are all wont to do, he would bethink him: "I knew not in truth that she was a sea-maiden; mine is the misfortune that all my life is let and hindered by the freaks of her mad kindred. It is no fault of mine!" Such thoughts seemed to hearten him; yet, on the other hand, his ill-humour grew and he felt something like animosity against Undine. She, poor thing, understood well enough what his angry looks signified. One evening, exhausted with these outbursts of ill-temper, and her constant efforts to frustrate Kühleborn's devices, she fell into a deep slumber, rocked soothingly by the gentle motion of the boat.

But hardly had she closed her eyes, when everyone on board saw, wherever he turned, a horrible human head. It rose out of the waves, not like that of a person swimming, but perfectly perpendicular, as though kept upright on the watery surface, and floating along in the same course as the boat. Each man wanted to point out to his fellow the cause of his alarm, but each found on other faces the same horror—only that his neighbour's hands and eyes were turned in a different direction from that where the phantom, half laughing and half threatening, rose before him. But when they wished to make each other understand, and were all crying out "Look there!" —"No—there!" All the horrible heads together and at the same moment appeared to their view, and the whole river swarmed with hideous apparitions. The universal shriek of fear awoke Undine, and, as she opened her eyes, the wild crowd of ugly faces vanished.

But as for Huldbrand, it irked him sore to see such jugglery. He had well nigh burst out in a storm of indignation, but Undine implored him in humble and soothing tones: "For God's sake," saith she, "bethink thee, my husband! We are on the water, do not be angry with me now!" So the knight held his peace and sat down with brooding thoughts. Undine whispered in his ear. "Were it not better, my love, that we gave up this foolish voyage, and returned in peace to Ringstetten?"

But Huldbrand murmured moodily: "So I must needs be a prisoner in my own castle, and only able to breathe so long as the fountain is closed! Would that thy mad kindred—" Hereupon Undine lovingly pressed her hand on his lips; and he paused, musing in silence over much that Undine had before told him.

Meantime, Bertalda had given herself up to many strange

thoughts. Much of Undine's origin she knew, and yet not everything; as to Kühleborn, he above all had remained for her a terrible and insoluble puzzle. Indeed, she had never even heard his name. Pondering thus, she unclasped, half conscious of the act, a gold necklace which Huldbrand had recently bought for her from a travelling merchant; dreamily she drew it along the surface of the water, pleased with the bright glimmer it cast upon the evening-tinted stream. Of a sudden, a huge hand rose out of the Danube, caught hold of the necklace, and drew it down beneath the waters. Bertalda screamed aloud, and a mocking laugh echoed from the depths of the stream. And now the wrath of Huldbrand burst all bounds. Starting up, he cursed the river, cursed all those who dared to thrust themselves into his family life, and challenged them, whether water-spirits or sirens, to come and face his naked sword.

And Bertalda went on weeping for her lost and much loved toy, adding thereby fuel to the flame of the knight's anger; while Undine held her hand over the side of the vessel, dipping it into the water and softly murmuring to herself. Now and again she interrupted her strange and mysterious whisper by entreaties to her husband.

"Chide me not here, my best beloved!" she said, "chide whom else thou wilt, but not me and here. Thou knowest why!" And, in truth, he kept back the words of anger that were trembling on his tongue. Presently in her wet hand she brought up from beneath the water a beautiful coral necklace, so beautiful and so brilliant that it dazzled the eyes of all who saw it. "Take this," she said, as she held it out to Bertalda. "I have had this fetched from below to make amends to thee. Do not grieve any more, my poor child!"

But the knight sprang between them. He tore the pretty trinket from Undine's hand, flung it into the river, and exclaimed in passionate rage: "So then," cried he, "thou still hast dealings with them? In the name of all the witches, abide with them, thou and thy presents, and leave us mortals in peace, sorceress!"

Poor Undine looked at him with fixed and tearful eyes, her hand still outstretched, as when she had offered her present so lovingly to Bertalda. Then she wept, ever more and more bitterly, like an innocent child who feels that it has been sorely misused. At length, weaned and outworn, she murmured: "Alas! Sweet friend, I must needs bid thee farewell! They shall do thee no harm, only remain true, so that I may have the power to protect thee from them. But for myself, I must go—go hence in the springtide of my life. Oh, what hast thou done! What hast thou done! Alas! Alas!"

And so Undine vanished over the side of the vessel. Whether she plunged into the stream or was drawn into it they knew not, it might have been either or perhaps somewhat of both. But full soon she was lost to sight in the Danube, only a few little waves seemed

267

to whisper and sob round the boat, as though they murmured: "Alas! Alas! Be faithful!"

And Huldbrand lay on the deck, weeping bitterly, till a deep swoon cast a veil of merciful oblivion over his unhappiness.

CHAPTER XVI
HOW IT FARED FURTHER WITH HULDBRAND

Hereupon the story must again have some pause. All men know that sorrow is short-lived. But is it well or ill that it should be so? And by sorrow the writer means the deeper sort—that which springs from the very sources of life, which so unites itself with the lost objects of our love that they are no longer lost, and which consecrates their image as a sacred treasure, until that final bourn be reached which they have gained before us. Should such a sorrow as this be brief? Many men, it is true, preserve these sacred memories, but their feeling is no longer that of the first keen grief. Other new images have thronged between, and we end by learning how all earthly things are transitory, even grief itself. And for this reason must one say: "Alas! That our mourning should be of such short duration!"

Now the lord of Ringstetten had this experience sure enough—whether for his good the sequel of this story shall tell. At first he could do naught but weep, as bitterly as Undine had wept when he tore from her hand that bright trinket which was to mend all that was awry. And then he was fain to stretch out his hand as she had done, and weep again like her. It was his secret hope that his bodily frame might melt and dissolve in tears—and hath not a similar hope, God wot, appealed to many, with a sad sort of joy, what time their affliction is heavy? Nor was he alone in his grief. Bertalda wept with him, and they lived a long while quietly together at Castle Ringstetten, cherishing Undine's memory, and almost wholly forgetting their former love. And because these things were so, the good Undine often visited Huldbrand in his dreams, caressing him with many tender kisses, and then going away silently and with tears. When he woke, he scarcely knew why his cheeks were wet, were they her tears or his own?

Nathless, as time passed, these dream-visions became rarer and the knight's grief grew less acute. Still it might well have been that he would have cherished no other wish than thus to think of Undine and talk of her, had not the old fisherman appeared of a sudden one day at the castle, and solemnly claimed Bertalda once more as his child. He had heard full soon of Undine's disappearance, and he straightway had resolved that no longer should Bertalda live at the castle, now that the knight had lost his wife. "Whether my daughter love me or no," quoth he, "concerneth me not; it is her honour that is at stake, and where that speaketh clear, there is naught further to be said."

Now when the knight learnt that the fisherman was thus minded, and when he bethought himself how lonely his life would be among the halls and galleries of the empty castle with Bertalda gone away, full soon he felt anew what until now he had forgotten in his grief for Undine—his love for the beautiful Bertalda. Certès, for a marriage thus suggested and proposed, the fisherman had but little inclination. Undine had been exceedingly dear to the old man, nor yet could he hold it for certain that she was dead. And if in sooth her body lay cold and stark at the bottom of the Danube, or had floated away with the current into the ocean, even so, on Bertalda's head for sure rested the blame for her death. How could it be seemly that she should step into the dead wife's shoes? Yet, for the knight, too, the fisherman had a strong liking; while to his daughter's prayers he must needs also pay some heed, now that she wept for the loss of Undine. For one cause or another, his consent must have been given at the last, for he stayed on at the castle without making further ado. Moreover a messenger was sent for Father Heilmann. As he had made Huldbrand and Undine man and wife in happy days gone by, so now for the second marriage of the knight 'twere seemly that he should be summoned to the castle.

Howbeit the holy man was sore perplexed when the summons

arrived. So great was his dis-temperature that no sooner had he read Huldbrand's letter, than he girt himself for his journey with far greater expedition than the messenger had used in his coming. What time his breath failed him or his aged limbs refused their service, he would say to himself, "Fail not, body of mine, fail not till the goal be reached! Perchance I may yet be soon enough to prevent a crime!" And thus with renewed strength he would press and urge himself on, without stop or stay, until late one evening he found himself at last in the shady courtyard of Ringstetten.

Now it chanced that the betrothed pair were sitting side by side under the trees, while the fisherman sate near, deep in many thoughts. Seeing Father Heilmann, they sprang up and pressed round him with warm welcome. But he was sparing of speech, only begging Huldbrand to go with him into the castle. When the knight hesitated and marvelled somewhat at the grave summons, the father spoke:

"My lord of Ringstetten," quoth he, "to speak to thee in private was my desire, but why should I persist in it any longer? What I have to say concerneth equally Bertalda and the fisherman, and what must be heard at some time had better be heard forthwith. Art thou then so sure, Knight Huldbrand, that thy first wife is dead? For myself, I cannot think so. Naught indeed will I say of the mystery that surroundeth her, for of that I know nothing certain. But that she was a faithful and God-fearing wife, of that at least there is no doubt. Now, for the last fortnight she hath stood in dreams at my bedside, wringing her hands in anguish and murmuring at my ear: 'Good Father, stay him from his purpose! I am yet living. Ah! Save his life! Save his soul!' What this night vision might mean passed my comprehension, until thy messenger came for me. Then I hurried hither with all imaginable speed—not to unite, but to separate, those who must on no account be joined. Leave her, Huldbrand! Leave him, Bertalda! For he belongs still to another. Dost thou not see how pale his cheek is through grief for his lost wife? He hath no bridegroom's air, and a voice telleth me that, an thou leave him not, thou wilt never be happy."

Now Father Heilmann spoke the truth, and the three listeners knew it in their innermost hearts, yet would they not believe it. Even the old fisherman was under a spell, for he thought that the issue must needs be what they had settled in their recent discussions. So they all set their wild and reckless haste against the priest's warnings in such sort that the holy father must perforce leave the castle with a sad heart. So little indeed was it in his heart to stay that he might not accept even a night's shelter, or take the refreshment offered to him. As for Huldbrand, he told himself that the priest was naught but a dreamer; and with the dawn of the following day he sent for a father from the nearest monastery, who, without hesitation, promised to perform the marriage ceremony in a few days.

CHAPTER XVII
THE KNIGHT'S DREAM

It was between night and the dawn of day that a vision came to Huldbrand as he lay on his bed, half waking and half sleeping. Whensoe'er he composed himself to full slumber, lo, a terror crept over him and scared away his rest, so fearful were the spectres that haunted him. Yet, if he tried to rouse himself in good earnest, behold, swans' wings seemed to fan his head, and waters softly murmured at his ear, until he sank back again into half-conscious dreaminess and delusion. At length deep sleep must have overcome him, for it seemed as though he were borne on the wings of many swans far over land and sea, they ever singing most sweetly the while.

"The music of the swan! The music of the swan!" So the words rang in his brain—"doth it not ever presage death?" But it would seem that it had another meaning. He appeared to be floating over the Mediterranean, and a swan was singing in his ear: "This is the Mediterranean Sea." And whilst he gazed down upon the waters below, lo, they became as clear as crystal so that he might see to the depths. Full pleased was he, for he could see Undine sitting beneath the crystal vault. Tears, it is true, were in her eyes, and much sadder was her look than in the happy days when first they had lived in Castle Ringstetten, and afterwards too, just before the ill-starred voyage on the Danube. And the knight must needs ponder these things in his mind very deeply and intently. Undine, it would appear, did not perceive him. But he saw Kühleborn come up to her with intent to reprove her for her tears. Whereat she drew herself up, and faced him with such dignity that he almost shrank back before her look.

"I know full well," quoth she, "that beneath the waters is my home; but my soul is still mine, and therefore I may well weep, albeit that thou canst not know what such tears mean. They, too, are blessed, as all is blessed to one who hath a true soul."

He shook his head, for he believed her not; then, bethinking himself of somewhat, he spoke:

"Nathless, the laws of our element hold thee bound, my niece; an he marrieth again and break his troth, thou must needs take away his life."

"A widower he is," saith Undine, "to this very hour, and his sad heart holdeth me dear."

"Nay, but at the same time he hath already exchanged vows with another," and Kühleborn laughed right scornfully. "Wait but a day or two, and the priest will have given his blessing on the pair, and then—it is thy duty to go up to earth and give death to the twice-wedded!"

"That may not be," and Undine laughed in her turn, "for with my own hands have I sealed up the fountain against myself and my race."

"Ah, but what if he leave his castle," said Kuhleborn, "or have the fountain opened? He thinketh but little of such things."

"'Tis for this very reason," Undine replied, smiling through her tears, "that he is now hovering in spirit over the Mediterranean, and is hearing this talk of ours, in a warning and bodeful dream. With manifest intent have I arranged it all."

Then Kühleborn looked up at the knight, muttering threats and stamping his feet in furious rage, he shot like an arrow beneath the waters. And so wild was his anger that he seemed to swell and grow to the size of some huge whale. And now again did the swans commence their song, flapping their wings for flight; and the knight soared, or so it appeared to him, over mountains and streams till once more he was in the Castle Ringstetten and awoke on his bed.

In truth 'twas on his bed that he opened his eyes, and his

servant, coming in, told him that Father Heilmann still lingered in the neighbourhood. He had found him, said he, the evening before in a hut which he had built for himself of branches and covered with moss and brushwood. When the priest was asked what he did there, since he refused to give the marriage-blessing, the answer came in strange fashion:

"There are other blessings," said he, "than those at the marriage-altar. I go not to the bridals; but mayhap, at some other rite I shall be present. For all things alike must we hold ourselves prepared. Marrying and mourning are not so diverse—as all may see who do not wilfully shut their eyes."

Now words like these and his strange dream gave the knight much reason for anxious thought. But it is not an easy thing, God wot, to break off a matter that a man hath once regarded as certain. And so all remained as before.

CHAPTER XVIII
HOW THE KNIGHT HULDBRAND IS MARRIED

The story now telleth of the marriage feast at Castle Ringstetten, how it was held and what cheer they had who were present thereat. Bethink thee of a multitude of bright and pleasant things heaped together, and over them all a veil of mourning spread. Would not the gloom of the covering make mockery of all their brilliance? Would it be happiness, think you, on which you looked? Would it not rather suggest the nothingness of all human joys? Now it is true that no ghostly visitants disturbed the festal company, for the castle, as we well know, had been made safe against the mischief of angry water-sprites. But that of which the knight was ware, ay, and the fisherman, too, and all the guests, was that the chief person of the feast was absent, and that the chief person could be none other than the gentle and much loved Undine. If so be that a door opened, all eyes turned, willy-nilly, in that direction; and if it were but the steward with new dishes, or the cellarer with a flask of still richer wine, each would look down sadly, and the few flashes of wit and merriment which had passed to and fro would be quenched in sad memories. Not but what the bride was happy enough, just because she was less troubled by thought; yet ever to her, I ween, it seemed passing strange that she should be sitting at the head of the table, with green wreath and gold embroidered gown, while Undine lay a corpse, cold and stiff, at the bottom of the Danube, or else was driven far by the current into the mighty ocean. Her father had spoken some such words as these, and ever since they had rung in her ears. Today, above all, 'twas little likely that they would be forgotten.

Early enough in the evening the company went their ways, sadly and gloomily. It was not the impatience of the bridegroom which dismissed them, but their own joyless mood and their forebodings of evil. Bertalda retired with her women, the knight with his attendants; but the wedding was too sad for the usual gay escort of bridesmaids and bridegroom's men.

Now Bertalda was all for more cheerful thoughts, therefore had she ordered the magnificent jewels which Huldbrand had given her, together with rich apparel and veils, to be spread out before her, that she might choose from them the brightest and most beautiful for next morning's attire. Her waiting-women were not slow to wish their mistress well, in flattering words they vaunted high the beauty of the bride, and added praise to praise, until at length Bertalda looked at a mirror and sighed.

"See ye not," she said, "the freckles which disfigure my throat?" They looked and saw that it was even as their mistress had said—only they called them beauty-spots, mere tiny blemishes, which set off the exceeding whiteness of her skin. But Bertalda shook her head. "A defect is a defect," quoth she. "And I could remove them," she sighed, "only the fountain is closed whence the precious water with its purifying power comes. Oh! If I had but a flask of it today! "

Thereupon one of the waiting-women laughed. "Is that all?" she said, as she slipped out of the room.

"Surely," said Bertalda, at once surprised and well pleased, "she will not be so mad as to have the stone removed from the fountain this very evening?" Full soon they listened and heard how men were crossing the castle yard, and they could espy from the window the waiting-woman busying herself with her task, and leading straight to the fountain men who carried levers and other tools on their shoulders. And Bertalda smiled.

"Well-pleased am I," saith she, "if only the work taketh not too long." She was happy in that now a mere look from her could affect what had long since been so irritatingly denied, and she had no eyes save for the progress of the work in the moonlit castle yard.

It was no light task, be sure, to raise the enormous stone, and now and again one of the men would sigh as he remembered that he was undoing the work of his beloved first mistress. Nathless, the labour was not so severe as they had imagined. It seemed as if some power within the fountain were aiding them to raise the stone. The workmen stared at each other and marvelled. "Why," said they, "it is all one as though the water within had become a springing fountain!" And indeed the stone rose higher and higher, and, almost by itself, it rolled slowly down upon the pavement, making a hollow sound. Forthwith from the fountain's mouth there rose as it were a white column of water, and at first they were minded to think that it had in truth become a springing fountain; but afterwards they perceived that it was a pale woman's figure which rose, all veiled in white. It was weeping bitter tears, and wringing its hands distractedly, as it paced with slow and solemn steps to the castle building. Swiftly the servants fled from the spring; pale and stiff with horror, the bride with her attendants watched the scene from her window. And now the figure had come close below her room, and as it looked up at her with choked sobs, Bertalda thought she recognised beneath the veil the white face of Undine. But on paced the weeping figure, slow and sad and reluctant, as though passing to a place of judgment. Bertalda shrieked out to her women to call the knight, but none of them dared to move; and even the bride herself was struck with silence, as though scared at the sound of her own voice.

Motionless, like statues, they stood at the window; and the wanderer from another world reached the castle and passed up the familiar stairs and through the well-known halls, still with silent tears. Alas! 'twas with a different step that once she had wandered there!

Now Huldbrand had dismissed his men, and stood, half-dressed, before a mirror, revolving bitter thoughts, a torch burnt dimly at his side. Of a sudden there was a light tap at the door— just so light a tap was Undine wont to give in merry sport.

"Nay, 'tis but my fancy," said the knight to himself, "I must to my wedding chamber."

"Ay, ay," said a tearful voice without, "thou must indeed, but the bed is cold!" Thereupon he saw in the mirror how the door opened slowly, slowly, and a white figure entered and carefully shut the door after her.

"They have opened the fountain," and her voice was soft and low. "And now I am here and thou must die." Straightway in his beating heart he knew full well that it must be so, but he covered his face with his hands.

"Make me not mad with terror," he whispered, "in my hour

of death. If thou hidest a hideous face behind that veil, raise it not. Take my life, but let me not see thy face!"

The white figure made answer. "I am as fair as when thou didst woo me on the promontory. Wilt thou not look upon me once more?"

"Ah," sighed Huldbrand, "if only it might be so! And I might die by a kiss from thy lips!"

"Right glad am I, my beloved!" saith she. She threw back her veil and her face smiled forth, divinely beautiful. And, trembling with love and with the nearness of death, the knight bent towards her, and she kissed him with a holy kiss. But she did not again drawback, she pressed him to her ever closer and closer, and wept as if she would weep away her soul. Tears rushed into Huldbrand's eyes, and his breast surged and heaved, till, at the last, breath failed him, and he fell back softly from Undine's arms upon the pillows of his couch—dead.

"My tears have been his death," she said to some servants who met her in the ante-chamber. This is all she spake, and passing them by as they stared on her with terror, she went slowly out towards the fountain.

CHAPTER XIX
HOW THE KNIGHT HULDBRAND WAS BURIED

Now the story draweth to a close. As soon as the news of the lord of Ringstetten's death had been noised about the district, Father Heilmann returned to the castle; and it so chanced that his arrival timed with the speedy departure of the monk who had married the unhappy pair. The latter had, indeed, fled from the gates with some haste, for he was overwhelmed with fear and horror.

"It is well," said Heilmann, when he was informed of this, "now my duties begin, and I need no associate." Thereupon, it was his first task to bring consolation to the widowed bride—albeit that little enough could his words avail for so worldly and so thoughtless a spirit. The old fisherman, on the contrary, he found deeply grieved, it is true, but far more resigned to the fate that had befallen his daughter and son-in-law; for, while Bertalda did not scruple to charge Undine with sorcery and murder, the old man was in far better case.

"It could be no other than it is," he said calmly, "I see in this naught but the judgment of God; nor hath any heart been more deeply riven by Huldbrand's death than that of her who was the cause—the poor, forsaken Undine!"

And now the funeral rites had to be arranged, such as might be fit the rank of the dead lord. In the village churchyard, filled with the graves of his grandsires—the church itself having been endowed with many fair privileges and gifts by his ancestors and himself—Knight Huldbrand was to find burial. Already his shield and helmet lay on the coffin, to be lowered with it into the grave, for Sir Huldbrand of Ringstetten, you must know, was the last of his race; the mourners began their sorrowful march, singing requiems for the dead, under the calm blue canopy of heaven. Father Heilmann walked in advance, bearing a crucifix; last came the disconsolate Bertalda, supported by her old father. Of a sudden, among the black-robed attendants in the widow's train, lo, there was seen a snow-white figure, closely veiled, and wringing her hands in the deepest grief. Those near whom she walked were seized with terror and retreated either backward or to one side, and thus the alarm spread itself to others to whom the white stranger was now nearest, and it went hard with them to avoid a panic. Indeed, some of the soldiers, escorting the dead, ventured to address themselves to the figure, and were all for removing it from the procession. But it seemed to vanish from their hands, and yet the next moment it was seen again walking with slow and solemn step in the melancholy cortège. At the last, inasmuch as the company was for ever moving to the right or the left, it came close behind Bertalda, and walked so slow and quiet that the widow saw it not, and it was left undisturbed.

So at length they came to the churchyard, and round the open grave the procession formed a circle. Then it was that Bertalda saw her unbidden companion, and starting up, half in anger and half in fear, bade her leave the knight's last resting-place. But the veiled figure did not move. She gently shook her head, and raised her hands as if in humble entreaty to Bertalda, who, on her part, could not choose but think with how gentle a grace Undine had held out to her the coral necklace on the Danube. Then Father Heilmann made a sign and commanded silence so that all might pray with mute supplication over the body which was now being committed to the earth. Bertalda knelt in silence; and there was not a soul that knelt not; even the grave-diggers bending themselves on their knees, when their task was done. And when they rose again, the white stranger had vanished.

But, lo! A miracle, for on the spot where she had knelt there gushed out of the turf a little silver spring. It rippled on till it had all but encircled the knight's grave, then it ran further and fell into a lake which lay by the side of the burial-place. And even to this day the villagers show the spring, and cherish the firm belief that it is poor, rejected Undine herself, who thus holds in fast embrace her husband with her loving arms.

Thus endeth the story of Undine and of the Knight Huldbrand.

UNDINE

Eine Erzählung

Friedrich de la Motte-Fouqué

TIMES LITERATURE AND ART PUBLISHING HOUSE

INHALT

Zueignung

Undine, liebes Bildchen du,
Seit ich zuerst aus alten Kunden
Dein seltsam Leuchten aufgefunden,
Wie sangst du oft mein Herz in Ruh.

Wie schmiegtest du dich an mich lind
Und wolltest alle deine Klagen
Ganz sacht nur in das Ohr mir sagen,
Ein halb verwöhnt, halb scheues Kind!

Doch meine Zither tönte nach
Aus ihrer goldbezognen Pforte
Jedwedes deiner leisen Worte,
Bis fern man davon hört' und sprach.

Und manch ein Herz gewann dich lieb
Trotz deinem launisch dunklen Wesen,
Und viele mochten gerne lesen

Ein Büchlein, das von dir ich schrieb.

Heut wollen sie nun allzumal
Die Kunde wiederum vernehmen.
Darfst dich, Undinchen, gar nicht schämen,
Nein, tritt vertraulich in den Saal!

Grüß sittig jeden edlen Herrn,
Doch grüß vor allem mit Vertrauen
Die lieben, schönen deutschen Frauen;
Ich weiß, die haben dich recht gern.

Und fragt dann eine wohl nach mir,
So sprich: "Er ist ein treuer Ritter
Und dient den Frau'n mit Schwert und Zither,
Bei Tanz und Mahl, Fest und Turnier."

Erstes Kapitel

Wie der Ritter zu dem Fischer kam

Es mögen nun wohl schon viele hundert Jahre her sein, da gab es einmal einen alten, guten Fischer; der saß eines schönen Abends vor der Tür und flickte seine Netze. Er wohnte aber in einer überaus anmutigen Gegend. Der grüne Boden, worauf seine Hütte gebaut war, streckte sich weit in einen großen Landsee hinaus, und es schien eben so wohl, die Erdzunge habe sich aus Liebe zu der bläulich-klaren, wunderhellen Flut in diese hineingedrängt, als auch, das Wasser habe mit verliebten Armen nach der schönen Aue gegriffen, nach ihren hochschwankenden Gräsern und Blumen und nach dem erquicklichen Schatten ihrer Bäume. Eins ging bei dem andern zu Gaste, und eben deshalb war jegliches so schön. Von Menschen freilich war an dieser hübschen Stelle wenig oder gar nichts anzutreffen, den Fischer und seine Hausleute ausgenommen. Denn hinter der Erdzunge lag ein wilder Wald, den die meisten Leute wegen seiner Finsternis und Unwegsamkeit, wie auch wegen der wundersamen Kreaturen und Gaukeleien, die man darin antreffen sollte, allzu sehr scheuten, um sich ohne Not hinein zu begeben. Der alte fromme Fischer jedoch durchschritt ihn ohne Anfechtung zu vielen Malen, wenn er die köstlichen Fische, die er auf seiner schönen Landzunge fing, nach einer großen Stadt trug, welche nicht sehr weit hinter dem großen Walde lag. Es ward ihm wohl meistens deswegen so leicht, durch den Forst zu ziehen, weil er fast keine andern als fromme Gedanken hegte und noch außerdem jedesmal, wenn er die verrufenen Schatten betrat, ein geistliches Lied aus heller Kehle und aufrichtigem Herzen anzustimmen gewohnt war.

Da er nun an diesem Abend ganz arglos bei den Netzen saß, kam ihn doch ein unversehener Schrecken an, als er es im Waldesdunkel rauschen hörte, wie Roß und Mann, und sich das Geräusch immer näher nach der Landzunge heraus zog. Was er in manchen stürmischen Nächten von den Geheimnissen des Forstes geträumt hatte, zuckte ihm nun auf einmal durch den Sinn, vor allem das Bild eines riesenmäßig langen, schneeweißen Mannes, der unaufhörlich auf eine seltsame Art mit dem Kopfe nickte. Ja, als er die Augen nach dem Walde aufhob, kam es ihm ganz eigentlich vor, als sähe er durch das Laubgegitter den nickenden Mann hervorkommen. Er nahm sich aber bald zusammen, erwägend, wie ihm doch niemals in dem

Walde selbst was Bedenkliches widerfahren sei, und also auf der freien Landzunge der böse Geist wohl noch minder Gewalc über ihn ausüben dürfte. Zugleich betete er recht kräftig einen biblischen Spruch laut aus dem Herzen heraus, wodurch ihm der kecke Mut auch zurückkam und er fast lachend sah, wie sehr er sich geirrt hatte. Der weiße, nickende Mann ward nämlich urplötzlich zu einem ihm längst wohlbekannten Bächlein, das schäumend aus dem Forste hervorrann und sich in den Landsee ergoß. Wer aber das Geräusch verursacht hatte, war ein schön geschmückter Ritter, der zu Roß durch den Baumschatten gegen die Hütte vorgeritten kam. Ein scharlachroter Mantel hing ihm über sein veilchenblaues, goldgesticktes Wams herab; von dem goldfarbigen Barette wallten rote und veilchenblaue Federn; am goldenen Wehrgehenke blitzte ein ausnehmend schönes und reich verziertes Schwert. Der weiße Hengst, der den Ritter trug, war schlankeren Baues, als man es sonst bei Streitrossen zu sehen gewohnt ist, und trat so leicht über den Rasen hin, daß dieser grünbunte Teppich auch nicht die mindeste Verletzung davon zu empfangen schien. Dem alten Fischer war es noch immer nicht ganz geheuer zu Mute, obwohl er einzusehen meinte, daß von einer so holden Erscheinung nichts Übles zu befürchten sei, weshalb er auch seinen Hut ganz sittig vor dem näher kommenden Herrn abzog und gelassen bei seinen Netzen verblieb. Da hielt der Ritter stille und fragte, ob er wohl mit seinem Pferde für diese Nacht hier Unterkommen und Pflege finden könne.

"Was Euer Pferd betrifft, lieber Herr, " entgegnete der Fischer, "so weiß ich ihm keinen besseren Stall anzuweisen, als diese beschattete Wiese, und kein besseres Futter, als das Gras, welches darauf wächst. Euch selbst aber will ich gerne in meinem kleinen Hause mit Abendbrot und Nachtlager bewirten, so gut es unsereins hat."

Der Ritter war damit wohl zufrieden. Er stieg von seinem Rosse, welches die beiden gemeinschaftlich losgürteten und loszügelten, und ließ es alsdann auf den blumigen Anger hinlaufen, zu seinem Wirte sprechend:

"Hätt' ich Euch auch minder gastlich und wohlmeinend gefunden, mein lieber, alter Fischer, Ihr wäret mich dennoch wohl für heute nicht wieder los geworden; denn, wie ich sehe, liegt vor uns ein breiter See, und mit sinkendem Abend in den wunderlichen Wald zurückzureiten, davor bewahre mich der liebe Gott!"

"Wir wollen nicht allzuviel davon redden", sagte der Fischer und führte seinen Gast in die Hütte.

Darinnen saß bei dem Herde, von welchem aus ein spärliches Feuer die dämmernde, reinliche Stube erhellte, auf einem großen Stuhle des Fischers betagte Frau. Beim Eintritt des vornehmen Gastes stand sie freundlich grüßend auf, setzte sich aber an ihren Ehrenplatz wieder hin, ohne diesen dem Fremdling anzubieten, wobei der Fischer lächelnd sagte:

"Ihr müßt es ihr nicht verübeln, junger Herr, daß sie Euch den bequemsten Stuhl im Hause nicht abtritt; das ist so Sitte bei armen Leuten, daß der den Alten ganz ausschließlich gehört."

"Ei, Mann", sagte die Frau mit ruhigem Lächeln, "wo denkst du auch hin? Unser Gast wird doch zu den Christenmenschen gehören, und wie könnte es alsdann dem lieben jungen Blute einfallen, alte Leute von ihren Sitzen zu verjagen?—Setzt Euch, mein junger Herr", fuhr sie, gegen den Ritter gewandt, fort, "es steht dort noch ein recht artiges Sesselein, nur müßt Ihr nicht allzu ungestüm damit hin und her rutschen, denn das eine Bein ist nicht allzu fest mehr."

Der Ritter holte den Sessel achtsam herbei, ließ sich freundlich darauf nieder, und es war ihm zu Mute, als sei er mit diesem kleinen Haushalt verwandt und eben jetzt aus der Ferne dahin heimgekehrt.

Die drei guten Leute fingen an, höchst freundlich und

vertraulich miteinander zu sprechen. Vom Walde, nach welchem sich der Ritter einige Male erkundigte, wollte der alte Mann freilich nicht viel wissen; am wenigsten, meinte er, passe sich das Reden davon jetzt in der einbrechenden Nacht; aber von ihrer Wirtschaft und sonstigem Treiben erzählten die beiden Eheleute desto mehr und hörten auch gerne zu, als ihnen der Rittersmann von seinen Reisen vorsprach, und daß er eine Burg an den Quellen der Donau habe und Herr Huldbrand von Ringstetten geheißen sei. Mitten durch das Gespräch hatte der Fremde schon bisweilen ein Plätschern am niedrigen Fensterlein vernommen, als spritze jemand Wasser dagegen.

Der Alte runzelte bei diesem Geräusche jedesmal unzufrieden die Stirn; als aber endlich ein ganzer Guß gegen die Scheiben flog und durch den schlecht verwahrten Rahmen in die Stube herein sprudelte, stand er unwillig auf und rief drohend nach dem Fenster hin:

"Undine! Wirst du endlich einmal die Kindereien lassen? Und ist noch obenhin heut ein fremder Herr bei uns in der Hütte."

Es ward auch draußen stille, nur ein leises Gekicher ließ sich noch vernehmen, und der Fischer sagte zurückkommend:

"Das müßt Ibr nun schon ihr zugute halten, mein

ehrenwerter Gast, und vielleicht noch manche Ungezogenheit mehr; aber sie meint es nicht böse. Es ist nämlich unsere Pflegetochter Undine, die sich das kindische Wesen gar nicht abgewöhnen will, obwohl sie gleich bereits in ihr achtzehntes Jahr gehen mag. Aber wie gesagt, im Grunde ist sie doch von ganzem Herzen gut." "Du kannst wohl sprechen!" entgegnete kopfschüttelnd die Alte. "Wenn du so vom Fischfang heimkommst oder von der Reise, da mag es mit ihren Schäkereien ganz was Artiges sein. Aber sie den ganzen Tag lang auf dem Halse haben und kein kluges Wort hören und, statt bei wachsendem Alter Hilfe im Haushalt zu finden, immer nur dafür sorgen müssen, daß uns ihre Torheiten nicht vollends zu Grunde richten—da ist es gar ein Anderes, und die heilige Geduld selbst würd' es am Ende satt."

"Nun, nun", lächelte der Hausherr, "du hast es mit Undinen, und ich mit dem See. Reißt mir der doch auch oftmals meine Dämme und Netze durch, aber ich hab' ihn dennoch gern, und du mit allem Kreuz und Elend das zierliche Kindlein auch. Nicht wahr?" "Ganz böse kann man ihr eben nicht werden", sagte die Alte und lächelte beifällig.

Da flog die Türe auf, und ein wunderschönes Blondchen schlüpfte lachend herein und sagte:

"Ihr habt mich nur gefoppt, Vater; wo ist denn nur euer Gast?"

Im selben Augenblick aber ward sie auch den Ritter gewahr und blieb staunend vor dem schönen Jüngling stehen. Huldbrand ergötzte sich an der holden Gestalt und wollte sich die lieblichen Züge recht achtsam einprägen, weil er meinte, nur ihre Überraschung lasse ihm Zeit dazu, und sie werde sich bald nachher in zwiefacher Blödigkeit vor seinen Blicken abwenden. Es kam aber ganz anders. Denn als sie ihn nun recht lange angesehen hatte, trat sie zutraulich näher, kniete vor ihm nieder und sagte, mit einem goldenen Schaupfennige, den er an einer reichen Kette auf der Brust trug, spielend:

"Ei du schöner, du freundlicher Gast, wie bist du denn endlich in unsre arme Hütte gekommen? Mußtest du denn jahrelang in der Welt herumstreifen, bevor du dich auch einmal zu uns fandest? Kommst du aus dem wüsten Walde, du schöner Freund?"

Die scheltende Alte ließ ihm zur Antwort keine Zeit. Sie ermahnte das Mädchen, fein sittig aufzustehen und sich an seine Arbeit zu begeben. Undine aber zog, ohne zu antworten, eine kleine Fußbank neben Huldbrands Stuhl, setzte sich mit ihrem Gewebe darauf nieder und sagte freundlich: "Hier will ich arbeiten."

Der alte Mann tat, wie Eltern mit verzogenen Kindern zu tun pflegen. Er stellte sich, als merke er von Undinens Unart nichts und wollte von etwas anderem anfangen. Aber das Mädchen ließ ihn nicht dazu. Sie sagte: "Woher unser holder Gast kommt, habe ich ihn gefragt, und er hat noch nicht geantwortet."

"Aus dem Walde komme ich, du schönes Bildchen, "entgegnete Huldbrand, und sie sprach weiter:

"So mußt du mir erzählen, wie du da hinein kamst, denn die Menschen scheuen ihn sonst, und was für wunderliche Abenteuer du darinnen erlebt hast, weil es ohne dergleichen dort nicht abgehen soll."

Huldbrand empfing einen kleinen Schauer bei dieser Erinnerung und blickte unwillkürlich nach dem Fenster, weil es ihm zu Mute war, als müsse eine von den seltsamen Gestalten, die ihm im Forste begegnet waren, von dort hereingrinsen. Er sah nichts, als die tiefe schwarze Nacht, die nun bereits draußen vor den Scheiben lag. Da nahm er sich zusammen und wollte eben seine Geschichte anfangen, als ihn der Alte mit den Worten unterbrach: "Nicht also, Herr Ritter! Zu dergleichen ist jetzt keine gute Zeit."

Undine aber sprang zornmütig von ihrem Bänkchen auf, setzte die schönen Arme in die Seiten und rief, sich dicht vor den Fischer hinstellend: "Er soll nicht erzählen, Vater? Er soll nicht? Ich will's aber; er soll, er soll doch!"

Und damit trat das zierliche Füßchen heftig gegen den Boden, aber das alles mit solch einem drollig anmutigem Anstande, daß Huldbrand jetzt in ihrem Zorn fast weniger noch die Augen von ihr wegbringen konnte, als vorher in ihrer Freundlichkeit. Bei dem Alten hingegen brach der zurückgehaltene Unwille in vollen Flammen aus. Er schalt heftig auf Undinens Ungehorsam und unsittiges Betragen gegen den Fremden, und die gute alte Frau stimmte mit ein. Da sagte Undine: "Wenn ihr zanken wollt und nicht tun, was ich haben will, so schlaft allein in eurer alten, räuchrigen Hütte!" Und wie ein Pfeil war sie aus der Tür und flüchtigen Laufes in die finstere Nacht hinaus.

Zweites Kapitel

Auf welche Weise Undine zu dem Fischer gekommen war

Huldbrand und der Fischer sprangen von ihren Sitzen und wollten dem zürnenden Mädchen nach. Ehe sie aber in die Hüttentür gelangten, war Undine schon lange in dem wolkigen Dunkel draußen verschwunden, und kein Geräusch ihrer leichten Füße verriet, wohin sie ihren Lauf wohl gerichtet haben könne. Huldbrand sah fragend nach seinem Wirte; fast kam es ihm vor, als sei die ganze liebliche Erscheinung, die so schnell in die Nacht wieder untergetaucht war, nichts anderes gewesen, als eine Fortsetzung der wunderlichen Gebilde, die früher im Forste ihr loses Spiel mit ihm getrieben hatten; aber der alte Mann murmelte in seinen Bart:

"Es ist nicht das erstemal, daß sie es uns also macht. Nun hat man die Angst auf dem Herzen und den Schlaf aus den Augen für die ganze Nacht; denn wer weiß, ob sie nicht dennoch einmal Schaden nimmt, wenn sie so draußen im Dunkel allein ist bis an das Morgenrot."

"So laßt uns ihr doch nach, Vater, um Gott!" rief Huldbrand

ängstlich aus.

Der Alte erwiderte: "Wozu das? Es wär' ein sündlich Werk, ließ ich Euch in Nacht und Einsamkeit dem törichten Mädchen so ganz allein folgen, und meine alten Beine holen den Springinsfeld nicht ein, wenn man auch wüßte, wohin sie gerannt ist."

"Nun müssen wir ihr doch nachrufen mindestens und sie bitten, daß sie wiederkehrt", sagte Huldbrand und begann auf das beweglichste zu rufen: "Undine, ach Undine! Komm doch zurück!"

Der Alte wiegte sein Haupt hin und her, sprechend, all das Geschrei helfe am Ende zu nichts; der Ritter wisse noch nicht, wie trotzig die Kleine sei. Dabei aber konnte er es doch nicht unterlassen, öfters mit in die finstere Nacht hinaus zu rufen: "Undine, ach liebe Undine! Ich bitte dich, komme doch nur dies eine Mal zurück."

Es ging indessen, wie es der Fischer gesagt hatte. Keine Undine ließ sich hören oder sehen, und weil der Alte durchaus nicht zugeben wollte, daß Huldbrand der Entflohenen nachspüre, mußten sie endlich beide wieder in die Hütte gehen. Hier fanden sie das Feuer des Herdes beinahe erloschen, und die Hausfrau, die sich Undinens Flucht und Gefahr bei weitem nicht so zu

Herzen nahm als ihr Mann, war bereits zur Ruhe gegangen. Der Alte hauchte die Kohlen wieder an, legte trockenes Holz darauf und suchte bei der wieder auflodernden Flamme einen Krug mit Wein hervor, den er zwischen sich und seinen Gast stellte.

"Euch ist auch Angst wegen des dummen Mädchens, Herr Ritter", sagte er, "und wir wollen lieber einen Teil der Nacht verplaudern und vertrinken, als uns auf den Schilfmatten vergebens nach dem Schlafe herumwälzen. Nicht wahr?"

Huldbrand war gern damit zufrieden, der Fischer nötigte ihn auf den ledigen Ehrenplatz der schlafengegangenen Hausfrau, und beide sprachen und tranken miteinander, wie es zwei wackeren und zutraulichen Männern geziemt. Freilich, so oft sich vor den Fenstern das Geringste regte, oder auch bisweilen, wenn sich gar nichts regte, sah einer von den beiden in die Höhe, sprechend: "Sie kommt!" Dann wurden sie ein paar Augenblicke still und fuhren nachher, da nichts erschien, kopfschüttelnd und seufzend in ihren Reden fort.

Weil aber nun beide an fast gar nichts anderes zu denken vermochten als an Undinen, so wußten sie auch nichts Besseres, als der Ritter, zu hören, welchergestalt Undine zu dem alten Fischer gekommen sei—der alte Fischer, eben diese Geschichte zu erzählen. Deshalb hub er folgendermaßen an:

"Es sind nun wohl fünfzehn Jahre vergangen, da zog ich einmal durch den wüsten Wald mit meiner Ware nach der Stadt. Meine Frau war daheim geblieben, wie gewöhnlich, und solches zu der Zeit auch noch um einer gar hübschen Ursache willen; denn Gott hatte uns in unserem damals schon ziemlich hohen Alter ein wunderschönes Kindlein beschert. Es war ein Mägdelein, und die Rede ging bereits unter uns, ob wir nicht dem neuen Ankömmling zu Frommen unsere schöne Landzunge verlassen wollten, um die liebe Himmelsgabe künftig an bewohnbaren Orten besser aufzuziehen. Es ist freilich bei armen Leuten nicht so damit, wie Ihr es meinen mögt, Herr Ritter; aber, lieber Gott! Jedermann muß doch einmal tun, was er vermag.—Nun, mir ging unterwegs die Geschichte ziemlich im Kopfe herum. Diese Landzunge war mir so im Herzen lieb, und ich fuhr ordentlich zusammen, wenn ich unter dem Lärm und Gezänke in der Stadt bei mir selbst denken mußte: In solcher Wirtschaft nimmst auch du nun mit nächstem deinen Wohnsitz oder doch in einer nicht viel stilleren! Dabei aber hab' ich nicht gegen unseren lieben Herrgott gemurrt, vielmehr ihm im stillen für das Neugeborene gedankt; ich müßte auch lügen, wenn ich sagen wollte, mir wäre auf dem Hin-oder Rückwege durch den Wald irgend etwas Bedenklicheres aufgestoßen als sonst, wie ich denn nie etwas Unheimliches dort gesehen habe. Der Herr war immer mit mir in den verwunderlichen Schatten."

Da zog er sein Mützchen von dem kahlen Schädel und blieb eine Zeitlang in betenden Gedanken sitzen. Dann bedeckte er sich wieder und sprach fort:

"Diesseits des Waldes, ach diesseits, da zog mir das Elend entgegen. Meine Frau kam gegangen mit strömenden Augen wie zwei Bäche; sie hatte Trauerkleidung angelegt.—O lieber Gott, ächzte ich, wo ist unser liebes Kind? Sag an!—Bei dem, den du rufst, lieber Mann, entgegnete sie, und wir gingen nun still weinend miteinander in die Hütte. Ich suchte nach der kleinen Leiche; da erfuhr ich erst, wie alles gekommen war. Am See-Ufer hatte meine Frau mit dem Kinde gesessen, und wie sie so recht sorglos und selig mit ihm spielt, bückt sich die Kleine auf einmal vor, als sehe sie etwas ganz Wunderschönes im Wasser; meine Frau sieht sie noch lachen, den lieben Engel, und mit den Händchen greifen; aber im Augenblick schießt sie ihr durch die rasche Bewegung aus den Armen und in den feuchten Spiegel hinunter. Ich habe viel gesucht nach der kleinen Toten; es führte zu nichts; auch keine Spur von ihr war zu finden. Nun, wir verwaisten Eltern saßen denn noch selbigen Abends still beisammen in der Hütte; zu reden hatte keiner Lust von uns, wenn man es auch gekonnt hätte vor Tränen. Wir sahen so in das Feuer des Herdes hinein. Da raschelt was draußen an der Tür; sie springt auf, und ein wunderschönes Mägdelein von etwa drei, vier Jahren steht reich geputzt auf der Schwelle und lächelt uns an. Wir blieben ganz stumm vor Erstaunen, und ich wußte erst nicht: war es ein ordentlicher kleiner Mensch oder war es bloß ein gaukelhaftes Bildnis. Da sah ich aber das Wasser von den goldenen Haaren und den reichen Kleidern herabtröpfeln und merkte nun wohl, das schöne Kindlein habe im Wasser gelegen und Hilfe tue ihm not. Frau, sagte ich, uns hat niemand unser liebes Kind erretten können; wir wollen doch wenigstens an anderen Leuten tun, was uns selig auf Erden machen würde, vermöchte es jemand an uns zu tun.

Wir zogen die Kleine aus, brachten sie zu Bett und reichten ihr wärmende Getränke, wobei sie kein Wort sprach und uns bloß aus den beiden Augenhimmeln immerfort lächelnd anstarrte.

Des anderen Morgens ließ sich wohl annehmen, daß sie keinen weiteren Schaden genommen hatte, und ich fragte nun nach ihren Eltern und wie sie hierher gekommen sei. Das aber gab eine verworrene, wundersame Geschichte. Von weit her muß sie wohl gebürtig sein, denn richt nur, daß ich diese fünfzehn Jahre her nichts von ihrer Herkunft erforschen konnte, so sprach und spricht sie auch bisweilen so absonderliche Dinge, daß unsereins nicht weiß, ob sie am Ende nicht gar vom Monde herunter gekommen sein könne. Da ist die Rede von goldenen Schlössern, von kristallenen Dächern und Gott weiß, wovon noch mehr. Was sie am deutlichsten erzählte, war, sie sei mit ihrer Mutter auf dem großen See spazieren gefahren, aus der Barke ins Wasser gefallen und habe ihre Sinne erst hier unter den Bäumen wiedergefunden, wo ihr an dem lustigen Ufer recht behaglich zumute geworden sei.

Nun hatten wir noch eine große Bedenklichkeit und Sorge auf dem Herzen. Daß wir an der lieben Ertrunkenen Stelle die Gefundene behalten und aufziehen wollten, war freilich sehr bald ausgemacht; aber wer konnte nun wissen, ob das Kind getauft ist oder nicht? Sie selber wußte darüber keine Auskunft zu geben. Daß sie eine Kreatur sei, zu Gottes Preis und Freude geschaffen, wisse sie wohl, antwortete sie uns meistens, und was zu Gottes Preis und Freude gereiche, sei sie auch bereit, mit sich vornehmen zu lassen.—Meine Frau und ich dachten so: Ist sie nicht getauft, so gibts da nichts zu zögern; ist sie es aber doch, so kann bei guten Dingen zu wenig eher schaden als zu viel. Und demzufolge sannen wir auf einen guten Namen für das

Kind, das wir ohnehin noch nicht ordentlich zu rufen wußten. Wir meinten endlich, Dorothea werde sich am besten für sie schicken, weil ich einmal gehört hatte, das heißt Gottesgabe, und sie uns doch von Gott als eine Gabe zugesandt war, als ein Trost in unserm Elend. Sie hingegen wollte nichts davon hören und meinte, Undine sei sie von ihren Eltern genannt worden. Undine wollte sie auch ferner heißen. Nun kam mir das wie ein heidnischer Name vor, der in keinem Kalender stehe, und ich holte mir deshalb Rat bei einem Priester in der Stadt. Der wollte auch nichts von dem Undinen-Namen hören und kam auf mein vieles Bitten mit mir durch den wunderlichen Wald zur Vollziehung der Taufhandlung hier herein in meine Hütte. Die Kleine stand so hübsch geschmückt und holdselig vor uns, daß dem Priester alsbald sein ganzes Herz vor ihr aufging, und sie wußte ihm so artig zu schmeicheln und mitunter so drollig zu trotzen, daß er sich endlich auf keinen der Gründe, die er gegen den Namen Undine vorrätig gehabt hatte, mehr besinnen konnte. Sie ward denn also Undine getauft und betrug sich während der heiligen Handlung außerordentlich sittig und anmutig, so wild und unstet sie auch übrigens immer war. Denn darin hat meine Frau ganz recht: was Tüchtiges haben wir mit ihr auszustehen gehabt. Wenn ich Euch erzählen sollte..."

Der Ritter unterbrach den Fischer, um ihn auf ein Geräusch wie von gewaltig rauschenden Wasserfluten aufmerksam zu machen, das er schon früher zwischen den Reden des Alten vernommen hatte, und das nun mit wachsendem Ungestüm vor den Hüttenfenstern dahinströmte. Beide sprangen nach der Tür. Da sahen sie draußen im jetzt aufgegangenen Mondlicht den Bach, der aus dem Walde hervorrann, wild über seine Ufer hinausgerissen und Steine und Holzstämme in reißenden Wirbeln mit sich fortschleudern. Der Sturm brach, wie von dem Getöse erweckt, aus den mächtigen Gewölken, diese pfeilschnell über den Mond hinjagend, hervor; der See heulte unter des Windes schlagenden Fittichen, die Bäume der Landzunge ächzten von Wurzel zu Wipfel hinauf und beugten sich wie schwindelnd über die reißenden Gewässer.

"Undine! Um Gotteswillen, Undine!" riefen die zwei geängstigten Männer. Keine Antwort kam ihnen zurück, und achtlos nun jeglicher anderen Erwägung, rannten sie, suchend und rufend, einer hier-, der andere dorthin aus der Hütte fort.

Drittes Kapitel

Wie sie Undinen wiederfanden

Dem Huldbrand ward es immer ängstlicher und verworrener zu Sinn, je länger er unter den nächtlichen Schatten suchte, ohne zu finden. Der Gedanke, Undine sei nur eine bloße Walderscheinung gewesen, bekam aufs neue Macht über ihn, ja, er hätte unter dem Geheul der Wellen und Stürme, dem Krachen der Bäume, der gänzlichen Umgestaltung der kaum noch so still anmutigen Gegend die ganze Landzunge samt der Hütte und ihren Bewohnern fast für eine trügerisch neckende Einbildung gehalten; aber von fern hörte er doch immer noch des Fischers ängstliches Rufen nach Undinen, der alten Hausfrau lautes Beten und Singen durch das Gebraus. Da kam er endlich dicht an des übergetretenen Baches Rand und sah im Mondenlicht, wie dieser seinen ungezähmten Lauf gerade vor den unheimlichen Wald hin genommen hatte, so daß er nun die Erdspitze zur Insel machte.

O lieber Gott, dachte er bei sich selbst, wenn es Undine gewagt hätte, ein paar Schritte in den fürchterlichen Forst hinein zu tun, vielleicht eben in ihrem anmutigen Eigensinn, weil ich ihr nichts davon erzählen sollte, und nun wäre der Strom dazwischengerollt, und sie weinte nun einsam drüben bei den Gespenstern! Ein Schrei des Entsetzens entfuhr ihm, und er klomm einige Steine und umgestürzte Fichtenstämme hinab, um in den reißenden Strom zu treten und watend oder schwimmend die Verirrte drüben zu suchen. Es fiel ihm zwar alles Grauenvolle und Wunderliche ein, was ihm schon bei Tage unter den jetzt rauschenden und heulenden Zweigen begegnet war; vorzüglich kam es ihm vor, als stehe ein langer, weißer Mann, den er nur allzu gut kannte, grinsend und nickend am jenseitigen Ufer; aber eben diese ungeheuren Bilder rissen ihn gewaltig nach sich hin, weil er bedachte, daß Undine in Todesängsten unter ihnen sei, und allein.

Schon hatte er einen starken Fichtenast ergriffen und stand, auf diesen gestützt, in den wirbelnden Fluten, gegen die er ich kaum aufrecht zu erhalten vermochte; aber er schritt getrosten Mutes tiefer hinein. Da rief es neben ihm mit anmutiger Stimme: "Trau nicht, trau nicht! Er ist tückisch, der Alte, der Strom!" Er kannte diese lieblichen Laute, er stand wie betört unter den Schatten, die sich eben dunkel über den Mond gelegt hatten, und ihn schwindelte vor dem Gerolle der Wogen, die er pfeilschnell an seinen Schenkeln hinschießen sah. Dennoch wollte er nicht ablassen.

"Bist du nicht wirklich da, gaukelst du nur neblicht um mich her, so mag auch ich nicht leben und will ein Schatten werden, wie du, du liebe, liebe Undine!" Dies rief er laut und schritt wieder tiefer in den Strom.

"Sieh dich doch um, ei sieh dich doch um, du schöner, betörter Jüngling!" so rief es abermals dicht bei ihm, und seitwärts blickend sah er im eben sich wieder enthüllenden Mondlicht unter den Zweigen hochverschlungener Bäume auf einer durch die Überschwemmung gebildeten kleinen Insel Undinen lächelnd und lieblich in die blühenden Gräser hingeschmiegt.

O wie viel freudiger brauchte nun der junge Mann seinen Fichtenast zum Stabe als vorhin! Mit wenigen Schritten war er durch die Flut, die zwischen ihm und dem Mägdlein hinstürmte, und neben ihr stand er auf der kleinen Rasenstelle, heimlich und sicher von den uralten Bäumen überrauscht und beschirmt. Undine hatte sich etwas emporgerichtet und schlang nun in dem grünen Laubgezelte ihre Arme um seinen Nacken, so daß sie ihn auf ihren weichen Sitz neben sich niederzog. "Hier sollst du mir erzählen, hübscher Freund", sagte sie leise flüsternd, "hier hören uns die grämlichen Alten nicht. Und so viel als ihre ärmliche Hütte ist doch hier unser Blätterdach wohl noch immer wert." "Es ist der Himmel!" sagte Huldbrand und umschlang inbrünstig küssend die schmeichelnde Schöne.

Da war unterdessen der alte Fischer an das Ufer des Stromes gekommen und rief zu den beiden jungen Leuten herüber: "Ei, Herr Ritter, ich habe Euch aufgenommen, wie es ein biederherziger Mann dem andern zu tun pflegt, und nun kost Ihr mit meinem Pflegekinde so heimlich und laßt mich noch obendrein in der Angst nach ihr durch die Nacht umherlaufen."

"Ich habe sie selbst erst eben jetzt gefunden, alter Vater", rief ihm der Ritter zurück. "Desto besser", sagte der Fischer, "aber nun bringt sie mir auch ohne Verzögern an das feste Land herüber."

Davon aber wollte Undine wieder gar nichts hören. Sie meinte, eher wolle sie mit dem schönen Fremden in den wilden Forst vollends hinein, als wieder in die Hütte zurück, wo man ihr nicht ihren Willen tue und aus welcher der hübsche Ritter doch über kurz oder lang scheiden werde. Mit unsäglicher Anmut sang sie, Huldbranden umschlingend:

Aus dunst'gem Tal die Welle,

Sie rann und sucht ihr Glück;
Sie kam ins Meer zur Stelle
Und rinnt nicht mehr zurück.

Der alte Fischer weinte bitterlich in ihr Lied, aber es schien sie nicht sonderlich zu rühren. Sie küßte und streichelte ihren Liebling, der endlich zu ihr sagte: "Undine, wenn dir des alten Mannes Jammer das Herz nicht trifft, so trifft er's mir. Wir wollen zurück zu ihm!" Verwundert schlug sie die großen, blauen Augen gegen ihn auf und sprach endlich langsam und zögernd: "Wenn du es so meinst—gut; mir ist alles recht, was du willst. Aber versprechen muß mir erst der alte Mann dadrüben, daß er dich ohne Widerrede will erzählen lassen, was du im Walde gesehen hast, und—nun, das andere findet sich wohl."

"Komm nur, komm!" rief der Fischer ihr zu, ohne mehr Worte herausbringen zu können. Zugleich streckte er seine Arme weit über die Flut ihr entgegen und nickte mit dem Kopfe, um ihr die Erfüllung ihrer Forderung zuzusagen, wobei ihm die weißen Haare seltsam über das Gesicht herüberfielen, und Huldbrand an den nickenden weißen Mann im Forste denken mußte.

Ohne sich aber durch irgend etwas irre machen zu lassen,

faßte der junge Rittersmann das schöne Mädchen in seine Arme und trug sie über den kleinen Raum, welchen der Strom zwischen ihrem Inselchen und dem festen Ufer durchbrauste. Der Alte fiel um Undinens Hals und konnte sich gar nicht satt freuen und küssen; auch die alte Frau kam herbei und schmeichelte der Wiedergefundenen auf das Herzlichste. Von Vorwürfen war gar nicht die Rede mehr, um so minder, da auch Undine, ihres Trotzes vergessend, die beiden Pflegeeltern mit anmutigen Worten und Liebkosungen fast überschüttete.

Als man endlich nach der Freude des Wiederhabens sich recht besann, blickte schon das Morgenrot leuchtend über den Landsee herein; der Sturm war stille geworden; die Vöglein sangen lustig auf den genäßten Zweigen. Weil nun Undine auf Erzählung der verheißenen Geschichte des Ritters bestand, fügten sich die beiden Alten lächelnd und willig in ihr Begehr. Man brachte ein Frühstück unter die Bäume, welche hinter der Hütte gegen den See zu standen, und setzte sich, von Herzen vergnügt, dabei nieder—Undine, weil sie es durchaus nicht anders haben wollte, zu den Füßen des Ritters ins Gras. Hierauf begann Huldbrand folgendermaßen zu sprechen.

Viertes Kapitel

Von dem, was dem Ritter im Walde begegnet war

"Es mögen nun etwa acht Tage her sein, da ritt ich in die freie Reichsstadt ein, welche dort jenseits des Forstes gelegen ist. Bald darauf gab es darin ein schönes Turnieren und Ringelrennen, und ich schonte meinen Gaul und meine Lanze nicht. Als ich nun einmal an den Schranken stillhalte, um von der lustigen Arbeit zu rasten und den Helm an einen meiner Knappen zurückreiche, fällt mir ein wunderschönes Frauenbild in die Augen, das im allerherrlichsten Schmuck auf einem der Altane stand und zusah. Ich fragte meinen Nachbar und erfuhr, die reizende Jungfrau heiße Bertalda und sei die Pflegetochter eines der mächtigen Herzöge, die in dieser Gegend wohnen. Ich merkte, daß sie auch mich ansah, und wie es bei uns jungen Rittern zu kommen pflegt: hatte ich erst brav geritten, so ging es nun noch ganz anders los! Den Abend beim Tanze war ich Bertaldas Gefährte, und das blieb so alle Tage des Festes hindurch."

Ein empfindlicher Schmerz an seiner linken

herunterhängenden Hand unterbrach hier Huldbrands Rede und zog seine Blicke nach der schmerzenden Stelle. Undine hatte ihre Perlenzähne scharf in seine Finger gesetzt und sah dabei recht finster und unwillig aus. Plötzlich aber schaute sie ihm freundlich-wehmütig in die Augen und flüsterte ganz leise: "Ihr macht es auch danach."

Dann verhüllte sie ihr Gesicht, und der Ritter fuhr seltsam verwirrt und nachdenklich in seiner Geschichte fort:

"Es ist eine hochmütige, wunderliche Maid, diese Bertalda. Sie gefiel mir auch am zweiten Tage schon lange nicht mehr wie am ersten, und am dritten noch minder. Aber ich blieb um sie, weil sie freundlicher gegen mich war als gegen andere Ritter, und so kam es auch, daß ich sie im Scherz um einen ihrer Handschuhe bat.—Wenn Ihr mir Nachricht bringt, und Ihr ganz allein, sagte sie, wie es im berüchtigten Forste aussieht.—Mir lag eben nicht so viel an ihrem Handschuh, aber gesprochen war gesprochen, und ein ehrlicher Rittersmann läßt sich zu solchem Probestücke nicht zweimal mahnen."

"Ich denke, sie hatte Euch lieb?" unterbrach ihn Undine.

"Es sah so aus", entgegnete Huldbrand.

"Nun", rief das Mädchen lachend, "die muß recht dumm sein. Von sich zu jagen, was einem lieb ist, und vollends in einen verrufenen Wald hinein! Da hätte der Wald und sein Geheimnis lange auf mich warten können."

"Ich machte mich denn gestern morgen auf den Weg", fuhr der Ritter, Undinen freundlich anlächelnd, fort. "Die Baumstämme blitzten so rot und schlank im Morgenlichte, das sich hell auf den grünen Rasen hinstreckte, die Blätter flüsterten so lustig miteinander, daß ich in meinem Herzen über die Leute lachen mußte, die an diesem vergnüglichen Orte irgend etwas Unheimliches erwarten konnten. Der Wald soll bald durchtrabt sein, hin und zurück, sagte ich in behaglicher Fröhlichkeit zu mir selbst, und ehe ich noch daran dachte, war ich tief in die grünenden Schatten hinein und nahm nichts mehr von der hinter mir liegenden Ebene wahr. Da fiel es mir erst aufs Herz, daß ich mich auch in dem gewaltigen Forste gar leichtlich verirren könne und daß dieses vielleicht die einzige Gefahr sei, welche den Wandersmann allhier bedrohe. Ich hielt daher stille und sah mich nach dem Stande der Sonne um, die unterdessen etwas höher gerückt war. Indem ich nun so emporblicke, sehe ich ein schwarzes Ding in den Zweigen einer hohen Eiche. Ich denke schon, es ist ein Bär, und fasse nach meiner Klinge; da sagt es mit Menschenstimme, aber recht rauh und häßlich herunter: Wenn ich hier oben nicht die Zweige abknusperte, woran solltest du denn heut um Mitternacht gebraten werden, Herr Naseweis?—Und dabei grinst es und raschelt mit den Ästen, daß mein Gaul toll wird und mit mir durchgeht, ehe ich noch Zeit gewinnen konnte, zu schen, was es denn eigentlich für eine Teufelsbestie war."

"Den müßt Ihr nicht nennen", sagte der alte Fischer und bekreuzte sich; die Hausfrau tat schweigend desgleichen; Undine sah ihren Liebling mit hellen Augen an, sprechend: "Das Beste bei der Geschichte ist, daß sie ihn doch nicht wirklich gebraten haben. Weiter, du hübscher Jüngling!"

Der Ritter fuhr in seiner Erzählung fort: "Ich wäre mit meinem scheuen Pferde fast gegen Baumstämme und Äste gerannt; es triefte vor Angst und Erhitzung und wollte sich noch immer nicht halten lassen. Zuletzt ging es gerade auf einen steinigen Abgrund los; da kam mir's plötzlich vor, als werfe sich ein langer, weißer Mann dem tollen Hengste quer vor in seinen Weg; er entsetzte sich davor und stand; ich kriegte ihn wieder in meine Gewalt und sah nun erst, daß mein Retter kein weißer Mann war, sondern ein silberheller Bach, der sich neben mir von einem Hügel herunterstürzte, meines Rosses Lauf ungestüm kreuzend und hemmend."

"Danke, lieber Bach!" rief Undine, in die Händchen

klopfend. Der alte Mann aber sah kopfschüttelnd in tiefem Sinnen vor sich nieder.

"Ich hatte mich noch kaum im Sattel wieder zurechtgesetzt und die Zügel wieder ordentlich recht gefaßt", fuhr Huldbrand fort, "so stand auch schon ein wunderliches Männlein zu meiner Seiten, winzig und häßlich über alle Maßen, ganz braungelb und mit einer Nase, die nicht viel kleiner war als der ganze übrige Bursche selbst. Dabei grinste er mit einer recht dummen Höflichkeit aus dem breitgeschlitzten Maule hervor und machte viele tausend Scharrfüße und Bücklinge gegen mich. Weil mir nun das Possenspiel sehr mißbehagte, dankte ich ihm ganz kurz, warf meinen noch immer zitternden Gaul herum und gedachte mir ein anderes Abenteuer oder—sofern ich keins fände—den Heimweg zu suchen, denn die Sonne war während meiner tollen Jagd schon über die Mittagshöhe gen Westen gegangen. Da sprang aber der kleine Kerl mit einer blitzschnellen Wendung herum und stand abermals vor meinem Hengste.—Platz da! sagte ich verdrießlich; das Tier ist wild und rennt dich leichtlich um.—Ei, schnarrte das Kerlchen und lachte noch viel entsetzlich dummer, schenkt mir doch erst ein Trinkgeld, denn ich hab' ja Euer Rösselein aufgefangen; lägt Ihr doch ohne mich samt Eurem Rösselein in der Steinkluft da unten! Hu!—Schneide nur keine Gesichter weiter, sagte ich, und nimm dein Geld hin, wenn du auch lügst; denn siehe, der gute Bach dort hat mich gerettet, nicht aber du, höchst erbärmlicher Wicht!—Und zugleich ließ ich ein Goldstück in seine wunderliche Mütze fallen, die er bettelnd vor mir abgezogen hatte. Dann trabte ich weiter; er aber schrie hinter mir drein und war plötzlich mit unbegreiflicher Schnelligkeit neben mir. Ich sprengte mein Roß im Galopp an; er galoppierte mit, so sauer es ihm zu werden schien, und so wunderliche, halb lächerliche, halb gräßliche Verrenkungen er dabei mit seinem Leibe vornahm, wobei er immerfort das Goldstück in die Höhe hielt und bei jedem Galoppsprung schrie: 'Falsch Geld, falsche Münz! Falsche Münz, falsch Geld!' Und das krächzte er aus so hohler Brust heraus, daß man meinte, er müsse nach jeglichem Schreie tot zu Boden stürzen. Auch hing ihm die häßlich-rote Zunge weit aus dem Schlunde. Ich hielt verstört; ich fragte: Was willst du mit deinem Geschrei? Nimm noch ein Goldstück, nimm noch zwei, aber dann laß ab von mir!—Da fing er wieder mit seinem häßlich-höflichen Grüßen an und schnarrte: Gold eben nicht, Gold soll es eben nicht sein, mein Jungherrlein! Des Spaßes hab' ich selbst allzu viel, wills Euch mal zeigen.

Da ward es mir auf einmal, als könnt ich durch den grünen

festen Boden durchsehen, als sei er grünes Glas und die ebene Erde kugelrund, und drinnen hielten eine Menge Kobolde ihr Spiel mit Silber und Gold. Kopfauf, kopfunter kugelten sie sich herum, schmissen einander zum Spaß mit den edlen Metallen und pusteten sich den Goldstaub neckend ins Gesicht. Mein häßlicher Gefährte stand halb drinnen, halb draußen; er ließ sich sehr, sehr viel Gold von den andern heraufreichen und zeigte es mir lachend und schmiß es dann wieder klingend in die unermeßlichen Klüfte hinab. Dann zeigte er wieder mein Goldstück, das ich ihm geschenkt hatte, den Kobolden drunten, und die wollten sich darüber halb totlachen und zischten mich aus. Endlich reckten sie alle die spitzigen, metall-schmutzigen Finger gegen mich aus, und wilder und wilder, und dichter und dichter, und toller und toller klomm das Gewimmel gegen mich herauf—da erfaßte mich ein Entsetzen, wie vorhin meinen Gaul; ich gab ihm beide Sporen und weiß nicht, wie weit ich zum zweitenmal toll in den Wald hineingejagt bin.

Als ich nun endlich wieder stillhielt, war es abendkühl um mich her. Durch die Zweige sah ich einen weißen Fußpfad leuchten, von dem ich meinte, er müsse aus dem Forste nach der Stadt zurückführen. Ich wollte mich dahin durcharbeiten; aber ein ganz weißes, undeutliches Antlitz mit immer wechselnden Zügen sah mir zwischen den Blättern entgegen; ich wollte ihm ausweichen, aber wo ich hinkam, war es auch. Ergrimmt gedachte ich endlich mein Roß darauf loszutreiben, da sprudelte es mir und dem Pferde weißen Schaum entgegen, daß wir beide geblendet umwenden mußten. So trieb es uns Schritt um Schritt immer von dem Fußsteige abwärts und ließ uns überhaupt nur nach einer einzigen Richtung hin den Weg noch frei. Zogen wir aber auf dieser fort, so war es wohl dicht hinter uns, tat uns jedoch nicht das Geringste zuleide. Wenn ich mich dann bisweilen nach ihm umsah, merkte ich wohl, daß das weiße, sprudelnde Antlitz auf einem eben so weißen, höchst riesenmäßigen Körper saß. Manchmal dacht' ich auch, als sei es ein wandelnder Springbrunnen, aber ich konnte niemals recht darüber zur Gewißheit kommen. Ermüdet gaben Roß und Reiter dem treibenden, weißen Manne nach, der uns immer mit dem Kopfe zunickte, als wolle er sagen: Schon recht, schon recht!—Und so sind wir endlich an das Ende dieses Waldes hier herausgekommen, wo ich Rasen und Seeflut und eure kleine Hütte sah und wo der lange, weiße Mann verschwand."

"Gut, daß er fort ist", sagte der alte Fischer, und nun begann er davon zu sprechen, wie ein Gast auf die beste Weise wieder zu seinen Leuten nach der Stadt zurückgelangen könne. Darüber fing Undine an ganz leise in sich selbst hinein zu kichern. Huldbrand merkte es und sagte: "Ich dachte, du sähest mich gern hier; was freust du dich denn nun, da von meiner Abreise die Rede ist?"

"Weil du nicht fortkannst", entgegnete Undine. "Prob' es doch mal, durch den übergetretenen Waldstrom zu setzen, mit Kahn, mit Roß oder allein, wie du Lust hast. Oder prob' es lieber nicht, denn du würdest zerschellt werden von den blitzschnell getriebenen Stämmen und Steinen. Und was den See angeht, da weiß ich wohl: der Vater darf mit seinem Kahne nicht weit genug darauf hinaus."

Huldbrand erhob sich lächelnd, um zu sehen, ob es so sei, wie ihm Undine gesagt hatte; der Alte begleitete ihn, und das Mädchen gaukelte scherzend neben den Männern her. Sie fanden es in der Tat, wie Undine gesagt hatte; und der Ritter mußte sich drein ergeben, auf der zur Insel gewordenen Landspitze zu bleiben, bis die Fluten sich verliefen.

Als die drei nach ihrer Wanderung wieder der Hütte zugingen, sagte der Ritter der Kleinen ins Ohr: "Nun, wie ist es,

Undinchen? Bist du böse, daß ich bleibe?"

"Ach", entgegnete sie mürrisch, "laßt nur. Wenn ich Euch nicht gebissen hätte, wer weiß, was noch alles von der Bertalda in Eurer Geschichte vorgekommen wäre!"

Fünftes Kapitel

Wie der Ritter auf der Seespitze lebte

Du bist vielleicht, mein lieber Leser, schon irgendwo, nach mannigfachem Auf-und Abtreiben in der Welt, an einen Ort gekommen,wo es dir wohl war; die jedwedem eingeborene Liebe zu eigenem Herd und stillem Frieden ging auf in dir; du meintest, die Heimat blühe mit allen Blumen der Kindheit und der allerreinsten, innigsten Liebe wieder aus teuren Grabstätten hervor, und hier müsse gut wohnen und Hütten bauen sein. Ob du dich darin geirrt und den Irrtum nachher schmerzlich abgebüßt hast, das soll hier nichts zur Sache tun, und du wirst dich auch selbst wohl mit dem herben Nachgeschmack nicht freiwillig betrüben wollen. Aber rufe jene unaussprechlich süße Ahnung, jenen Engelsgruß des Friedens wieder in dir herauf, und du wirst ungefähr wissen können, wie dem Ritter Huldbrand während seines Lebens auf der Seespitze zu Sinne war.

Er sah oftmals mit innigem Wohlbehagen, wie der Waldstrom mit jedem Tage wilder einher rollte, wie er sich sein Bett breiter und breiter riß und die Abgeschiedenheit auf der Insel so für immer längere Zeit ausdehnte. Einen Teil des Tages über strich er mit einer alten Armbrust, die er in einem Winkel der Hütte gefunden und sich ausgebessert hatte, umher, nach den vorüberfliegenden Vögeln lauernd und was er von ihnen treffen konnte, als guten Braten in die Küche liefernd. Brachte er nun seine Beute zurück, so unterließ Undine fast niemals ihn auszuschelten, daß er den lieben lustigen Tierchen oben im blauen Luftmeer so feindlich ihr fröhliches Leben stehle; ja sie weinte oftmals bitterlich bei dem Anblick des toten Geflügels. Kam er aber ein andermal wieder heim und hatte nichts geschossen, so schalt sie ihn nicht minder ernstlich darüber aus, daß man nun um seines Ungeschicks und seiner Nachlässigkeit willen mit Fischen und Krebsen fürlieb nehmen müsse. Er freute sich jedesmal herzinniglich auf ihr anmutiges Zürnen, um so mehr, da sie gewöhnlich nachher ihre üble Laune durch die holdesten Liebkosungen wieder gutzumachen suchte. Die Alten hatten sich in die Vertraulichkeit der beiden jungen Leute gefunden; sie kamen ihnen vor wie Verlobte oder gar wie ein Ehepaar, das ihnen zum Beistand im Alter mit auf der abgerissenen Insel wohne. Eben diese Abgeschiedenheit brachte auch den jungen Huldbrand ganz fest auf den Gedanken, er sei bereits Undinens Bräutigam. Ihm war zu Mute, als gäbe es

keine Welt mehr jenseits dieser umgebenden Fluten oder als
könne man doch nie wieder da hinüber zur Vereinigung mit
anderen Menschen gelangen; und wenn ihn auch bisweilen sein
weidendes Roß anwieherte, wie nach Rittertaten fragend und
mahnend, oder sein Wappenschild ihm von der Stickerei des
Sattels und von der Pferdedecke ernst entgegenleuchtete, oder
sein schönes Schwert unversehens vom Nagel, an welchem es in
de” Hütte hing, herabfiel, im Sturze aus der Scheide gleitend—
so beruhigte er sein zweifelndes Gemüt damit, Undine sei gar
keine Fischerstochter, sei vielmehr aller Wahrscheinlichkeit
nach aus einem wundersamen, hochfürstlichen Hause der
Fremde gebürtig. Nur das war ihm in der Seele zuwider, wenn
die alte Frau Undinen in seiner Gegenwart schalt. Das launische
Mädchen lachte zwar meist ohne alles Hehl ganz ausgelassen
darüber; aber ihm war es, als taste man seine Ehre an, und
doch wußte er der alten Fischerin nicht Unrecht zu geben,
denn Undine verdiente immer zum wenigsten zehnfach soviel
Schelte, als sie bekam, daher er denn auch der Hauswirtin im
Herzen gewogen blieb, und das ganze Leben seinen stillen,
vergnüglichen Gang fürder ging.

Es kam aber doch endlich eine Störung hinein; der
Fischer und der Ritter waren nämlich gewohnt gewesen, beim

Mittagsmahle und auch des Abends, wenn der Wind draußen heulte, wie er es fast immer gegen die Nacht zu tun pflegte, sich miteinander bei einem Kruge Wein zu ergötzen. Nun war aber der ganze Vorrat zu Ende gegangen, den der Fischer früher von der Stadt nach und nach mitgebracht hatte, und die beiden Männer wurden darüber ganz verdrießlich. Undine lachte sie den Tag über wacker aus, ohne daß beide so lustig wie gewöhnlich in ihre Scherze einstimmten. Gegen Abend war sie aus der Hütte gegangen—sie sagte, um den zwei langen und langweiligen Gesichtern zu entgehen. Weil es nun in der Dämmerung wieder nach Sturm aussah und das Wasser bereits heulte und rauschte, sprangen der Ritter und der Fischer erschreckt vor die Tür, um das Mädchen heimzuholen,der Angst jener Nacht gedenkend, wo Huldbrand zum erstenmale in der Hütte gewesen war. Undine aber trat ihnen entgegen, freundlich in ihre Hände klopfend. "Was gebt ihr mir, wenn ich euch Wein verschaffe? Oder vielmehr, ihr braucht mir nichts zu geben", fuhr sie fort, "denn ich bin schon zufrieden, wenn ihr lustiger ausseht und bessere Einfälle habt als diesen letzten, langweiligen Tag hindurch. Kommt nur mit; der Waldstrom hat ein Faß an das Ufer getrieben, und ich will verdammt sein, eine ganze Woche lang zu schlafen, wenn es nicht ein Weinfaß ist."

Die Männer folgten ihr nach und fanden wirklich an einer umbüschten Bucht des Ufers ein Faß, welches ihnen Hoffnung gab, als enthielte es den edlen Trank, wonach sie verlangten. Sie wälzten es vor allem aufs schleunigste in die Hütte, denn ein schweres Wetter zog wieder am Abendhimmel herauf und man konnte in der Dämmerung bemerken, wie die Wogen des Sees ihre weißen Häupter schäumend emporrichteten, als sähen sie sich nach dem Regen um, der nun bald auf sie herunterrauschen sollte. Undine half den beiden nach Kräften und sagte, als das Regenwetter plötzlich allzu schnell heraufheulte, lustig drohend in die schweren Wolken hinein: "Du, du! Hüte dich, daß du uns nicht naß machst; wir sind noch lange nicht unter Dach!"

Der Alte verwies ihr solches als eine sündhafte Vermessenheit; aber sie kicherte leise vor sich hin, und es widerfuhr auch niemandem etwas Übles darum. Vielmehr gelangten alle drei wider Vermutung mit ihrer Beute trocken an den behaglichen Herd, und erst als man das Faß geöffnet und erprobt hatte, daß es einen wundersam trefflichen Wein enthalte, riß sich der Regen aus dem dunklen Gewölke los und rauschte der Sturm durch die Wipfel der Bäume und über des Sees empörte Wogen hin.

Einige Flaschen waren bald aus dem großen Fasse gefüllt,

das für viele Tage Vorrat verhieß; man saß trinkend und scherzend und heimisch gesichert vor dem tobenden Unwetter an der Glut des Herdes beisammen. Da sagte der alte Fischer und ward plötzlich sehr ernst: "Ach, großer Gott! Wir freuen uns hier der edlen Gabe, und der, welchem sie zuerst angehörte und vom Strome genommen ward, hat wohl gar das liebe Leben darum lassen müssen."

"Er wird ja nicht gerade!" meinte Undine und schenkte dem Ritter lächelnd ein. Der aber sagte: "Bei meiner höchsten Ehre, alter Vater, wüßt' ich ihn zu finden und zu retten, mich sollte kein Gang in die Nacht hinaus dauern und keine Gefahr. Soviel aber kann ich euch versichern: komm ich je wieder zu bewohnteren Landen, so will ich ihn oder seine Erben schon ausfindig machen und diesen Wein doppelt und dreifach ersetzen."

Das freute den alten Mann; er nickte dem Ritter billigend zu und trank nun seinen Becher mit besserem Gewissen und Behagen leer. Undine aber sagte zu Huldbrand: "Mit der Entschädigung und mit deinem Golde halt es, wie du willst. Das aber mit dem Nachlaufen und Suchen war dumm geredet. Ich weinte mir die Augen aus, wenn du darüber verloren gingst, und nicht wahr, du möchtest auch lieber bei mir bleiben und bei dem guten Wein?"

"Das freilich", entgegnete Huldbrand lächelnd. "Nun", sagte Undine, "also hast du dumm gesprochen. Denn jeder ist sich selbst der Nächste, und was gehen einen die andern Leute an?"

Die Hausfrau wandte sich seufzend und kopfschüttelnd von ihr ab, der Fischer vergaß seiner sonstigen Vorliebe für das zierliche Mägdlein und schalt. "Als ob dich Heiden und Türken erzogen hätten, klingt das!" schloß er seine Rede, "Gott verzeih es mir und dir, du ungeratenes Kind!" "Ja, aber mir ist doch nun einmal so zu Mute", entgegnete Undine, "habe mich erzogen, wer da will, und was können da all eure Worte helfen!"

"Schweig!" fuhr der Fischer sie an, und sie, die ungeachtet ihrer Keckheit doch äußerst schreckhaft war, fuhr zusammen, schmiegte sich zitternd an Huldbrand und fragte ihn ganz leise: "Bist du auch böse, schöner Freund?" Der Ritter drückte ihr die zarte Hand und streichelte ihre Locken.Sagen konnte er nichts, weil ihm der Ärger über des Alten Härte gegen Undinen die Lippen schloß, und so saßen beide Paare mit einem Male unwillig und im verlegenen Schweigen einander gegenüber.

Sechstes Kapitel

Von einer Trauung

Ein leises Klopfen an die Tür klang durch diese Stille und erschreckte alle, die in der Hütte saßen; wie es denn bisweilen zu kommen pflegt, daß auch eine Kleinigkeit, die ganz unvermutet geschieht, einem den Sinn recht fürchterlich aufregen kann. Aber hier kam noch dazu, daß der verrufene Forst sehr nahe lag und die Seespitze für menschliche Besuche jetzt unzugänglich schien. Man sah einander zweifelnd an; das Pochen wiederholte sich, von einem tiefen Ächzen begleitet; der Ritter ging nach seinem Schwerte. Da sagte aber der alte Mann leise: "Wenn es das ist, was ich fürchte, hilft uns keine Waffe."

Undine näherte sich indessen der Tür und rief ganz unwillig und keck: "Wenn ihr Unfug treiben wollt, ihr Erdgeister, so soll euch Kühleborn was Besseres lehren."

Das Entsetzen der andern ward durch diese wunderlichen Worte vermehrt; sie sahen das Mädchen scheu an, und Huldbrand wollte sich eben zu einer Frage an sie ermannen, da sagte es von draußen: "Ich bin kein Erdgeist, wohl aber ein

Geist, der noch im irdischen Körper hauset. Wollt ihr mir helfen und fürchtet ihr Gott, ihr drinnen in der Hütte, so tut mir auf!"

Undine hatte bei diesen Worten die Tür bereits geöffnet und leuchtete mit einer Ampel in die stürmische Nacht hinaus, so daß man draußen einen alten Priester wahrnahm, der vor dem unversehenen Anblick des wunderschönen Mägdleins erschreckt zurücktrat. Er mochte wohl denken, es müsse Spuk und Zauberei mit im Spiele sein, wo ein so herrliches Bild aus einer so niederen Hüttenpforte erscheine. Deshalb fing er an zu beten: "Alle guten Geister loben Gott, den Herrn!"— "Ich bin kein Gespenst", sagte Undine lächelnd, "seh' ich denn so häßlich aus? Zudem könnt ihr ja wohl merken, daß mich kein frommer Spruch erschreckt. Ich weiß doch auch von Gott und versteh ihn auch zu loben; jedweder auf seine Weise freilich, und dazu hat er uns erschaffen. Tretet ein, ehrwürdiger Vater; ihr kommt zu guten Leuten."

Der Geistliche kam neigend und umblickend herein und sah gar lieb und ehrwürdig aus. Aber das Wasser troff aus allen Falten seines dunklen Kleides und aus dem langen, weißen Bart und den weißen Locken des Haupthaares. Der Fischer und der Ritter führten ihn in eine Kammer und gaben ihm andere Kleider, während sie den Weibern die Gewande des Priesters zum Trocknen in das Zimmer reichten. Der fremde Greis dankte aufs demütigste und freundlichste, aber des Ritters glänzenden Mantel, den ihm dieser entgegenhielt, wollte er auf keine Weise umnehmen; er wählte statt dessen ein altes, graues Oberkleid des Fischers. So kamen sie denn in das Gemach zurück; die Hausfrau räumte dem Priester alsbald ihren großen Sessel und ruhte nicht eher, bis er sich darauf niedergelassen hatte: "Denn", sagte sie, "Ihr seid alt und erschöpft und geistlich obendrein."

Undine schob den Füßen des Fremden ihr kleines Bänkchen unter, worauf sie sonst neben Huldbrand zu sitzen pflegte, und bewies sich überhaupt in der Pflege des guten Alten höchst sittig und anmutig. Huldbrand flüsterte ihr darüber eine Neckerei ins Ohr, sie aber entgegnete sehr ernst: "Er dient ja dem, der uns alle erschaffen hat, damit ist nicht zu spaßen."

Der Ritter und der Fischer labten darauf den Priester mit Speise und Wein, und dieser fing, nachdem er sich etwas erholt hatte, zu erzählen an, wie er gestern aus seinem Kloster, das fern über den großen Landsee hinaus liege, nach dem Sitze des Bischofs habe reisen sollen, um demselben die Not kundzutun, in welche durch die jetzigen wunderbaren Überschwemmungen das Kloster und dessen Zinsdörfer geraten seien. Da habe er nach langen Umwegen um eben dieser Überschwemmung willen sich heute gegen Abend dennoch genötigt gesehen, einen übergetretenen Arm des Sees mit Hilfe zweier guten Fährleute zu überschiffen. "Kaum aber", fuhr er fort, "hatte unser kleines Fahrzeug die Wellen berührt, so brach auch schon der ungeheure Sturm los, der noch jetzt über unsern Häuptern fortwütet. Es war, als hätten die Fluten nur auf uns gewartet, um die allertollsten, strudelndsten Tänze mit uns zu beginnen. Die Ruder waren bald aus meiner Führer Händen gerissen und trieben zerschmettert auf den Wogen weiter und weiter vor uns hinaus. Wir selbst flogen, hilflos und der tauben Naturkraft hingegeben, auf die Höhe des Sees zu euren fernen Ufern herüber, die wir schon zwischen den Nebeln und Wasserschäumen emporstreben sahen. Da drehte sich endlich der Nachen immer wilder und schwindliger; ich weiß nicht, stürzte er um, stürzte ich heraus. Im dunkeln Ängstigen des nahen, schrecklichen Todes trieb ich weiter, bis mich eine Welle hier unter die Bäume an eure Insel warf."

"Ja, Insel!" sagte der Fischer. "Vor kurzem war's noch eine Landspitze, nun aber, seit Waldstrom und See schier toll geworden sind, sieht es ganz anders mit uns aus."

"Ich merkte so etwas", sagte der Priester, "indem ich im Dunkeln das Wasser entlang schlich und, ringsum nur wildes

Gebrause antreffend, endlich schaute, wie sich ein betretener Fußpfad grade in das Getos hinein verlor. Nun sah ich das Licht in eurer Hütte und wagte mich hierher, wo ich denn meinem himmlischen Vater nicht genug danken kann, daß er mich nach meiner Rettung aus dem Gewässer auch noch zu so frommen Leuten geführt hat, als zu euch, und das umso mehr, da ich nicht wissen kann, ob ich außer euch vieren noch in diesem Leben andre Menschen wieder zu sehen bekomme."

"Wie meint Ihr das?" fragte der Fischer.

"Wißt ihr denn, wie lange dieses Treiben der Elemente währen soll?" entgegnete der Geistliche. "Und ich bin alt an Jahren. Gar leicht mag mein Lebensstrom eher versiegend unter die Erde gehn, als die Überschwemmung des Waldstroms da draußen. Und überhaupt, es wäre ja nicht unmöglich, daß mehr und mehr des schäumenden Wassers sich zwischen euch und den jenseitigen Forst drängte, bis ihr so weit von der übrigen Erde abgerissen würdet, daß euer Fischerkähnlein nicht mehr hinüberreichte und die Bewohner des festen Landes in ihren Zerstreuungen euer aller gänzlich vergäßen."

Die alte Hausfrau fuhr hierüber zusammen, bekreuzte sich und sagte: "Das verhüte Gott!" Aber der Fischer sah sie lächelnd an und sprach: "Wie doch nun auch der Mensch ist! Es wäre ja dann nicht anders, wenigstens nicht für dich, liebe Frau, als es nun ist. Bist du denn seit vielen Jahren weiter gekommen, als an die Grenze des Forstes? Und hast du andere Menschen gesehen, als Undinen und mich? Seit kurzem sind nun noch der Ritter und der Priester zu uns gekommen. Die blieben bei uns, wenn wir zur vergessenen Insel würden; also hättest du ja den besten Gewinn davon."

"Ich weiß nicht", sagte die alte Frau, "es wird cinem doch unheimlich zu Mute, wenn man sich's nun so vorstellt, daß man unwiederbringlich von den anderen Leuten geschieden wär, ob man sie übrigens auch weder kennt noch sieht."

"Du bliebest dann bei uns, du bliebest dann bei uns!" flüsterte Undine ganz leise, halb singend und schmiegte sich inniger an Huldbrands Seite. Dieser aber war in tiefe und seltsame Gebilde seines Innern verloren. Die Gegend jenseits des Waldwassers zog sich seit des Priesters letzten Worten immer ferner und dunkler von ihm ab; die blühende Insel, auf welcher er lebte, grünte und lachte immer frischer in sein Gemüt hinein. Die Braut glühte als die schönste Rose dieses kleinen Erdstriches und auch der ganzen Welt hervor, der Priester war zur Stelle. Dazu kam noch eben, daß ein zürnender Blick der Hausfrau das schöne Mädchen traf, weil sie sich in Gegenwart des geistlichen Herrn so dicht an ihren Liebling lehnte, und es schien, als wollte ein Strom von unerfreulichen Worten folgen. Da brach es aus des Ritters Munde, daß er, gegen den Priester gewandt, sagte: "Ihr seht hier ein Brautpaar vor Euch, ehrwürdiger Herr, und wenn dies Mädchen und die guten alten Fischersleute nichts dawider haben, sollt Ihr uns heute Abend noch zusammengeben."

Die beiden alten Eheleute waren sehr verwundert. Sie hatten zwar bisher oft so etwas gedacht, aber ausgesprochen hatten sie es doch niemals, und wie nun der Ritter dies tat, kam es ihnen als etwas ganz Neues und Unerhörtes vor. Undine war plötzlich ernst geworden und sah tiefsinnig vor sich nieder, während der Priester nach den näheren Umständen fragte und sich bei den Alten nach ihrer Einwilligung erkundigte. Man kam nach mannigfachem Hin-und Herreden miteinander ins reine: die Hausfrau ging, um den jungen Leuten das Brautgemach zu ordnen und zwei geweihte Kerzen, die sie seit langer Zeit verwahrt hielt, für die Trauungsfeierlichkeit hervorzusuchen. Der Ritter nestelte indes an seiner goldenen Kette und wollte zwei Ringe losdrehen, um sie mit der Braut wechseln zu können. Diese aber fuhr, es bemerkend, aus ihrem tiefen Sinnen auf und sprach: "Nicht also! Ganz bettelarm haben mich meine Eltern nicht in die Welt hineingeschickt; vielmehr haben sie gewiß schon frühe darauf gerechnet, daß ein solcher Abend aufgehen solle."

Damit war sie schnell aus der Tür und kam gleich darauf mit zwei kostbaren Ringen zurück, deren einen sie ihrem Bräutigam gab und den andern für sich behielt. Der alte Fischer war ganz erstaunt darüber, und noch mehr die Hausfrau, die eben wieder hereintrat, daß beide diese Kleinodien noch niemals bei dem Kinde gesehen hatten.

"Meine Eltern", entgegnete Undine, "ließen mir diese Dingerchen in das schöne Kleid nähen, das ich gerade anhatte, da ich zu euch kam. Sie verboten mir auch, auf irgendeine Weise jemanden davon zu sagen vor meinem Hochzeitsabend. Da habe ich sie denn also stille herausgetrennt und verborgen gehalten bis heute."

Der Priester unterbrach das weitere Fragen und Verwundern, indem er die geweihten Kerzen anzündete, sie auf einen Tisch stellte und das Brautpaar sich gegenübertreten hieß. Er gab sie sodann mit kurzen, feierlichen Worten zusammen, die alten Eheleute segneten die jungen, und die Braut lehnte sich leise zitternd und nachdenklich an den Ritter. Da sagte der Priester mit einem Male: "Ihr Leute seid doch seltsam! Was sagt ihr mir denn, ihr wäret die einzigen Menschen hier auf der Insel? Und während der ganzen Trauhandlung sah zu dem Fenster mir gegenüber ein ansehnlicher langer Mann im weißen Mantel herein. Er muß noch vor der Tür stehen, wenn ihr ihn etwa mit ins Haus nötigen wollt."

"Gott bewahre!" sagte die Wirtin zusammenfahrend, der alte Fischer schüttelte schweigend den Kopf, und Huldbrand sprang nach dem Fenster. Es war ihm selbst, als sähe er noch einen weißen Streif, der aber bald im Dunkel gänzlich verschwand. Er redete dem Priester ein, daß er sich durchaus geirrt haben müsse, und man setzte sich vertraulich mitsammen um den Herd.

Siebentes Kapitel

Was sich weiter am Hochzeitsabend begab

Gar sittig und still hatte sich Undine vor und während der Trauung bewiesen; nun aber war es, als schäumten alle die wunderlichen Grillen, welche in ihr hausten, umso dreister und kecklicher auf die Oberfläche hervor. Sie neckte Bräutigam und Pflegeeltern und selbst den noch kaum so hochverehrten Priester mit allerhand kindischen Streichen, und als die Wirtin etwas dagegen sagen wollte, brachten diese ein paar ernste Worte des Ritters, worin er Undinen mit großer Bedeutsamkeit seine Hausfrau nannte, zum Schweigen. Ihm selbst indessen, dem Ritter, gefiel Undinens kindisches Bezeigen ebenso wenig; aber da half kein Räuspern und keine tadelnde Rede. So oft die Braut ihres Lieblings Unzufriedenheit merkte—und das geschah einigemal—ward sie freilich stiller, setzte sich neben ihn, streichelte ihn, flüsterte ihm lächelnd etwas ins Ohr und glättete so die aufsteigenden Falten seiner Stirn. Aber gleich darauf riß sie irgendein toller Einfall wieder in das gaukelnde Treiben hinein, und es ging nur ärger als zuvor. Da sagte der Priester sehr ernsthaft und sehr freundlich: "Mein anmutiges junges Mägdelein, man kann Euch zwar nicht ohne Ergötzen ansehen; aber denkt daran, Eure Seele beizeiten so zu stimmen, daß sie immer die Harmonie zu der Seele Eures angetrauten Bräutigams anklingen lasse."

"Seele!" lachte ihn Undine an: "das klingt recht hübsch und mag auch für die meisten Leute eine gar erbauliche und nutzreiche Regel sein. Aber wenn nun eins gar keine Seele hat, bitt' Euch, was soll es denn da stimmen? Und so geht es mir."

Der Priester schwieg, tief verletzt, in frommem Zürnen und kehrte sein Antlitz wehmütig von dem Mädchen ab. Sie aber ging schmeichelnd auf ihn zu und sagte: "Nein, hört doch erst ordentlich, eh' Ihr böse ausseht, denn Euer Böseaussehn tut mir weh, und Ihr müßt doch keiner Kreatur weh tun, die Euch ihrerseits nichts zu Leide getan hat. Zeigt Euch nur duldsam gegen mich, und ich will's Euch ordentlich sagen, wie ich's meine."

Man sah, sie stellte sich in Bereitschaft, etwas recht Ausführliches zu erzählen, aber plötzlich stockte sie, wie von einem inneren Schauer ergriffen, und brach in einen reichen Strom der wehmütigsten Tränen aus. Sie wußten alle nicht mehr, was sie recht aus ihr machen sollten, und starrten sie in unterschiedlichen Besorgnissen schweigend an. Da sagte sie endlich, sich ihre Tränen abtrocknend und den Priester ernsthaft ansehend: "Es muß etwas Liebes, aber auch etwas höchst Furchtbares um eine Seele sein. Um Gott, mein frommer Mann, wäre es nicht besser, man würde ihrer nie teilhaftig?"

Sie schwieg wieder still, wie auf Antwort wartend; ihre Tränen waren gehemmt. Alle in der Hütte hatten sich von ihren Sitzen erhoben und traten schaudernd vor ihr zurück. Sie aber schien nur für den Geistlichen Augen zu haben. Auf ihren Zügen malte sich der Ausdruck einer fürchtenden Neugier, die eben deshalb den andern höchst furchtbar vorkam.

"Schwer muß die Seele lasten", fuhr sie fort, da ihr niemand antwortete, "sehr schwer! Denn schon ihr annahendes Bild überschattet mich mit Angst und Trauer. Und ach, ich war so leicht, so lustig sonst!" Und in einen erneuten Tränenstrom brach sie aus und schlug das Gewand vor ihrem Antlitz zusammen. Da trat der Priester ernsten Ansehens auf sie zu und sprach sie an und beschwor sie bei den heiligsten Namen, sie solle die lichte Hülle abwerfen, falls etwas Böses in ihr sei.Sie aber sank vor ihm in die Knie, alles Fromme wiederholend, was er sprach,und Gott lobend und beteuernd, sie meine es gut mit der ganzen Welt. Da sagte endlich der Priester zum Ritter: "Herr

Bräutigam, ich lasse Euch allein mit der, die ich Euch angetraut habe. So viel ich ergründen kann, ist nichts Übles an ihr, wohl aber des Wundersamen viel. Ich empfehle Euch Vorsicht, Liebe und Treue." Damit ging er hinaus, die Fischersleute folgten ihm, sich bekreuzend.

Undine war auf die Knie gesunken, sie entschleierte ihr Angesicht und sagte, scheu nach Huldbrand blickend: "Ach, nun willst du mich gewiß nicht behalten; und hab' ich doch nichts Böses getan, ich armes, armes Kind!" Sie sah dabei so unendlich anmutig und rührend aus, daß ihr Bräutigam alles Grauens und aller Rätselhaftigkeit vergaß, zu ihr hineilend und sie in seinen Armen emporrichtend. Da lächelte sie durch ihre Tränen; es war, als wenn das Morgenrot auf kleinen Bächen spielt.

"Du kannst nicht von mir lassen!" flüsterte sie vertraulich und sicher und streichelte mit den zarten Händchen des Ritters Wangen. Dieser wandte sich darüber von den furchtbaren Gedanken ab, die noch im Hintergrunde seiner Seele lauerten und ihm einreden wollten, er sei an eine Fee oder sonst ein böslich-neckendes Wesen der Geisterwelt angetraut; nur noch die einzige Frage ging fast unversehens über seine Lippen: "Liebes Undinchen, sage mir doch das Eine: was war es, das du von Erdgeistern sprachst, da der Priester an die Tür klopfte, und von Kühleborn?"

"Märchen, Kindermärchen!" sagte Undine lachend und ganz wieder in ihrer gewohnten Lustigkeit. "Erst hab' ich euch bange gemacht, am Ende habt ihr's mich. Das ist das Ende vom Liede und vom ganzen Hochzeitsabend."

"Nein, das ist es nicht", sagte der von Liebe berauschte Ritter, löschte die Kerzen und trug seine schöne Geliebte unter tausend Küssen—vom Monde, der hell durch die Fenster hereinsah, anmutig beleuchtet—zu der Brautkammer hinein.

Achtes Kapitel
Der Tag nach der Hochzeit

Ein frisches Morgenlicht weckte die jungen Eheleute. Undine verbarg sich schamhaft unter ihre Decken, und Huldbrand lag still sinnend vor sich hin. So oft er in der Nacht eingeschlafen war, hatten ihn wunderlich-grausende Träume verstört von Gespenstern, die sich heimlich grinsend in schöne Frauen zu verkleiden strebten—von schönen Frauen, die mit einem Male Drachenangesichter bekamen. Und wenn er von den häßlichen Gebilden in die Höhe fuhr, stand das Mondlicht bleich und kalt draußen vor den Fenstern; entsetzt blickte er nach Undinen, an deren Busen er eingeschlafen war, und die in unverwandelter Schönheit und Anmut neben ihm ruhte. Dann drückte er einen leichten Kuß auf die rosigen Lippen und schlief wieder ein, um von neuen Schrecken erweckt zu werden. Nachdem er sich nun alles dieses recht im vollen Wachen überlegt hatte, schalt er sich selber über jedweden Zweifel aus, der ihn an seiner schönen Frau hatte irre machen können. Er bat auch sein Unrecht mit klaren Worten ab. Sie aber reichte ihm nur die schöne Hand, seufzte aus tiefem Herzen und blieb still. Aber ein unendlich inniger Blick aus ihren Augen, wie er ihn noch nie gesehen hatte, ließ ihm keinen Zweifel, daß Undine von keinem Unwillen gegen ihn wisse. Er stand dann heiter auf und ging zu seinen Hausgenossen in das gemeinsame Zimmer vor. Die drei saßen mit besorgten Mienen um den Herd, ohne daß sich einer getraut hätte, seine Worte laut werden zu lassen. Es sah aus, als bete der Priester in seinem Innern um Abwendung alles Übels. Da man nun aber den jungen Ehemann so vergnügt hervorgehen sah, glätteten sich auch die Falten in den übrigen Gesichtern; ja, der alte Fischer fing an mit dem Ritter zu scherzen auf eine recht sittige, ehrbare Weise, so daß selbst die alte Hausfrau ganz freundlich dazu lächelte.

Darüber war endlich Undine auch fertig geworden und trat nun in die Tür; alle wollten ihr entgegengehn, und alle blieben voll Verwunderung stehen: so fremd kam ihnen die junge Frau vor und doch so wohlbekannt. Der Priester schritt zuerst mit Vaterliebe in den leuchtenden Blicken auf sie zu, und wie er die Hand zum Segen emporhob, sank das schöne Weib andächtig schauernd vor ihm in die Knie. Sie bat darauf mit einigen freundlich-demütigen Worten wegen des Törichten, was sie gestern gesprochen haben möge, um Verzeihung und ersuchte ihn mit sehr bewegtem Tone, daß er für das Heil ihrer Seele beten wolle.

Dann erhob sie sich, küßte ihre Pflegeeltern und sagte, für alles genossene Gute dankend: "O, jetzt fühle ich es im innersten Herzen, wie viel, wie unendlich viel ihr für mich getan habt, ihr lieben, lieben Leute!"

Sie konnte erst gar nicht wieder ihre Liebkosungen abbrechen, aber kaum gewahrte sie, daß die Hausfrau nach dem Frühstück hinsah, so stand sie auch bereits am Herde, kochte und ordnete an und litt nicht, daß die gute, alte Mutter auch nur die geringste Mühewaltung über sich nahm. Sie blieb den ganzen Tag lang so: still, freundlich und achtsam, ein Hausmütterlein und ein zart verschämtes jungfräuliches Wesen zugleich. Die drei, welche sie schon länger kannten, dachten jeden Augenblick irgendein wunderliches Wechselspiel ihres launischen Sinnes hervorbrechen zu sehen. Aber sie warteten vergebens darauf, Undine blieb engelmild und sanft.

Der Priester konnte seine Augen gar nicht von ihr wegwenden und sagte mehrere Male zum Bräutigam: "Herr, einen Schatz hat Euch gestern die himmlische Güte durch mich Unwürdigen anvertraut; wahrt ihn, wie es sich gebührt, so wird er Euer ewiges und zeitliches Heil fördern."

Gegen Abend hing sich Undine mit demütiger Zärtlichkeit an des Ritters Arm und zog ihn sanft vor die Tür hinaus, wo die sinkende Sonne anmutig über den frischen Gräsern und um die hohen, schlanken Baumstämme leuchtete. In den Augen der jungen Frau schwamm es wie Tau der Wehmut und der Liebe, auf ihren Lippen schwebte es wie ein zartes, besorgliches Geheimnis, das sich aber nur in kaum vernehmlichen Seufzern kundgab.

Sie führte ihren Liebling schweigend immer weiter mit sich fort; was er sagte, beantwortete sie nur mit Blicken, in denen zwar keine unmittelbare Auskunft auf seine Fragen, wohl aber ein ganzer Himmel der Liebe und schüchternen Ergebenheit lag. So gelangten sie an das Ufer des übergetretenen Waldstroms, und der Ritter erstaunte, diesen in leisen Wellen verrinnend dahinrieseln zu sehen, so daß keine Spur seiner vorigen Wildheit und Fülle mehr anzutreffen war.

"Bis morgen wird er ganz versiegt sein", sagte die schöne Frau weinerlich, "und du kannst dann ohne Widerspruch reisen, wohinaus du willst."

"Nicht ohne dich, Undinchen", entgegnete der lachende Ritter; "denke doch: wenn ich auch Lust hätte auszureißen, so müßte ja Kirche und Geistlichkeit und Kaiser und Reich dreinschlagen und dir den Flüchtling wiederbringen." "Kommt alles auf dich an, kommt alles auf dich an", flüsterte die Kleine, halb weinend, halb lächelnd. "Ich denke aber doch, du wirst mich wohl behalten; ich bin dir ja gar zu innig gut. Trage mich nun hinüber auf die kleine Insel, die vor uns liegt. Da soll sich's entscheiden. Ich könnte wohl leicht selbst durch die Wellchen schlüpfen, aber in deinen Armen ruht sich's so gut, und verstößest du mich, so hab ich doch noch zum letztenmale anmutig darin geruht."

Huldbrand, voll von einer seltsamen Bangigkeit und Rührung, wußte ihr nichts zu erwidern. Er nahm sie in seine Arme und trug sie hinüber, sich nun erst besinnend, daß es dieselbe kleine Insel war, von wo er sie in jener ersten Nacht dem alten Fischer zurückgetragen hatte. Jenseits ließ er sie in das weiche Gras nieder und wollte sich schmeichelnd neben seine schöne Bürde setzen. Sie aber sagte: "Nein, dorthin, mir gegenüber! Ich will in deinen Augen lesen, noch ehe deine Lippen sprechen. Höre nun recht achtsam zu, was ich dir erzählen will." Und sie begann:

"Du sollst wissen, mein süßer Liebling, daß es in den Elementen Wesen gibt, die fast aussehen wie ihr und sich doch nur selten vor euch blicken lassen. In den Flammen glitzern und spielen die wunderlichen Salamander, in der Erde tief hausen die dürren, tückischen Gnomen, durch die Wälder streifen die Waldleute, die der Luft angehören, und in den Seen und Strömen und Bächen lebt der Wassergeister ausgebreitetes Geschlecht. In klingenden Kristallgewölben, durch die der Himmel mit Sonne und Sternen hineinsieht, wohnt sich's schön; hohe Korallenbäume mit blau und roten Früchten leuchten in den Gärten; über reinlichen Meeressand wandelt man über schöne, bunte Muscheln, und was die alte Welt des also Schönen besaß, daß die heutige nicht mehr daran sich zu freuen würdig ist, das überzogen die Fluten mit ihren heimlichen Silberschleiern, und unten prangen nun die edlen Denkmale, hoch und ernst und anmutig betaut vom liebenden Gewässer, das aus ihnen schöne Moosblumen und kränzende Schilfbüschel hervorlockt. Die aber dort wohnen, sind gar hold und lieblich anzuschauen, meist schöner als die Menschen sind. Manch einem Fischer ward es schon so gut, ein zartes Wasserweib zu belauschen, wie es über die Fluten hervorstieg und sang. Der erzählte dann von ihrer Schöne weiter,und solche wundersame Frauen werden von den Menschen Undinen genannt. Du aber siehst jetzt wirklich eine Undine, lieber Freund."

Der Ritter wollte sich einreden, seiner schönen Frau sei

irgendeine ihrer seltsamen Launen geworden und sie finde ihre Lust daran, ihn mit bunt erdachten Geschichten zu necken. Aber so sehr er sich dies auch vorsagte, konnte er doch keinen Augenblick daran glauben; ein seltsamer Schauer zog durch sein Inneres; unfähig, ein Wort hervorzubringen, starrte er unverwandten Auges die holde Erzählerin an. Diese schüttelte betrübt den Kopf, seufzte aus vollem Herzen und fuhr alsdann folgendermaßen fort:

"Wir wären weit besser daran als ihr andern Menschen; denn Menschen nennen wir uns auch, wie wir es denn auch der Bildung und dem Leibe nach sind; aber es ist gar Übles dabei. Wir sind unseresgleichen in den Elementen, wir zerstieben und vergehen mit Geist und Leib, daß keine Spur von uns zurückbleibt, und wenn ihr andern dermaleinst zu einem reinern Leben erwacht, sind wir geblieben, wo Sand und Funk' und Wind und Welle blieb. Darum haben wir auch keine Seelen, das Element bewegt uns, gehorcht uns oft, so lange wir leben—zerstäubt uns immer, sobald wir sterben, und wir sind lustig, ohne uns irgend zu grämen, wie es die Nachtigallen und Goldfischlein und andere hübsche Kinder der Natur ja gleichfalls sind. Aber alles will höher, als es steht. So wollte mein Vater, der ein mächtiger Wasserfürst im Mittelländischen Meere ist, seine einzige Tochter solle einer Seele teilhaftig werden, und müsse sie darüber auch viele Leiden der beseelten Leute bestehen. Eine Seele aber kann unseresgleichen nur durch den innigsten Verein der Liebe mit einem eures Geschlechts gewinnen. Nun bin ich beseelt, dir dank ich die Seele, o du unaussprechlich Geliebter, und dir werde ich es danken, wenn du mich nicht mein ganzes Leben hindurch elend machst. Denn was soll aus mir werden, wenn du mich scheuest und mich verstößest? Durch Trug aber möchte ich dich nicht behalten. Und willst du mich verstoßen, so tu es nun, so geh allein ans Ufer zurück. Ich tauche mich in diesen Bach, der mein Oheim ist und hier im Walde sein wunderliches Einsiedlerleben, von den übrigen Freunden entfernt, führt. Er ist aber mächtig und vielen Strömen wert und teuer; und wie er mich herführte zu den Fischern, mich leichtes und lachendes Kind, wird er mich auch wieder heimführen zu den Eltern, mich beseelte, liebende, leidende Frau."

Sie wollte noch mehr sagen, aber Huldbrand umfaßte sie voll der innigsten Rührung und Liebe und trug sie wieder ans Ufer zurück. Hier erst schwur er unter Tränen und Küssen, sein holdes Weib niemals zu verlassen, und pries sich glücklicher als den griechischen Bildner Pygmalion, welchem Frau Venus seinen schönen Stein zur Geliebten belebt habe. Im süßen

Vertrauen wandelte Undine an seinem Arme nach der Hütte zurück und empfand nun erst von ganzem Herzen, wie wenig sie die verlassenen Kristallpaläste ihres wundersamen Vaters bedauern dürfe.

Neuntes Kapitel

Wie der Ritter seine junge Frau mit sich führte

Als Huldbrand am andern Morgen vom Schlaf erwachte, fehlte seine schöne Genossin an seiner Seite, und er fing schon an, wieder den wunderlichen Gedanken nachzuhängen, die ihm seine Ehe und die reizende Undine selbst als ein flüchtiges Blendwerk und Gaukelspiel vorstellen wollten. Aber da trat sie eben zur Tür herein, küßte ihn, setzte sich zu ihm aufs Bett und sagte: "Ich bin etwas früh hinaus gewesen, um zu sehen, ob der Oheim Wort halte. Er hat schon alle Fluten wieder in sein stilles Bett zurückgelenkt und rinnt nun nach wie vor einsiedlerisch und sinnend durch den Wald. Seine Freunde in Wasser und Luft haben sich auch zur Ruhe begeben; es wird wieder alles ordentlich und ruhig in diesen Gegenden zugehen, und du kannst trocknen Fußes heimreisen, sobald du willst."

Es war Huldbrand zu Mute, als träumte er wachend fort, so wenig konnte er sich in die seltsame Verwandtschaft seiner Frau finden. Dennoch ließ er sich nichts merken, und die unendliche Anmut des holden Weibes wiegte auch bald jedwede unheimliche Ahnung zur Ruhe. Als er nach einer Weile mit ihr vor der Tür stand und die grünende Seespitze mit ihren klaren Wassergrenzen überschaute, ward es ihm so wohl in dieser Wiege seiner Liebe, daß er sagte: "Was sollen wir denn auch heute schon reisen? Wir finden wohl keine vergnügteren Tage in der Welt draußen, als wir sie in diesem heimlichen Schutzörtlein verlebten. Laß uns immer noch zweioder dreimal die Sonne hier untergehen sehen."

"Wie mein Herr es gebeut", entgegnete Undine in freundlicher Demut. "Es ist nur, daß sich die alten Leute ohnehin schon mit Schmerzen von mir trennen werden, und wenn sie nun erst die treue Seele in mir spüren, und wie ich jetzt innig lieben und ehren kann, bricht ihnen wohl gar vor vielen Tränen das schwache Augenlicht. Noch halten sie meine Stille und Frömmigkeit für nichts Besseres, als es sonst in mir bedeutete, für die Ruhe des Sees, wenn eben die Luft still ist, und sie werden sich nun eben so gut einem Bäumchen oder Blümelein befreunden lernen, als mir. Laß mich ihnen dies neugeschenkte, von Liebe wallende Herz nicht kundgeben in Augenblicken, wo sie es für diese Erde verlieren sollen, und wie könnt ich es bergen, blieben wir länger zusammen?"

Huldbrand gab ihr recht; er ging zu den Alten und besprach

die Reise mit ihnen, die noch in dieser Stunde vor sich gehen sollte. Der Priester bot sich den beiden jungen Eheleuten zum Begleiter an, er und der Ritter hoben nach kurzem Abschied die schöne Frau aufs Pferd und schritten mit ihr über das ausgetrocknete Bett des Waldstromes eilig dem Forste zu. Undine weinte still, aber bitterlich; die alten Leute klagten ihr laut nach. Es schien, als sei diesen eine Ahnung aufgegangen von dem, was sie eben jetzt an der holden Pflegetochter verloren.

Die drei Reisenden waren schweigend in die dichtesten Schatten des Waldes gelangt. Es mochte hübsch anzusehen sein in dem grünen Blättersaal, wie die schöne Frauengestalt auf dem edlen, zierlich geschmückten Pferde saß, und von einer Seite der ehrwürdige Priester in seiner weißen Ordenstracht, von der andern der blühende junge Ritter in bunten, hellen Kleidern, mit seinem prächtigen Schwerte umgürtet, achtsam einherschritten. Huldbrand hatte nur Augen für sein holdes Weib; Undine, die ihre lieben Tränen getrocknet hatte, nur Augen für ihn, und sie gerieten bald in ein stilles, lautloses Gespräch mit Blicken und Winken, aus dem sie erst spät durch ein leises Reden erweckt wurden, welches der Priester mit einem vierten Reisegesellschafter hielt, der indes unbemerkt zu ihnen gekommen war.

Er trug ein weißes Kleid, fast wie des Priesters Ordenshabit, nur daß ihm die Kappe ganz tief ins Gesicht herein hing, und das Ganze in so weiten Falten um ihn her flog, daß er alle Augenblicke mit Aufraffen und über den Arm schlagen oder sonst dergleichen Anordnungen zu tun hatte, ohne daß er doch dadurch im geringsten im Gehen behindert schien. Als die jungen Eheleute seiner gewahr wurden, sagte er eben: "Und so wohne ich denn schon seit vielen Jahren hier im Walde, mein ehrwürdiger Herr, ohne daß man mich Eurem Sinne nach einen Eremiten nennen könnte. Denn, wie gesagt, von Buße weiß ich nichts und glaube sie auch nicht sonderlich zu bedürfen. Ich habe nur deswegen den Wald so lieb, weil es sich auf eine ganz eigene Weise hübsch ausnimmt und mir Spaß macht, wenn ich in meinen flatternden weißen Kleidern durch die finsteren Schatten und Blätter hingehe und dann bisweilen ein süßer Sonnenstrahl unvermutet auf mich herunterblitzt."

"Ihr seid ein höchst seltsamer Mann", entgegnete der Priester, "und ich möchte wohl nähere Kunde von Euch haben." "Und wer seid Ihr denn, von einem aufs andre zu kommen?" fragte der Fremde. "Sie nennen mich den Pater Heilmann", sprach der Geistliche, und ich komme aus Kloster Mariagruß von jenseits des Sees." "So, so", antwortete der Fremde, "Ich heiße Kühleborn, und wenn es auf Höflichkeit ankommt, konnte man mich ebenso gut Herr von Kühleborn betiteln oder Freiherr von Kühleborn; denn frei bin ich wie der Vogel im Walde und wohl noch ein bißchen darüber. Zum Exempel, jetzt hab' ich der jungen Frau dort etwas zu erzählen."

Und ehe man sich's versah, war er auf der andern Seite des Priesters, dicht neben Undinen, und reckte sich hoch in die Höhe, um ihr etwas ins Ohr zu flüstern. Sie aber wandte sich erschrocken ab, sagend: "Ich habe nichts mehr mit Euch zu schaffen."

"Hoho", lachte der Fremde, "was für eine ungeheuer vornehme Heirat habt Ihr denn getan, daß Ihr Eure Verwandten nicht mehr kennt? Wißt Ihr denn nicht von Oheim Kühleborn, der Euch auf seinem Rücken so treu in diese Gegend trug?"

"Ich bitte Euch aber", entgegnete Undine, "daß Ihr Euch nicht wieder vor mir sehen laßt. Jetzt fürchte ich Euch; und soll mein Mann mich scheuen lernen, wenn er mich in so seltsamer Gesellschaft und Verwandtschaft sieht?"

"Nichtchen", sagte Kühleborn, "Ihr müßt nicht vergessen, daß ich hier zum Geleiter bei Euch bin; die spukenden Erdgeister möchten sonst dummen Spaß mit Euch treiben. Laßt mich also doch immer ruhig mitgehen; der alte Priester dort wußte sich übrigens meiner besser zu erinnern, als Ihr es zu tun scheint, denn er versicherte vorhin, ich käme ihm sehr bekannt vor und müsse wohl mit ihm im Nachen gewesen sein, aus dem er ins Wasser fiel. Das war ich auch freilich, denn ich war just die Wasserhose, die ihn herausriß, und schwemmte ihn hernach zu deiner Trauung vollends ans Land."

Undine und der Ritter sahen nach Pater Heilmann; der aber schien in einem wandelnden Traume fortzugehen und von allem, was gesprochen ward, nichts mehr zu vernehmen. Da sagte Undine zu Kühleborn: "Ich sehe dort schon das Ende des Waldes. Wir brauchen Eurer Hilfe nicht mehr, und nichts macht uns Grauen als Ihr. Darum bitt' ich Euch in Lieb' und Güte, verschwindet und laßt uns in Frieden ziehn!"

Darüber schien Kühleborn unwillig zu werden; er zog ein häßliches Gesicht und grinste Undinen an, die laut aufschrie und ihren Freund zu Hilfe rief. Wie ein Blitz war der Ritter um das Pferd herum und schwang die scharfe Klinge gegen Kühleborns Haupt. Aber er hieb in einen Wasserfall, der von einer hohen Klippe neben ihnen herabschäumte und sie plötzlich mie einem Geplätscher, das beinahe wie Lachen klang, übergoß und bis auf die Haut durchnäßte. Der Priester sagte, wie plötzlich erwachend: "Das hab' ich lange gedacht, weil der Bach so dicht auf der Anhöhe neben uns herlief. Anfangs wollt es mir gar vorkommen, als wär' er ein Mensch und könnte sprechen."

In Huldbrands Ohr rauschte der Wasserfall ganz vernehmlich diese Worte:

Rascher Ritter,
Rüst'ger Ritter,
Ich zürne nicht,
Ich zanke nicht;
Schirm nur dein reizend Weiblein stets so gut,
Du Ritter rüstig, du rasches Blut!

Nach wenigen Schritten waren sie im Freien. Die Reichsstadt lag glänzend vor ihnen, und die Abendsonne, welche deren Türme vergoldete, trocknete freundlich die Kleider der durchnäßten Wanderer.

Zehntes Kapitel

Wie sie in der Stadt lebten

Daß der junge Ritter Huldbrand von Ringstetten so plötzlich vermißt worden war, hatte großes Aufsehen in der Reichsstadt erregt und Bekümmernis bei den Leuten, die ihn allesamt wegen seiner Gewandtheit bei Turnier und Tanz, wie auch wegen seiner milden, freundlichen Sitten liebgewonnen hatten. Seine Diener wollten nicht ohne ihren Herrn von dem Orte wieder weg, ohne daß doch einer den Mut gefaßt hätte, ihm in die Schatten des gefürchteten Forstes nachzureiten. Sie blieben also in ihrer Herberge, untätig hoffend, wie es die Menschen zu tun pflegen, und durch ihre Klagen das Andenken des Verlorenen lebendig erhaltend. Wie nun bald darauf die großen Unwetter und Überschwemmungen merkbarer wurden, zweifelte man um so minder an dem gewissen Untergange des schönen Fremden, den auch Bertalda ganz unverhohlen betrauerte und sich selbst verwünschte, daß sie ihn zu dem unseligen Ritte nach dem Walde gelockt habe. Ihre herzoglichen Pflegeeltern waren gekommen, sie abzuholen, aber Bertalda bewog sie, mit ihr zu bleiben, bis man gewisse Nachricht von Huldbrands Leben oder Tod einziehe. Sie suchte verschiedene junge Ritter, die emsig um sie warben, zu bewegen, daß sie dem edlen Abenteurer in den Forst nachziehen möchten. Aber ihre Hand mochte sie nicht zum Preise des Wagestücks ausstellen, weil sie vielleicht noch immer hoffte, dem Wiederkehrenden angehören zu können, und um Handschuh oder Band oder auch selbst um einen Kuß wollte niemand sein Leben daransetzen, einen so gar gefährlichen Nebenbuhler zurückzuholen.

Nun, da Huldbrand unerwartet und plötzlich erschien, freuten sich Diener und Stadtbewohner und überhaupt fast alle Leute, nur Bertalda eben nicht; denn wenn es den andern auch ganz lieb war, daß er eine so wunderschöne Frau mitbrachte und den Pater Heilmann als Zeugen der Trauung, so konnte doch Bertalda nichts anderes als sich deshalb betrüben. Erstlich hatte sie den jungen Rittersmann wirklich von ganzer Seele lieb gewonnen, und dann war durch ihre Trauer über sein Wegbleiben den Augen der Menschen weit mehr davon kund geworden, als sich nun eben schicken wollte. Sie tat deswegen aber doch immer als ein kluges Weib, fand sich in die Umstände und lebte aufs allerfreundlichste mit Undinen, die man in der ganzen Stadt für eine Prinzessin hielt, welche Huldbrand im

Walde von irgendeinem bösen Zauber erlöst habe. Wenn man sie selbst oder ihren Eheherrn darüber befragte, wußten sie zu schweigen oder geschickt auszuweichen; des Pater Heilmanns Lippen waren für jedes Geschwätz versiegelt, und ohnehin war er gleich nach Huldbrands Ankunft wieder in sein Kloster zurückgegangen, so daß sich die Leute mit ihren seltsamen Mutmaßungen behelfen mußten, und auch selbst Bertalda nicht mehr als jeder andere von der Wahrheit erfuhr.

Undine gewann übrigens dies anmutige Mädchen mit jedem Tage lieber. "Wir müssen uns einander schon eher gekannt haben", pflegte sie öfters zu sagen, "oder es muß sonst irgendeine wundersame Beziehung unter uns geben, denn so ganz ohne Ursache, versteht mich, ohne tiefe, geheime Ursache gewinnt man ein anderes nicht so lieb, als ich Euch gleich vom ersten Anblick her gewann."

Und auch Bertalda konnte sich nicht ableugnen, daß sie einen Zug der Vertraulichkeit und Liebe zu Undinen empfinde, wie sehr sie übrigens meinte, Ursache zu den bittersten Klagen über diese glückliche Nebenbuhlerin zu haben. In dieser gegenseitigen Neigung wußte die eine bei ihren Pflegeeltern, die andere bei ihrem Ehegatten den Tag der Abreise weiter und weiter hinauszuschieben; ja, es war schon die Rede davon gewesen, Bertalda solle Undinen auf einige Zeit nach Burg Ringstetten an die Quellen der Donau begleiten.

Sie sprachen auch einmal eines schönen Abends davon, als sie eben bei Sternenschein auf dem mit hohen Bäumen eingefaßten Markte der Reichsstadt umherwandelten. Die beiden jungen Eheleute hatten Bertalda noch spät zu einem Spaziergange abgeholt, und alle drei zogen vertraulich unter dem tiefblauen Himmel auf und ab, oftmals in ihren Gesprächen durch die Bewunderung unterbrochen, die sie dem kostbaren Springbrunnen in der Mitte des Platzes und seinem wundersamen Rauschen und Sprudeln zollen mußten. Es war ihnen so lieb und heimlich zu Sinn; zwischen die Baumschatten durch stahlen sich die Lichtschimmer der nahen Häuser; ein stilles Gesumse von spielenden Kindern und anderen lustwandelnden Menschen wogte um sie her; man war so allein und doch so freundlich in der heiteren, lebendigen Welt mitten inne; was bei Tage Schwierigkeit geschienen hatte, das ebnete sich nun wie von selber, und die drei Freunde konnten gar nicht mehr begreifen, warum wegen Bertaldas Mitreise auch nur die geringste Bedenklichkeit habe obwalten mögen. Da kam, als sie eben den Tag ihrer gemeinschaftlichen Abfahrt bestimmen wollten, ein langer Mann von der Mitte des Marktplatzes her auf sie zu gegangen, neigte sich ehrerbietig vor der Gesellschaft und sagte der jungen Frau etwas ins Ohr. Sie trat, unzufrieden über die Störung und über den Störer, einige Schritte mit dem Fremden zur Seite, und beide begannen miteinander zu flüstern, es schien, in einer fremden Sprache. Huldbrand glaubte den seltsamen Mann zu kennen und sah so starr auf ihn, daß er Bertaldas staunende Fragen weder hörte noch beantwortete. Mit einem Male klopfte Undine freudig in die Hände und ließ den Fremden lachend stehen, der sich mit vielem Kopfschütteln und hastigen, unzufriedenen Schritteten entfernte und in den Brunnen hineinstieg. Nun glaubte Huldbrand seiner Sache ganz gewiß zu sein, Bertalda aber fragte: "Was wollte dir denn der Brunnenmeister, liebe Undine?"

Die junge Frau lachte heimlich in sich hinein und erwiderte: "Übermorgen, auf deinen Namenstag, sollst du's erfahren, du liebliches Kind." Und weiter war nichts aus ihr herauszubringen. Sie lud nur Bertalden und durch sie ihre Pflegeeltern an dem bestimmten Tage zur Mittagstafel, und man ging bald darauf auseinander.

"Kühleborn?" fragte Huldbrand mit einem geheimen Schauder seine schöne Gattin, als sie von Bertalda Abschied genommen hatten und nun allein durch die dunkler werdenden

Gassen nach Haus gingen. "Ja, er war es", antwortete Undine, "und er wollte mir auch allerhand dummes Zeug vorsprechen. Aber mitten darin hat er mich ganz gegen seine Absicht mit einer höchst willkommenen Botschaft erfreut. Willst du diese nun gleich wissen, mein holder Herr und Gemahl, so brauchst du nur zu gebieten, und ich spreche mir alles vom Herzen los. Wolltest du aber deiner Undine eine recht, recht große Freude gönnen, so ließest du es bis übermorgen und hättest dann auch an der Überraschung dein Teil."

Der Ritter gewährte seiner Gattin gern, worum sie so anmutig bat, und noch hn Entschlummern lispelte sie lächelnd vor sich hin: "Was sie sich freuen wird und sich wundern über ihres Brunnenmeisters Botschaft, die liebe, liebe Bertalda!"

Elftes Kapitel

Bertaldas Namensfeier

Die Gesellschaft saß bei der Tafel, Bertalda mit Kleinodien und Blumen, den mannigfachen Geschenken ihrer Pflegeeltern und Freunde, geschmückt wie eine Frühlingsgöttin, oben an, zu ihrer Seiten Undine und Huldbrand. Als das reiche Mahl zu Ende ging und man den Nachtisch auftrug, blieben die Türen offen, nach alter, guter Sitte in deutschen Landen, damit auch das Volk zusehen könne und sich an der Lustigkeit der Herrschaften mitfreuen. Bediente trugen Wein und Kuchen unter den Zuschauern herum. Huldbrand und Bertalda warteten mit heimlicher Ungeduld auf die versprochene Erklärung und verwandten, so sehr es sich tun ließ, kein Auge von Undinen. Aber die schöne Frau blieb noch immer still und lächelte nur heimlich und innig froh vor sich hin. Wer um ihre getane Verheißung wußte, konnte sehen, daß sie ihr erquickendes Geheimnis alle Augenblicke verraten wollte und es doch noch immer in lüsterner Entsagung zurücklegte, wie es Kinder bisweilen mit ihren liebsten Leckerbissen tun. Bertalda und

Huldbrand teilten dies wonnige Gefühl, in hoffender Bangigkeit das neue Glück erwartend, welches von ihrer Freundin Lippen auf sie herniedertauen sollte. Da baten verschiedene von der Gesellschaft Undinen um ein Lied. Es schien ihr gelegen zu kommen, sie ließ sich sogleich ihre Laute bringen und sang folgende Worte:

Morgen so hell,
Blumen so bunt,
Gräser so duftig und hoch
An wallenden See's Gestade!
Was zwischen den Gräsern
Schimmert so licht?
Ist's eine Blüte weiß und groß,
Vom Himmel gefallen in Wiesenschoß?
Ach, ist ein zartes Kind!—
Unbewußt mit Blumen tändelts,
Faßt nach goldnen Morgenlichtern.—
O woher, woher, du holdes?—
Fern vom unbekannten Strande
Trug es hier der See heran.—
Nein, fasse nicht, du zartes Leben,

Mit deiner kleinen Hand herum;
Nicht Hand wird dir zurückgegeben,
Die Blumen sind so fremd und stumm.
Die wissen wohl sich schön zu schmücken
Zu duften auch nach Herzenslust,
Doch keine mag dich an sich drücken,
Fern ist die traute Mutterbrust.
So früh, noch an des Lebens Toren,
Noch Himmelslächeln im Gesicht,
Hast du das Beste schon verloren,
O armes Kind, und weißt es nicht.—
Ein edler Herzog kommt geritten
Und hemmt vor dir des Rosses Lauf;
Zu hoher Kunst und reinen Sitten
Zieht er in seiner Burg dich auf.
Du hast unendlich viel gewonnen,
Du blühst, die Schönst' im ganzen Land.
Doch ach, die allerbesten Wonnen
Ließ'st du am unbekannten Strand.

Undine senkte mit einem wehmütigen Lächeln ihre Laute;
die Augen der herzoglichen Pflegeeltern Bertaldas standen voller

Tränen.

"So war es am Morgen, wo ich dich fand, du arme, holde Waise", sagte der Herzog tief bewegt, "die schöne Sängerin hat wohl recht: das Beste haben wir dir dennoch nicht zu geben vermocht."

"Wir müssen aber auch hören, wie es den armen Eltern ergangen ist", sagte Undine, schlug die Saiten und sang:

Mutter geht durch ihre Kammern,
Räumt die Schränke ein und aus,
Sucht, und weiß nicht was, mit Jammern,
Findet nichts als leeres Haus.
Leeres Haus! O Wort der Klage
Dem, der einst ein holdes Kind
Drin gegängelt hat am Tage,
Drin gewiegt in Nächten lind.
Wieder grünen wohl die Buchen,
Wieder kommt der Sonne Licht,
Aber, Mutter, laß dein Suchen,
Wieder kommt dein Liebes nicht!
Und wenn Abendlüfte fächeln,
Vater heim zum Herde kehrt,

Regt sich's fast in ihm wie Lächeln,
Dran doch gleich die Träne zehrt.
Vater weiß, in seinen Zimmern
Findet er die Todesruh,
Hört nur bleicher Mutter Wimmern,
Und kein Kindlein lacht ihm zu.

"O um Gott, Undine! Wo sind meine Eltern?" rief die weinende Bertalda. "Du weißt es gewiß, du hast es erfahren, du wundersame Frau, denn sonst hättest du mir das Herz nicht so zerrissen. Sind sie vielleicht schon hier? Wär' es?" Ihr Auge durchflog die glänzende Gesellschaft und weilte auf einer regierenden Herrin, die ihrem Pflegevater zunächst saß. Da beugte sich Undine nach der Tür zurück, ihre Augen flossen in der süßesten Rührung über.

"Wo sind denn die armen, harrenden Eltern?" fragte sie, und der alte Fischer mit seiner Frau wankten aus dem Haufen der Zuschauer vor. Ihre Augen hingen fragend bald an Undinen, bald an dem schönen Fräulein, das ihre Tochter sein sollte. "Sie ist es", stammelte die entzückte Gastgeberin, und die zwei alten Leute hingen, laut weinend und Gott preisend, an dem Halse der Wiedergefundenen.

Aber entsetzt und zürnend riß sich Bertalda aus ihrer Umarmung los. Es war zu viel für dieses stolze Gemüt, eine solche Wiedererkennung in dem Augenblicke, wo sie fest gemeint hatte, ihren bisherigen Glanz noch zu steigern, und die Hoffnung Thronhimmel und Kronen über ihr Haupt herunter regnen ließ. Es kam ihr vor, als habe ihre Nebenbuhlerin dies alles ersonnen, um sie nur recht ausgesucht vor Huldbrand und aller Welt zu demütigen. Sie schalt Undinen, sie schalt die beiden Alten—die häßlichen Worte "Betrügerin" und "Erkauftes Volk" rissen sich von ihren Lippen. Da sagte die alte Fischersfrau nur ganz leise vor sich hin: "Ach Gott, sie ist ein böses Weibsbild geworden; und dennoch fühl ich's im Herzen, daß sie von mir geboren ist."

Der alte Fischer aber hatte seine Hände gefaltet und betete still, daß die hier seine Tochter nicht sein möge. Undine wankte todesbleich von den Eltern zu Bertalda, von Bertalda zu den Eltern, plötzlich aus all den Himmeln, die sie sich geträumt hatte, in eine Angst und ein Entsetzen gestürzt, das ihr bisher auch nicht im Traume kund geworden war.

"Hast du denn eine Seele? Hast du denn wirklich eine Seele, Bertalda?" schrie sie einigemal in ihre zürnende Freundin hinein, als wolle sie sie aus einem plötzlichen Wahnsinn oder einem tollmachenden Nachtgesichte gewaltsam zur Besinnung bringen. Als aber Bertalda noch immer ungestümer wütete, als die verstoßenen Eltern laut zu heulen anfingen und die Gesellschaft sich streitend und eifernd in verschiedene Parteien teilte, erbat sie sich mit einem Male so würdig und ernst die Freiheit, in den Zimmern ihres Mannes zu reden, daß alles um sie her wie auf einen Wink stille ward. Sie trat darauf an das obere Ende des Tisches, wo Bertalda gesessen hatte, demütig und stolz, und sprach, während sich aller Augen unverwandt auf sie richteten, folgendergestalt:

"Ihr Leute, die ihr so feindlich ausseht und so verstört und mir mein liebes Fest so grimmig zerreißt, ach Gott, ich wußte von euren törichten Sitten und eurer harten Sinnesweise nichts und werde mich wohl mein Leben lang nicht drein finden. Daß ich alles verkehrt angefangen habe, liegt nicht an mir; glaubt nur, es liegt einzig an euch, so wenig es euch auch danach aussehen mag. Ich habe euch auch deshalb nur wenig zu sagen, aber das eine muß gesagt sein: Ich habe nicht gelogen. Beweise kann und will ich euch außer meiner Versicherung nicht geben, aber beschwören will ich es. Mir hat es derselbe gesagt, der Bertalda von ihren Eltern weg ins Wasser lockte und sie nachher dem Herzog in seinen Weg auf die grüne Wiese legte."

"Sie ist eine Zauberin", rief Bertalda, "eine Hexe, die mit bösen Geistern Umgang hat! Sie bekennt es ja selbst."

"Das tue ich nicht", sagte Undine, einen ganzen Himmel der Unschuld und Zuversicht in ihren Augen. "Ich bin auch keine Hexe, seht mich nur darauf an!"

"So lügt sie und prahlt", fiel Bertalda ein, "und kann nicht behaupten, daß ich dieser niederen Leute Kind sei. Meine herzoglichen Eltern, ich bitte Euch, führt mich aus dieser Gesellschaft fort und aus dieser Stadt, wo man nur darauf ausgeht, mich zu schmähen."

Der alte ehrsame Herzog aber blieb fest stehen, und seine Gemahlin sagte: "Wir müssen durchaus wissen, woran wir sind. Gott sei vor, daß ich eher nur einen Fuß aus diesem Saale setze!"

Da näherte sich die alte Fischerin, beugte sich tief vor der Herzogin und sagte: "Ihr schließt mir das Herz auf, hohe, gottesfürchtige Frau! Ich muß Euch sagen, wenn dieses böse Fräulein meine Tochter ist, trägt sie ein Mal, gleich einem Veilchen, zwischen beiden Schultern und ein gleiches auf dem Spann ihres linken Fußes. Wenn sie sich nur mit mir aus dem Saale entfernen wollte!"

"Ich entblöße mich nicht vor der Bäuerin!" sagte Bertalda, ihr stolz den Rücken wendend.

"Aber vor mir doch wohl", entgegnete die Herzogin mit großem Ernst. "Ihr werdet mir in jenes Gemach folgen, Jungfrau, und die gute Alte kommt mit."

Die drei verschwanden, und alle übrigen blieben in großer Erwartung schweigend zurück. Nach einer kleinen Weile kamen die Frauen wieder, Bertalda totenbleich, und die Herzogin sagte: "Recht muß Recht bleiben; deshalb erkläre ich, daß unsere Frau Wirtin vollkommen wahr gesprochen hat. Bertalda ist des Fischers Tochter, und so viel ist, als man hier zu wissen braucht."

Das fürstliche Ehepaar ging mit der Pflegetochter fort; auf einen Wink des Herzogs folgten ihnen der Fischer mit seiner Frau. Die andern Gäste entfernten sich schweigend oder heimlich murmelnd, und Undine sank herzlich weinend in Huldbrands Arme.

Zwölftes Kapitel

Wie sie aus der Reichsstadt abreisten

Dem Herrn von Ringstetten wäre es freilich lieber gewesen, wenn sich alles an diesem Tage anders gefügt hätte; aber auch so, wie es nun einmal war, konnte es ihm nicht unlieb sein, da sich seine reizende Frau so fromm und gutmütig und herzlich bewies. Wenn ich ihr eine Seele gegeben habe, mußt' er bei sich selber sagen, gab ich ihr wohl eine bessere, als meine eigene ist; und nun dachte er einzig darauf, die Weinende zufrieden zu sprechen und gleich des andern Tags einen Ort mit ihr zu verlassen, der ihr seit diesem Vorfall zuwider sein mußte. Zwar ist es an dem, daß man sie eben nicht ungleich beurteilte. Weil man schon früher etwas Wunderbares von ihr erwartete, fiel die seltsame Entdeckung von Bertaldas Herkommen nicht allzu sehr auf, und nur gegen diese war jedermann, der die Geschichte und ihr stürmisches Betragen dabei erfuhr, übelgesinnt. Davon wußten aber der Ritter und seine Frau noch nichts; außerdem wäre eins für Undinen so schmerzhaft gewesen wie das andere, und so hatte man nichts Besseres zu tun, als die Mauern der alten Stadt baldmöglichst zu verlassen.

Mit den ersten Strahlen des Morgens hielt ein zierlicher Wagen für Undinen vor dem Tore der Herberge; Huldbrands und seiner Knappen Hengste stampften daneben das Pflaster. Der Ritter führte seine schöne Frau aus der Tür, da trat ihnen ein Fischermädchen in den Weg.

"Wir brauchen deine Ware nicht", sagte Huldbrand zu ihr, "wir reisen eben fort."

Da fing das Fischermädchen bitterlich an zu weinen, und nun erst sahen die Eheleute, daß es Bertalda war. Sie traten gleich mit ihr in das Gemach zurück und erfuhren von ihr, der Herzog und die Herzogin seien so erzürnt über ihre gestrige Härte und Heftigkeit, daß sie die Hand gänzlich von ihr abgezogen hätten, nicht ohne ihr jedoch vorher eine reiche Aussteuer zu schenken. Der Fischer sei gleichfalls wohl begabt worden und habe noch gestern Abend mit seiner Frau wieder den Weg nach der Seespitze eingeschlagen.

"Ich wollte mit ihnen gehen", fuhr sie fort, "aber der alte Fischer, der mein Vater sein soll..."

"Er ist es auch wahrhaftig, Bertalda", unterbrach sie Undine. "Sieh nur, der, welchen du für den Brunnenmeister ansahst, erzählte mir's ausführlich. Er wollte mich bereden, daß ich dich nicht mit nach Burg Ringstetten nehmen sollte, und da fuhr ihm dies Geheimnis mit heraus."

"Nun denn", sagte Bertalda, "mein Vater—wenn es denn so sein soll—mein Vater sprach: Ich nehme dich nicht mit, bis du anders geworden bist. Wage dich allein durch den verrufenen Wald zu uns hinaus; das soll die Probe sein, ob du dir etwas aus uns machst. Aber komm mir nicht wie ein Fräulein—wie eine Fischerdirne komm!—Da will ich denn tun, was er gesagt hat; denn von aller Welt bin ich verlassen und will als ein armes Fischerkind bei den ärmlichen Eltern einsam leben und sterben. Vor dem Walde graut es mir freilich sehr. Es sollen abscheuliche Gespenster drinnen hausen, und ich bin so furchtsam. Aber was hilft's? Hierher kam ich nur noch, um bei der edlen Frau von Ringstetten Verzeihung dafür zu erflehen, daß ich mich gestern so ungebührlich zeigte. Ich fühle wohl, Ihr habt es gut gemeint, holde Dame, aber Ihr wußtet nicht, wie Ihr mich verletzen würdet, und da strömte mir denn in der Angst und Überraschung gar manch unsinnig-verwegenes Wort über die Lippen. Ach verzeiht, verzeiht! Ich bin ja so unglücklich schon. Denkt nur selbst, was ich noch gestern in der Frühe war, noch gestern zu Anfang Eures Festes, und was nun heut!"

Die Worte gingen ihr unter in einem schmerzlichen

Tränenstrom, und gleichfalls bitterlich weinend fiel ihr Undine um den Hals. Es dauerte lange, bis die tief gerührte Frau ein Wort hervorbringen konnte; dann aber sagte sie: "Du sollst ja mit uns nach Ringstetten; es soll ja alles bleiben, wie es früher abgeredt war; nur nenne mich wieder du und nicht Dame und edle Frau! Sieh, wir wurden als Kinder miteinander vertauscht; da schon verzweigte sich unser Geschick, und wir wollen es fürder so innig verzweigen, daß es keine menschliche Gewalt zu trennen imstande sein soll. Nur erst mit uns nach Ringstetten! Wie wir als Schwestern miteinander teilen wollen, besprechen wir dort."

Bertalda sah scheu nach Huldbrand empor. Ihn jammerte des schönen, bedrängten Mägdleins; er bot ihr die Hand und redete ihr kosend zu, sich ihm und seiner Gattin anzuvertrauen. "Euren Eltern", sagte er, "schicken wir Botschaft, warum Ihr nicht gekommen seid." Und noch manches wollte er wegen der guten Fischersleute hinzusetzen, aber er sah, wie Bertalda bei deren Erwähnung schmerzhaft zusammenfuhr, und ließ also lieber das Reden davon sein. Aber unter den Arm faßte er sie, hob sie zuerst in den Wagen, Undinen ihr nach und trabte fröhlich nebenher, trieb auch den Fuhrmann so wacker an, daß sie das Gebiet der Reichsstadt und mit ihm alle trüben

Erinnerungen in kurzer Zeit überflogen hatten, und nun die Frauen mit besserer Lust durch die schönen Gegenden hinrollten, welche ihr Weg sie entlang führte.

Nach einigen Tagereisen kamen sie eines schönen Abends auf Burg Ringstetten an. Dem jungen Rittersmann hatten seine Vögte und Mannen viel zu berichten, so daß Undine mit Bertalda allein blieb. Die beiden ergingen sich auf dem hohen Wall der Feste und freuten sich an der anmutigen Landschaft, die sich ringsum durch das gesegnete Schwaben ausbreitete. Da trat ein langer Mann zu ihnen, der sie höflich grüßte, und der Bertalda beinah vorkam, wie jener Brunnenmeister in der Reichsstadt. Noch unverkennbarer wird ihr die Ähnlichkeit, als Undine ihm unwillig, ja drohend zurückwinkte und er sich mit eiligen Schritten und schüttelndem Kopfe fortmachte wie damals, worauf er in einem nahen Gebüsche verschwand. Undine aber sagte: "Fürchte dich nicht, liebes Bertaldchen; diesmal soll dir der häßliche Brunnenmeister nichts zuleide tun."

Und damit erzählte sie ihr die ganze Geschichte ausführlich und auch, wer sie selbst sei, und wie Bertalda von den Fischersleuten weg, Undine aber dahin gekommen war. Die Jungfrau entsetzte sich anfänglich vor diesen Reden; sie glaubte, ihre Freundin sei von einem schnellen Wahnsinn befallen.

Aber mehr und mehr überzeugte sie sich, daß alles wahr sei, an Undinens zusammenhängenden Worten, die zu den bisherigen Begebenheiten so gut paßten, und noch mehr an dem inneren Gefühl, mit welchem sich die Wahrheit uns kund zu geben nie ermangelt. Es war ihr seltsam, daß sie nun selbst wie mitten in einem von den Märchen lebe, die sie sonst nur erzählen gehört. Sie starrte Undinen mit Ehrfurcht an, konnte sich aber eines Schauders, der zwischen sie und ihre Freundin trat, nicht mehr erwehren und mußte sich beim Abendbrot sehr darüber wundern, wie der Ritter gegen ein Wesen so verliebt und freundlich tat, welches ihr seit den letzten Entdeckungen mehr gespenstisch als menschlich vorkam.

Dreizehntes Kapitel

Wie sie auf Burg Ringstetten lebten

Der diese Geschichte aufschreibt, weil sie ihm das Herz bewegt und weil er wünscht, daß sie auch andern ein Gleiches tun möge, bittet dich, lieber Leser, um eine Gunst. Sieh es ihm nach, wenn er jetzt über einen ziemlich langen Zeitraum mit kurzen Worten hingeht und dir nur im allgemeinen sagt, was sich darin begeben hat. Er weiß wohl, daß man es recht kunstgemäß und Schritt vor Schritt entwickeln könnte, wie Huldbrands Gemüt begann, sich von Undinen ab-und Bertalda zuzuwenden; wie Bertalda dem jungen Mann mit glühender Liebe immer mehr entgegenkam, und er und sie die arme Ehefrau als ein fremdartiges Wesen mehr zu fürchten als zu bemitleiden schienen, wie Undine weinte und ihre Tränen Gewissensbisse in des Ritters Herzen anregten, ohne jedoch die alte Liebe zu erwecken, so daß er ihr wohl bisweilen freundlich tat, aber ein kalter Schauer ihn bald von ihr weg- und dem Menschenkinde Bertalda entgegentrieb. Man könnte dies alles, weiß der Schreiber, ordentlich ausführen, vielleicht sollte man's auch. Aber das Herz tut ihm dabei allzu weh, denn er hat ähnliche Dinge erlebt und scheut sich in der Erinnerung auch noch vor ihrem Schatten. Du kennst wahrscheinlich ein ähnliches Gefühl, lieber Leser, denn so ist nun einmal der sterblichen Menschen Geschick. Wohl dir, wenn du dabei mehr empfangen als ausgeteilt hast, denn hier ist Nehmen seliger als Geben. Dann schleicht dir nur ein geliebter Schmerz bei solchen Erwähnungen durch die Seele und vielleicht eine linde Träne die Wange herab um deine verwelkten Blumenbeete, denen du dich so herzlich gefreut hattest. Damit sei es aber auch genug; wir wollen uns nicht mit tausendfach vereinzelten Stichen das Herz durchprickeln, sondern nur kurz dabei bleiben, daß es nun einmal so gekommen war, wie ich es vorhin sagte. Die arme Undine war sehr betrübt, die beiden anderen waren auch nicht eben vergnügt; sonderlich meinte Bertalda bei der geringsten Abweichung von dem, was sie wünschte, den eifersüchtigen Druck der beleidigten Hausfrau zu spüren. Sie hatte sich deshalb ordentlich ein herrisches Wesen angewöhnt, dem Undine in wehmütiger Entsagung nachgab, und das durch den verblendeten Huldbrand gewöhnlich aufs entschiedenste unterstützt ward.

Was die Burggesellschaft noch mehr verstörte, waren allerhand wunderliche Spukereien, die Huldbrand und Bertalda in den gewölbten Gängen des Schlosses begegneten, und von denen vorher seit Menschengedenken nichts gehört worden war. Der lange weiße Mann, in welchem Huldbrand den Oheim Kühleborn, Bertalda den gespenstischen Brunnenmeister nur allzu wohl erkannten, trat oftmals drohend vor beide, vorzüglich aber vor Bertalda hin, so daß diese schon einigemal vor Schrecken krank danieder gelegen hatte und manchmal daran dachte, die Burg zu verlassen. Teils aber war ihr Huldbrand allzu lieb, und sie stützte sich dabei auf ihre Unschuld, weil es nie zu einer eigentlichen Erklärung unter ihnen gekommen war, teils auch wußte sie nicht, wohin sie sonst ihre Schritte richten sollte. Der alte Fischer hatte auf des Herrn von Ringstetten Botschaft, daß Bertalda bei ihm sei, mit einigen schwer zu lesenden Federzügen, so wie sie ihm Alter und lange Gewöhnung gestatteten, geantwortet: "Ich bin nun ein armer, alter Witwer geworden, denn meine liebe treue Frau ist mir gestorben. Wie sehr ich aber auch allein in der Hütte sitzen mag, Bertalda ist mir lieber dort als bei mir. Nur daß sie meiner lieben Undine nichts zuleide tue sonst hätte sie meinen Fluch!" Die letzten Worte schlug Bertalda in den Wind, aber das wegen des Wegbleibens von dem Vater behielt sie gut, so wie wir Menschen in ähnlichen Fällen es immer zu machen pflegen.

Eines Tages war Huldbrand eben ausgeritten, als Undine das Hausgesinde versammelte, einen großen Stein herbeibringen ließ und den prächtigen Brunnen, der sich in der Mitte des Schloßhofes befand, sorgfältig damit zu bedecken befahl. Die Leute wandten ein, sie würden alsdann das Wasser weit unten aus dem Tale heraufzuholen haben. Undine lächelte wehmütig. "Es tut mir leid um eure vermehrte Arbeit, liebe Kinder", entgegnete sie, "Ich möchte lieber selbst die Wasserkrüge heraufholen, aber dieser Brunnen muß nun einmal zu. Glaubt es mir aufs Wort, daß es nicht anders geht, und daß wir nur dadurch ein größeres Unheil zu vermeiden imstande sind."

Die ganze Dienerschaft freute sich, ihrer sanften Hausfrau gefällig sein zu können; man fragte nicht weiter, sondern ergriff den ungeheuren Stein. Dieser hob sich unter ihren Händen und schwebte bereits über dem Brunnen, da kam Bertalda gelaufen und rief, man solle innehalten; aus diesem Brunnen lasse sie das Waschwasser holen, welches ihrer Haut so vorteilhaft sei, und sie werde nimmermehr zugeben, daß man ihn verschließe. Undine aber blieb diesmal, obgleich auf gewohnte Weise sanft, dennoch auf ungewohnte Weise bei ihrer Meinung fest; sie sagte, als Hausfrau gebühre ihr, alle Anordnungen der Wirtschaft nach bester Überzeugung einzurichten, und niemanden habe sie darüber Rechenschaft abzulegen als ihrem Ehegemahl und Herrn.

"Seht, o seht doch", rief Bertalda unwillig und ängstlich, "das arme schöne Wasser kräuselt sich und windet sich, weil es vor der klaren Sonne versteckt werden soll und vor dem erfreulichen Anblick der Menschengesichter, zu deren Spiegel es erschaffen ist!"

In der Tat zischte und regte sich die Flut im Brunnen ganz wunderlich; es war, als wollte sich etwas daraus hervorringen, aber Undine drang nur umso ernstlicher auf die Erfüllung ihrer Befehle. Es brauchte dieses Ernstes kaum. Das Schloßgesinde war ebenso froh, seiner milden Herrin zu gehorchen, als Bertaldas Trotz zu brechen, und so ungebärdig diese auch schelten und drohen mochte, lag dennoch in kurzer Zeit der Stein über der Öffnung des Brunnens fest. Undine lehnte sich sinnend darüber hin und schrieb mit den schönen Fingern auf die Fläche. Sie mußte aber wohl etwas sehr Scharfes und Ätzendes dabei in der Hand gehabt haben, denn als sie sich abwandte und die andern näher hinzutraten, nahmen sie allerhand seltsame Zeichen auf dem Stein wahr, die keiner vorher an demselben gesehen haben wollte.

Den heimkehrenden Ritter empfing am Abend Bertalda mit

Tränen und Klagen über Undinens Verfahren. Er warf ernste Blicke auf diese, und die arme Frau sah betrübt vor sich nieder. Doch sagte sie mit großer Fassung: "Mein Herr und Ehegemahl schilt ja keinen Leibeigenen, bevor er ihn hört, wie minder dann sein angetrautes Weib."

"Sprich, was dich zu jener seltsamen Tat bewog", sagte der Ritter mit finsterem Antlitz. "Ganz allein möchte ich es dir sagen!" seufzte Undine. "Du kannst es ebenso gut in Bertaldas Gegenwart", entgegnete er. "Ja, wenn du es gebeutst", sagte Undine, "aber gebeut es nicht! O bitte, bitte, gebeut es nicht!"

Sie sah so demütig, hold und gehorsam aus, daß des Ritters Herz sich einem Sonnenblick aus besseren Zeiten erschloß. Er faßte sie freundlich unter den Arm und führte sie in sein Gemach, wo sie folgendermaßen zu sprechen begann:

"Du kennst ja den bösen Oheim Kühleborn, mein geliebter Herr, und bist ihm öfters unwillig in den Gängen dieser Burg begegnet. Bertalda hat er gar bisweilen zum Krankwerden erschreckt. Das macht, er ist seelenlos, ein bloßer elementarischer Spiegel der Außenwelt, der das Innere nicht wiederzustrahlen vermag. Da sieht er denn bisweilen, daß du unzufrieden mit mir bist, daß ich in meinem kindischen Sinne darüber weine, daß Bertalda vielleicht eben in derselben Stunde zufällig lacht. Nun bildet er sich allerhand Ungleiches ein und mischt sich auf vielfache Weise ungebeten in unseren Kreis. Was hilft's, daß ich ihn ausschelte, daß ich ihn unfreundlich wegschicke? Er glaubt mir nicht ein Wort. Sein armes Leben hat keine Ahnung davon, wie Liebesleiden und Liebesfreuden einander so anmutig gleich sehn und so innig verschwistert sind, daß keine Gewalt sie zu trennen vermag. Unter der Träne quillt das Lächeln hervor, das Lächeln lockt die Träne aus ihren Kammern."

Sie sah lächelnd und weinend nach Huldbrand in die Höhe, der allen Zauber der alten Liebe wieder in seinem Herzen empfand. Sie fühlte das, drückte ihn inniger an sich und fuhr unter freudigen Tränen also fort: "Da sich der Friedensstörer nicht mit Worten weisen ließ, mußte ich wohl die Tür vor ihm zusperren. Und die einzige Tür, die er zu uns hat, ist jener Brunnen. Mit den andern Quellgeistern hier in der Gegend ist er entzweit, von den nächsten Tälern an; und erst weiterhin auf der Donau, wenn einige seiner guten Freunde hineingeströmt sind, fängt sein Reich wieder an. Darum ließ ich den Stein über des Brunnens Öffnung wälzen und schrieb Zeichen darauf, die alle Kraft des eifernden Oheims lähmen, so daß er nun weder dir, noch mir, noch Bertalda in den Weg kommen soll. Menschen freilich können trotz der Zeichen mit ganz gewöhnlichem Bemühen den Stein wieder abheben; die hindert es nicht. Willst du also, so tu nach Bertaldas Begehr, aber wahrhaftig, sie weiß nicht, um was sie bittet. Auf sie hat es der ungezogene Kühleborn ganz vorzüglich abgesehen, und wenn manches käme, was er mir prophezeien wollte und was doch wohl geschehen könnte, ohne daß du es übel meintest—ach, Lieber, so wärst ja auch du nicht außer Gefahr!"

Huldbrand fühlte tief im Herzen die Großmut seiner holden Frau, wie sie ihren furchtbaren Beschützer so emsig aussperrte, und noch dazu von Bertalda darüber gescholten worden war. Er drückte sie daher aufs liebreichste in seine Arme und sagte gerührt: "Der Stein bleibt liegen, und alles bleibt und soll immer bleiben, wie du es haben willst, mein holdes Undinchen!"

Sie schmeichelte ihm, demütig-froh über die lang entbehrten Worte der Liebe, und sagte endlich: "Mein allerliebster Freund, da du heute so überaus mild und gütig bist, dürfte ich es wohl wagen, dir eine Bitte vorzutragen? Sieh nur, es ist mit dir wie mit dem Sommer. Eben in seiner besten Herrlichkeit setzt sich der flammende und donnernde Kronen von schönen Gewittern auf, darin er als rechter König und Erdengott anzusehen ist. So schiltst auch du bisweilen und wetterleuchtest mit Zunge und

Augen, und das steht dir sehr gut, wenn ich auch bisweilen in meiner Torhcit darüber zu weinen anfange. Aber tu das nie gegen mich auf cinem Wasser oder wo wir auch nur einem Gewässer nahe sind. Siehe, dann bekämen die Verwandten ein Recht über mich. Unerbittlich würden sie mich von dir reißen in ihrem Grimm, weil sie meinten, daß eine ihres Geschlechts beleidigt sei, und ich müßte lebenslang drunten in den Kristallpalästen wohnen und dürfte nie wieder zu dir herauf, oder sendeten sie mich zu dir herauf—O Gott!—dann wär es wohl noch unendlich schlimmer. Nein, nein, du süßer Freund, dahin laß es nicht kommen, so lieb dir die arme Undine ist!"

Er verhieß feierlich zu tun, wie sie begehrte, und die beiden Eheleute traten unendlich froh und liebevoll wieder aus dem Gemach. Da kam Bertalda mit einigen Werkleuten, die sie unterdes schon hatte bescheiden lassen, und sagte mit einer mürrischen Art, die sie sich seither angenommen hatte: "Nun ist doch wohl das geheime Gespräch zu Ende, und der Stein kann herab. Geht nur hin, ihr Leute, und richtet's aus!"

Der Ritter aber, ihre Unart empört fühlend, sagte in kurzen und sehr ernstlichen Worten: "Der Stein bleibt liegen." Auch verwies er Bertalda ihre Heftigkeit gegen seine Frau, worauf die Werkleute mit heimlich-vergnügtem Lächeln fortgingen,

Bertalda aber von der andern Seite erbleichend nach ihren Zimmern eilte.

Die Stunde des Abendessens kam heran, und Bertalda ließ sich vergeblich erwarten. Man schickte nach ihr; da fand der Kämmerling ihre Gemächer leer und brachte nur ein versiegeltes Blatt, an den Ritter überschrieben, mit zurück. Dieser öffnete es bestürzt und las:

"Ich fühle mit Beschämung, wie ich nur eine arme Fischerdirne bin. Daß ich es auf Augenblicke vergaß, will ich in der ärmlichen Hütte meiner Eltern büßen. Lebt wohl mit Eurer schönen Frau!"

Undine war von Herzen betrübt. Sie bat Huldbrand inbrünstig, der entflohenen Freundin nachzueilen und sie wieder mit zurückzubringen. Ach, sie hatte nicht nötig zu treiben! Seine Neigung für Bertalda brach wieder heftig hervor. Er eilte im ganzen Schloß umher, fragend, ob niemand gesehen habe, welchen Weges die schöne Flüchtige gegangen sei. Er konnte nichts erfahren und saß schon im Burghofe zu Pferde, entschlossen, aufs Geratewohl dem Wege nachzureiten, den er Bertalda hierhergeführt hatte. Da kam ein Schildbub und versicherte, er sei dem Fräulein auf dem Pfade nach dem Schwarztale begegnet. Wie ein Pfeil sprengte der Ritter durch das Tor der angewiesenen Richtung nach, ohne Undinens ängstliche Stimme zu hören, die ihm aus dem Fenster nachrief: "Nach dem Schwarztal? O dahin nicht, Huldbrand, dahin nicht! Oder um Gottes willen nimm mich mit!" Als sie aber all ihr Rufen vergeblich sah, ließ sie eilig ihren weißen Zelter satteln und trabte dem Ritter nach, ohne irgend eines Dieners Begleitung annehmen zu wollen.

Vierzehntes Kapitel

Wie Bertalda mit dem Ritter beimfuhr

Das Schwarztal liegt tief in das Gebirge hinein. Wie es jetzo heißt, kann man nicht wissen. Damals nannten es die Landleute so wegen der tiefen Dunkelheit, welche von hohen Bäumen, worunter es vorzüglich viele Tannen gab, in die Niederung heruntergestreut ward. Selbst der Bach, der zwischen den Klippen hinsprudelte, sah davon ganz schwarz aus und gar nicht so fröhlich, wie es Gewässer wohl zu tun pflegen, die den blauen Himmel unmittelbar über sich haben. Nun, in der hereinbrechenden Dämmerung war es vollends sehr wild und finster zwischen den Höhen geworden. Der Ritter trabte ängstlich die Bachesufer entlang, er fürchtete bald durch Verzögerung die Flüchtige zu weit voraus zu lassen, bald wieder in der großen Eile sie irgendwo, sofern sie sich vor ihm verstecken wolle, zu übersehen. Er war indes schon ziemlich tief in das Tal hineingekommen und konnte nun denken, das Mägdlein bald eingeholt zu haben, wenn er anders auf der rechten Spur war. Die Ahnung, daß er das auch wohl nicht sein könne, trieb sein Herz zu immer ängstlicheren Schlägen. Wo sollte die zarte Bertalda bleiben, wenn er sie nicht fand, in der drohenden Wetternacht, die sich immer furchtbarer über das Tal hereinbog? Da sah er endlich etwas Weißes am Hange des Berges durch die Zweige schimmern, er glaubte Bertaldas Gewand zu erkennen und machte sich hinzu. Sein Roß aber wollte nicht hinan; es bäumte sich so ungestüm und er wollte so wenig Zeit verlieren, daß er—zumal da ihm wohl ohnehin zu Pferde das Gesträuch allzu hinderlich geworden wäre—absaß und den schnaubenden Hengst an eine Rüster band, worauf er sich dann vorsichtig durch die Büsche hinarbeitete. Die Zweige schlugen ihm unfreundlich Stirn und Wangen mit der kalten Nässe des Abendtaues; ein ferner Donner murmelte jenseits der Berge hin; es sah alles so seltsam aus, daß er anfing, eine Scheu vor der weißen Gestalt zu empfinden, die nun schon unfern von ihm am Boden lag. Doch konnte er ganz deutlich unterscheiden, daß es ein schlafendes oder ohnmächtiges Frauenzimmer in langen, weißen Gewändern war, wie sie Bertalda heute getragen hatte. Er trat dicht vor sie hin, rauschte an den Zweigen, klirrte an seinem Schwert—sie regte sich nicht.

"Bertalda", sprach er erst leise, dann immer lauter—sie hörte nicht. Als er zuletzt den teuren Namen mit gewaltsamer

Anstrengung rief, hallte ein dumpfes Echo aus den Berghöhlen des Tales lallend zurück: "Bertalda!"—aber die Schläferin blieb ungeweckt. Er beugte sich zu ihr nieder; die Dunkelheit des Tales und der einbrechenden Nacht ließen keinen ihrer Gesichtszüge unterscheiden. Als er sich nun eben mit einigem gramvollen Zweifel ganz nahe zu ihr an den Boden gedrückt hatte, fuhr ein Blitz schnell erleuchtend über das Tal hin. Er sah ein abscheulich verzerrtes Antlitz dicht vor sich, das mit dumpfer Stimme rief: "Gib mir 'nen Kuß, du verliebter Schäfer!"

Vor Entsetzen schreiend, fuhr Huldbrand in die Höhe, die häßliche Gestalt ihm nach. "Zu Haus!" murmelte sie, "die Unholde sind wach. Zu Haus, sonst hab' ich dich!" Und es griff nach ihm mit langen, weißen Armen. "Tückischer Kühleborn", rief der Ritter, sich ermannend, "was gilts, du bist es, du Kobold! Da hast du 'nen Kuß!" Und wütend hieb er mit dem Schwerte gegen die Gestalt. Aber die zerstob, und ein durchnässender Wasserguß ließ dem Ritter keinen Zweifel darüber, mit welchem Feinde er gestritten habe.

"Er will mich zurückschrecken von Bertalda", sagte er laut zu sich selbst, "er denkt, ich soll mich vor seinen albernen Spukereien fürchten und ihm das arme, geängstigte Mädchen hingeben, damit er sie seine Rache könnte fühlen lassen. Das soll er doch nicht, der schwächliche Elementargeist! Was eine Menschenbrust vermag, wenn sie so recht will, so recht aus ihrem besten Leben will, das versteht der ohnmächtige Gaukler nicht."

Er fühlte die Wahrheit seiner Worte, und daß er sich selbst dadurch einen ganz erneuten Mut in das Herz gesprochen habe. Auch schien es, als träte das Glück mit ihm in Bund, denn noch war er nicht wieder bei seinem angebundenen Roß, da hörte er schon ganz deutlich Bertaldas klagende Stimme, wie sie unfern von ihm durch das immer lauter werdende Geräusch des Donners und Sturmwindes herüber weinte. Beflügelten Fußes eilte er dem Schalle nach und fand die erbebende Jungfrau, wie sie eben die Höhe hinanzuklimmen versuchte, um sich auf alle Weise aus dem schaurigen Dunkel dieses Tales zu retten. Er aber trat ihr liebkosend in den Weg, und so kühn und stolz auch früher ihr Entschluß mochte gewesen sein, empfand sie doch jetzt nur allzu lebendig das Glück, daß ihr im Herzen geliebter Freund sie aus der furchtbaren Einsamkeit erlöse, und das helle Leben in der befreundeten Burg so anmutige Arme nach ihr ausstrecke. Sie folgte fast ohne Widerspruch, aber so ermattet, daß der Ritter froh war, sie bis zu seinem Rosse geleitet zu haben, welches er nun eilig losknüpfte, um die schöne Wanderin hinaufzuheben und es alsdann am Zügel durch die ungewissen Schatten der Talgegend vorsichtig sich nachzuleiten. Aber das Pferd war ganz verwildert durch Kühleborns tolle Erscheinung. Selbst der Ritter würde Mühe gebraucht haben, auf des schäumenden, wildschnaubenden Tieres Rücken zu springen; die zitternde Bertalda hinaufzuheben war eine Unmöglichkeit. Man beschloß also, zu Fuß heimzukehren. Das Roß am Zügel nachzerrend, unterstützte der Ritter mit der andern Hand das schwankende Mägdelein. Bertalda machte sich so stark wie möglich, um den furchtbaren Talgrund schnell zu durchwandeln, aber wie Blei zog die Müdigkeit sie herab, und zugleich bebten ihr alle Glieder zusammen, teils noch von mancher überstandenen Angst, womit Kühleborn sie vorwärts gehetzt hatte, teils auch in der fortdauernden Bangigkeit vor dem Geheul des Sturmes und Donners durch die Waldung des Gebirges.

Endlich entglitt sie dem stützenden Arm ihres Führers, und, auf das Moos hingesunken, sagte sie: "Laßt mich nur hier liegen, edler Herr! Ich büße meiner Torheit Schuld und muß nun doch auf alle Weise hier verkommen vor Mattigkeit und Angst."

"Nimmermehr, holde Freundin, verlaß ich Euch!" rief Huldbrand, vergeblich bemüht, den brausenden Hengst an seiner Hand zu bändigen, der ärger als vorhin zu tosen und zu schäumen begann; der Ritter war endlich nur froh, daß er ihn von der hingesunkenen Jungfrau fern genug hielt, um sie nicht durch die Furcht vor ihm noch mehr zu erschrecken. Wie er sich aber mit dem tollen Pferde nur kaum einige Schritte entfernte, begann sie auch gleich ihm auf das allerjämmerlichste nachzurufen, des Glaubens, er wolle sie wirklich hier in der entsetzlichen Wildnis verlassen. Er wußte gar nicht mehr, was er beginnen sollte. Gern hätte er dem wütenden Tiere volle Freiheit gegeben, durch die Nacht hinzustürmen und seine Raserei auszutoben, hätte er nur nicht fürchten müssen, es würde in diesem engen Paß mit seinen beerzten Hufen eben über die Stelle hindonnern, wo Bertalda lag.

Während dieser großen Not und Verlegenheit war es ihm unendlich trostreich, daß er einen Wagen langsam den steinigen Weg hinter sich herabfahren hörte. Er rief um Beistand; eine männliche Stimme antwortete, verwies ihn zur Geduld, aber versprach zu helfen, und bald darauf leuchteten schon zwei Schimmel durch das Gebüsch, der weiße Kärrnerkittel ihres Führers nebenher, worauf sich denn auch die große weiße Leinwand sehen ließ, mit welcher die Waren, die er bei sich führen mochte, überdeckt waren. Auf ein lautes "Brr!" aus dem Munde ihres Herrn standen die gehorsamen Schimmel. Er kam gegen den Ritter heran und half ihm das schäumende Tier bändigen. "Ich merke wohl", sagte er dabei, "was der Bestie fehlt. Als ich zuerst durch diese Gegend zog, ging es meinen Pferden nicht besser. Das macht, hier wohnt ein böser Wassernix, der an solchen Neckereien Lust hat. Aber ich hab' ein Sprüchlein gelernt; wenn Ihr mir vergönnen wollet, dem Rosse das ins Ohr zu sagen, so sollt' es gleich so ruhig stehen wie meine Schimmel da."

"Versucht Euer Heil und helft nur bald!" schrie der ungeduldige Ritter. Da bog der Fuhrmann den Kopf des bäumenden Pferdes zu sich herunter und sagte ihm einige Worte ins Ohr. Augenblicklich stand der Hengst gezähmt und friedlich still, und nur ein erhitztes Keuchen und Dampfen zeugte noch von der vorherigen Unbändigkeit. Es war nicht viel Zeit für Huldbrand, lange zu fragen, wie dies zugegangen sei. Er ward mit dem Kärrner einig, daß er Bertalda auf den Wagen nehmen sollte, wo—seiner Aussage nach—die weichste Baumwolle in Ballen lag, und so möge er sie bis nach Burg Ringstetten führen; der Ritter wolle den Zug zu Pferde begleiten. Aber das Roß schien von seinem vorigen Toben zu erschöpft, um noch seinen Herrn so weit zu tragen, weshalb diesem der Kärrner zuredete, mit Bertalda in den Wagen zu steigen. Das Pferd könne man ja hinten anbinden.

"Es geht bergunter", sagte er, "und da wird's meinen Schimmeln leicht." Der Ritter nahm dies Anerbieten an, er bestieg mit Bertalda den Wagen, der Hengst folgte geduldig nach, und rüstig und achtsam schritt der Fuhrmann nebenher.

In der Stille der tiefer dunkelnden Nacht, aus der das Gewitter immer ferner und schweigsamer abdonnerte, in dem behaglichen Gefühl der Sicherheit und des bequemen Fortkommens entspann sich zwischen Huldbrand und Bertalda ein trauliches Gespräch. Mit schmeichelnden Worten schalt er sie um ihr trotziges Flüchten; mit Demut und Rührung entschuldigte sie sich, und aus allem, was sie sprach, leuchtete es hervor gleich einer Lampe, die dem Geliebten zwischen Nacht und Geheimnis kundgibt, die Geliebte harre noch sein. Der Ritter fühlte den Sinn dieser Reden weit mehr, als daß er auf die Bedeutung der Worte achtgegeben hätte und antwortete auch einzig auf jenen. Da rief der Fuhrmann plötzlich mit kreischender Stimme: "Hoch, ihr Schimmel! Hoch den Fuß! Nehmt euch zusammen, Schimmel, denkt hübsch, was ihr seid!"

Der Ritter beugte sich aus dem Wagen und sah, wie die Pferde mitten im schäumenden Wasser dahinschritten oder fast schon schwammen, des Wagens Räder wie Mühlenräder blinkten und rauschten, der Kärrner vor der wachsenden Flut auf das Fuhrwerk gestiegen war. "Was soll das für ein Weg sein? Der geht ja mitten in den Strom!" rief Huldbrand seinem Führer zu.

"Nein, Herr", lachte dieser zurück, "es ist grad' umgekehrt. Der Strom geht mitten in unsern Weg. Seht Euch nur um, wie alles übergetreten ist."

In der Tat wogte und rauschte der ganze Talgrund von plötzlich empörten, sichtbar steigenden Wellen. "Das ist der Kühleborn, der böse Wassernix, der uns ersäufen will!" rief der Ritter. "Weißt du kein Sprüchlein wider ihn, Gesell?"

"Ich wüßte wohl eins", sagte der Fuhrmann, "aber ich kann und mag es nicht eher brauchen, als bis Ihr wißt, wer ich bin." "Ist es hier Zeit zu rätseln?" schrie der Ritter. "Die Flut steigt immer höher, und was geht es mich an, zu wissen, wer du bist?" "Es geht Euch aber doch was an", sagte der Fuhrmann, "denn ich bin Kühleborn." Damit lachte er verzerrten Antlitzes zum Wagen herein, aber der Wagen blieb nicht Wagen mehr, die Schimmel nicht Schimmel; alles verschäumte, verrann in zischenden Wogen, und selbst der Fuhrmann bäumte sich als eine riesige Welle empor, riß den vergeblich arbeitenden Hengst unter die

Gewässer hinab und wuchs dann wieder und wuchs über den Häuptern des schwimmenden Paares wie zu einem feuchten Turme an und wollte sie eben rettungslos begraben.

Da scholl Undines anmutige Stimme durch das Getöse hin; der Mond trat aus den Wolken, und mit ihm ward Undine auf den Höhen des Talgrundes sichtbar. Sie schalt, sie drohte in die Fluten hinab, die drohende Turmeswoge verschwand murrend und murmelnd; leise rannen die Wasser im Mondglanze dahin, und wie eine weiße Taube sah man Undine von der Höhe hinabtauchen, den Ritter und Bertalda erfassen und mit sich nach einem frischen grünen Rasenfleck auf der Höhe emporheben, wo sie mit ausgesuchten Labungen Ohnmacht und Schrecken vertrieb; dann half sie Bertalda zu dem weißen Zelter, der sie selbst hergetragen hatte, hinaufheben, und so gelangten alle drei nach Burg Ringstetten zurück.

Fünfzehntes Kapitel

Die Reise nach Wien

Es lebte sich seit der letzten Begebenheit still und ruhig auf dem Schloß. Der Ritter erkannte mehr und mehr seiner Frau himmlische Güte, die sich durch ihr Nacheilen und Retten im Schwarztale, wo Kühleborns Gewalt wieder anging, so herrlich offenbart hatte; Undine selbst empfand den Frieden und die Sicherheit, deren ein Gemüt nie ermangelt, so lange es mit Besonnenheit fühlt, daß es auf dem rechten Wege sei, und zudem gingen ihr in der neu erwachenden Liebe und Achtung ihres Ehemannes vielfache Schimmer der Hoffnung und Freude auf. Bertalda hingegen zeigte sich dankbar, demütig und scheu, ohne daß sie wieder diese Äußerungen als etwas Verdienstliches angeschlagen hätte. So oft ihr einer der Eheleute über die Verdeckung des Brunnens oder über die Abenteuer im Schwarztale irgend etwas Erklärendes sagen wollte, bat sie inbrünstig, man möge sie damit verschonen, weil sie wegen des Brunnens allzu viele Beschämung und wegen des Schwarztales allzu viele Schrecken empfinde. Sie erfuhr daher auch von beiden weiter nichts; und wozu schien es auch nötig zu sein? Der Friede und die Freude hatten ja ihren sichtbaren Wohnsitz in Burg Ringstetten genommen. Man ward darüber ganz sicher und meinte, nun könne das Leben gar nichts mehr tragen als anmutige Blumen und Früchte.

In so erlabenden Verhältnissen war der Winter gekommen und vorübergegangen, und der Frühling sah mit seinen hellgrünen Sprossen und seinem lichtblauen Himmel zu den fröhlichen Menschen herein. Ihm war zu Mut wie ihnen, und ihnen wie ihm. Was Wunder, daß seine Störche und Schwalben auch in ihnen die Reiselust anregten! Während sie einmal nach den Donauquellen hinab lustwandelten, erzählte Huldbrand von der Herrlichkeit des edlen Stromes, und wie er wachsend durch gesegnete Länder fließe, wie das köstliche Wien an seinen Ufern emporglänze, und er überhaupt mit jedem Schritte seiner Fahrt an Macht und Lieblichkeit gewinne. "Es müßte herrlich sein, ihn so bis Wien einmal hinabzufahren!" brach Bertalda aus, aber gleich darauf in ihre jetzige Demut und Bescheidenheit zurückgesunken, schwieg sie errötend still. Eben dies rührte Undine sehr, und im lebhaftesten Wunsch, der lieben Freundin eine Lust zu machen, sagte sie: "Wer hindert uns denn, die Reise anzutreten?"

Bertalda hüpfte vor Freuden in die Höhe, und die beiden Frauen begannen sogleich sich die anmutige Donaufahrt mit den allerhellsten Farbeu vor die Sinne zu rufen. Auch Huldbrand stimmte fröhlich darin ein; nur sagte er einmal besorgt Undine ins Ohr: "Aber weiterhin ist Kühleborn wieder gewaltig!" "Laß ihn nur kommen", entgegnete sie lachend, "ich bin ja dabei, und vor mir wagt er sich mit keinem Unheil hervor."

Damit war das letzte Hindernis behoben, man rüstete sich zur Fahrt und trat sie alsbald mit frischem Mut und den heitersten Hoffnungen an.

Wundert euch aber nur nicht, ihr Menschen, wenn es dann immer ganz anders kommt, als man gemeint hat. Die tückische Macht, welche lauert, uns zu verderben, singt ihr auserkorenes Opfer gern mit süßen Liedern und goldenen Märchen in den Schlaf. Dagegen pocht der rettende Himmelsbote oftmals scharf und erschreckend an unsere Tür.

Sie waren die ersten Tage ihrer Donaufahrt hindurch außerordentlich vergnügt gewesen. Es ward auch alles immer besser und schöner, so wie sie den stolzen, flutenden Strom weiter hinunterschifften. Aber in einer sonst höchst anmutigen Gegend, von deren erfreulichem Anblick sie sich die beste Freude versprochen hatten, fing der unbändige Kühleborn ganz unverhohlen an, seine hier eingreifende Macht zu zeigen. Es blieben zwar bloß Neckereien, weil Undine oftmals in die empörten Wellen oder in die hemmenden Winde hineinschalt und sich dann die Gewalt des Feindseligen augenblicklich in Demut ergab; aber wieder kamen die Angriffe, und wieder brauchte es der Mahnung Undinens, so daß die Lustigkeit der kleinen Reisegesellschaft eine gänzliche Störung erlitt. Dabei zischelten sich noch immer die Fährleute zagend in die Ohren und sahen mißtrauisch auf die drei Herrschaften, deren Diener selbst mehr und mehr etwas Unheimliches zu ahnen begannen und ihre Gebieter mit seltsamen Blicken verfolgten. Huldbrand sagte öfters bei sich im stillen Gemüte: Das kommt davon, wenn gleich sich nicht zu gleich gesellt, wenn Mensch und Meerfräulein ein wunderliches Bündnis schließen. Sich entschuldigend, wie wir es denn überhaupt lieben, dachte er freilich oftmals dabei: ich hab' es ja nicht gewußt, daß sie ein Meerfräulein war. Mein ist das Unheil, das jeden meiner Schritte durch der tollen Verwandtschaft Grillen bannt und stört, aber mein ist nicht die Schuld.

Durch solcherlei Gedanken fühlte er sich einigermaßen gestärkt, aber dagegen ward er immer verdrießlicher, ja feindseliger wider Undine gestimmt. Er sah sie schon mit mürrischen Blicken an, und die arme Frau verstand deren Bedeutung wohl. Dadurch und durch die beständige Anstrengung wider Kühleborns Listen erschöpft, sank sie gegen Abend, von der sanft gleitenden Barke angenehm gewiegt, in einen tiefen Schlaf.

Kaum aber, daß sie die Augen geschlossen hatte, so wähnte jedermann im Schiffe nach der Seite, wo er gerade hinaussah, ein ganz abscheuliches Menschenhaupt zu erblicken, das sich aus den Wellen emporhob, nicht wie das eines Schwimmenden, sondern ganz senkrecht, wie auf dem Wasserspiegel gerade eingepfählt, aber mitschwimmend, so wie die Barke schwamm. Jeder wollte dem andern zeigen, was ihn erschreckte, und jeder fand zwar auf des andern Gesicht das gleiche Entsetzen, Hand und Auge aber nach einer andern Richtung hinzeigend, als wo ihm selbst das halb lachende, halb dräuende Scheusal vor Augen stand. Wie sie sich nun aber einander darüber verständigen wollten und alles rief: "Sieh dorthin, nein dorthin!"—da wurden jedwedem die Greuelbilder aller sichtbar, und die ganze Flut um das Schiff her wimmelte von den entsetzlichsten Gestalten. Von dem Geschrei, das sich darüber erhob, erwachte Undine. Vor ihren aufgehenden Augenlichtern verschwand der mißgeschaffenen Gesichter tolle Schar. Aber Huldbrand war empört über so viele häßliche Gaukeleien. Er wäre in wilde Verwünschungen ausgebrochen, nur daß Undine mit den demütigsten Blicken und ganz leise bittend sagte: "Um Gott, mein Eheherr,wir sind auf den Fluten; zürne jetzt nicht auf mich!"

Der Ritter schwieg, setzte sich und versank in ein tiefes Nachdenken. Undine sagte ihm ins Ohr: "Wär' es nicht besser, mein Liebling, wir ließen die törichte Reise und kehrten nach Burg Ringstetten in Frieden zurück?" Aber Huldbrand murmelte feindselig: "Also ein Gefangener soll ich sein in meiner eigenen Burg und atmen nur können, so lange der Brunnen zu ist? So wollt' ich, daß die tolle Verwandtschaft ..." Da drückte Undine schmeichelnd ihre schöne Hand auf seine Lippen. Er schwieg auch und hielt sich still, so manches, was ihm Undine früher gesagt hatte, erwägend.

Indessen hatte Bertalda sich allerhand seltsam umschweifenden Gedanken überlassen. Sie wußte vieles von Undinens Herkommen und doch nicht alles, und vorzüglich war ihr der furchtbare Kühleborn cin schreckliches, aber noch immer ganz dunkles Rätsel geblieben, so daß sie nicht einmal seinen Namen je vernommen hatte. Über all diese wunderlichen Dinge nachsinnend, knüpfte sie—ohne sich dessen recht bewußt zu werden—ein goldenes Halsband los, welches ihr Huldbrand auf einer der letzten Tagereisen von einem herumziehenden Handelsmann gekauft hatte, und ließ es dicht über der Oberfläche des Flusses spielen, sich halb träumend an dem lichten Schimmer ergötzend, den es in die abendhellen Gewässer warf. Da griff plötzlich eine große Hand aus der Donau herauf, erfaßte das Halsband und fuhr damit unter die Fluten. Bertalda schrie laut auf, und ein höhnisches Gelächter schallte aus den Tiefen des Stromes drein. Nun hielt sich des Ritters Zorn nicht länger. Aufspringend schalt er in die Gewässer hinein, verwünschte alle, die sich in seine Verwandtschaft und sein Leben drängen wollten, und forderte sie auf, Nix oder Sirene, sich vor sein blankes Schwert zu stellen. Bertalda weinte indes um den verlorenen, ihr so innig lieben Schmuck und goß mit ihren Tränen Öl in des Ritters Zorn, während Undine ihre Hand über den Schiffsbord in die Wellen getaucht hielt, in einem fort sacht vor sich hinmurmelnd und nur manchmal ihr seltsam-heimliches Geflüster unterbrechend, indem sie bittend zu ihrem Eheherrn sprach: "Mein Herzlichlieber, hier schilt mich nicht, schilt alles, was du willst, aber hier mich nicht! Du weißt ja."

Und wirklich enthielt sich seine vor Zorn stammelnde Zunge noch jedes Wortes unmittelbar wider sie. Da brachte sie mit der feuchten Hand, die sie unter den Wogen gehalten hatte, ein wunderschönes Korallenhalsband hervor, so herrlich blitzend, daß allen davon die Augen fast geblendet wurden. "Nimm hin", sagte sie, es Bertalda freundlich hinhaltend, "das hab' ich dir zum Ersatz bringen lassen, und sei nicht weiter betrübt, du armes Kind." Aber der Ritter sprang dazwischen. Er riß den schönen Schmuck Undinen aus der Hand, schleuderte ihn wieder in den Fluß und schrie wutentbrannt: "So hast du denn immer Verbindung mit ihnen? Bleib bei ihnen in aller Hexen Namen mit all deinen Geschenken und laß uns Menschen zufrieden, Gauklerin du!"

Starren, aber tränenströmenden Blickes sah ihn die arme Undine an, noch immer die Hand ausgestreckt, mit welcher sie Bertalda ihr hübsches Geschenk so freundlich hatte hinreichen wollen. Dann fing sie immer herzlicher an zu weinen, wie ein recht unverschuldet und recht bitterlich gekränktes liebes Kind. Endlich sagte sie ganz matt: "Ach, holder Freund, ach, lebe wohl! Sie sollen dir nichts tun; nur bleibe treu, daß ich sie dir abwehren kann. Ach, aber fort muß ich, muß fort auf diese ganze junge Lebenszeit. O weh, o weh, was hast du angerichtet! O weh, o weh!"

Und über den Rand der Barke schwand sie hinaus. Stieg

sie hinüber in die Flut, verströmte sie darin, man wußt' es nicht, es war wie beides und wie keins. Bald aber war sie in die Donau ganz verronnen; nur flüsterten noch kleine Wellchen schluchzend um den Kahn, und fast vernehmlich war's, als sprächen sie: "O weh, o weh! Ach bleibe treu! O weh!"

Huldbrand aber lag in heißen Tränen auf dem Verdeck des Schiffes, und eine tiefe Ohnmacht hüllte den Unglücklichen bald in ihre mildernden Schleier ein.

Sechzehntes Kapitel
Von Huldbrands fürderm Ergehen

Soll man sagen: leider, oder: zum Glück, daß es mit unserer Trauer keinen rechten Bestand hat? Ich meine, mit unserer so recht tiefen und aus dem Borne des Lebens schöpfenden Trauer, die mit dem verlorenen Geliebten so eines wird, daß es ihr nicht mehr verloren ist und sie ein geweihtes Priestertum an seinem Bilde durch das ganze Leben durchführen will, bis die Schranke, die ihm gefallen ist, auch uns zerfällt. Freilich bleiben wohl gute Menschen wirklich solche Priester, aber es ist doch nicht die erste, rechte Trauer mehr. Andre, fremdartige Bilder haben sich dazwischengedrängt; wir erfahren endlich die Vergänglichkeit aller irdischen Dinge sogar an unserm Schmerz, und so muß ich denn sagen: leider, daß es mit unserer Trauer keinen rechten Bestand hat!

Der Herr von Ringstetten erfuhr das auch; ob zu seinem Heile, werden wir im Verfolg dieser Geschichte hören. Anfänglich konnte er nichts, als immer recht bitterlich weinen, wie die arme, freundliche Undine geweint hatte, als er ihr den blanken Schmuck aus der Hand riß, mit dem sie alles so schön und gut machen wollte. Und dann streckte er die Hand aus, wie sie es getan hatte, und weinte immer wieder von neuem, wie sie. Er hegte die heimliche Hoffnung, endlich auch ganz in Tränen zu verrinnen; und ist nicht selbst manchem von uns andern in großem Leide der ähnliche Gedanke mit schmerzender Lust durch den Sinn gezogen? Bertalda weinte mit, und sie lebten lange ganz still beieinander auf Burg Ringstetten, Undinens Andenken feiernd und der ehemaligen Neigung fast gänzlich vergessen habend. Dafür kam auch um diese Zeit oftmals die gute Undine zu Huldbrands Träumen; sie streichelte ihn sanft und freundlich und ging dann still weinend wieder fort, so daß er im Erwachen oftmals nicht recht wußte, wovon seine Wangen so naß waren: kam es von ihren oder bloß von seinen Tränen?

Die Traumgesichte wurden aber mit der Zeit seltener, der Gram des Ritters matter, und dennoch hätte er vielleicht nie in seinem Leben einen andern Wunsch gehegt, als so stille fort Undinens zu gedenken und von ihr zu sprechen, wäre nicht der alte Fischer unvermutet auf dem Schloß erschienen und hätte Bertalda nun allen Ernstes als sein Kind zurückverlangt. Undinens Verschwinden war ihm kund geworden, und er wollte es nicht länger zugeben, daß Bertalda bei dem unverehelichten

Herrn auf der Burg verweile. "Denn, ob meine Tochter mich lieb hat oder nicht", sprach er, "will ich jetzt gar nicht wissen, aber die Ehrbarkeit ist im Spiel, und wo die spricht, hat nichts andres mehr mitzureden."

Diese Gesinnung des alten Fischers und die Einsamkeit, die den Ritter aus allen Sälen und Gängen der verödeten Burg schauerlich nach Bertaldas Abreise zu erfassen drohte, brachten zum Ausbruch, was früher entschlummert und in dem Gram über Undinen ganz vergessen war: die Neigung Huldbrands für die schöne Bertalda. Der Fischer hatte vieles gegen die vorgeschlagene Heirat einzuwenden. Undine war dem alten Manne sehr lieb gewesen, und er meinte, man wisse ja noch kaum, ob die liebe Verschwundene recht eigentlich tot sei. Liege aber ihr Leichnam wirklich starr und kalt auf dem Grunde der Donau oder treibe mit den Fluten ins Weltmeer hinaus, so habe Bertalda an ihrem Tode mit Schuld, und nicht gezieme es ihr, an den Platz der armen Verdrängten zu treten. Aber auch den Ritter hatte der Fischer sehr lieb; die Bitten der Tochter, die um vieles sanfter und ergebener geworden war, wie auch ihre Tränen um Undinen kamen hinzu, und er mußte wohl endlich seine Einwilligung gegeben haben, denn er blieb ohne Widerrede auf der Burg, und ein Eilbote ward abgesandt, den Pater Heilmann, der in früheren, glücklichen Tagen Undinen und Huldbranden eingesegnet hatte, zur zweiten Trauung des Ritters nach dem Schlosse zu holen.

Der fromme Mann aber hatte kaum den Brief des Herrn von Ringstetten durchgelesen, so machte er sich in noch viel größerer Eile nach dem Schlosse auf den Weg, als der Bote von dort zu ihm gekommen war. Wenn ihm auf dem schnellen Gange der Atem fehlte oder die alten Glieder schmerzten vor Müdigkeit, pflegte er zu sich selber zu sagen: "Vielleicht ist noch Unrecht zu hindern; sinke nicht eher als am Ziele, du verdorrter Leib!" Und mit erneuter Kraft riß er sich alsdann auf und wallte ohne Rast und Ruh, bis er eines Abends spät in den belaubten Hof der Burg Ringstetten eintrat.

Die Brautleute saßen Arm in Arm unter den Bäumen, der alte Fischer nachdenklich neben ihnen. Kaum nun daß sie den Pater Heilmann erkannten, so sprangen sie auf und drängten sich bewillkommnend um ihn. Aber er, ohne viele Worte zu machen, wollte den Bräutigam mit sich in die Burg ziehen. Als indessen dieser staunte und zögerte, den ernsten Winken zu gehorchen, sagte der fromme Geistliche: "Was halte ich mich denn lange dabei auf, Euch im Geheimen sprechen zu wollen, Herr von Ringstetten? Was ich zu sagen habe, geht Bertalda und den

Fischer eben so gut mit an, und was einer doch irgend einmal hören muß, mag er lieber gleich und sobald hören, als es nur möglich ist. Seid Ihr denn gar so gewiß, Ritter Huldbrand, daß Eure erste Gattin wirklich gestorben ist? Mir kommt es kaum so vor. Ich will zwar weiter nichts darüber sprechen, welch eine wundersame Bewandtnis es mit ihr gehabt haben mag, weiß auch davon nichts Gewisses. Aber ein frommes, vielgetreues Weib war sie, so viel ist außer allem Zweifel. Und seit vierzehn Nächten hat sie in Träumen an meinem Bette gestanden, ängstlich die zarten Händlein ringend und in einem fort seufzend: Ach, hindr' ihn, lieber Vater! Ich lebe noch! Ach rett' ihm den Leib! Ach rett' ihm die Seele!—Ich verstand nicht, was das Nachtgesicht haben wollte; da kam Euer Bote, und nun eilt ich hierher, nicht um zu trauen, wohl aber um zu trennen, was nicht zusammengehören darf. Laß von ihr, Huldbrand! Laß von ihm, Bertalda! Er gehört noch einer andern, und siehst du nicht den Gram um die verschwundene Gattin auf seinen bleichen Wangen? So sieht kein Bräutigam aus, und der Geist sagt es mir, ob du ihn auch nicht lässest, doch nimmer wirst du seiner froh."

Die drei empfanden im innersten Herzen, daß der Pater Heilmann die Wahrheit sprach, aber sie wollten es nun einmal nicht glauben. Selbst der alte Fischer war so betört, daß er meinte, anders könne es gar nicht kommen, als sie es in diesen Tagen ja schon oft miteinander besprochen hätten. Daher stritten sie denn alle mit einer wilden, trüben Hast gegen des Geistlichen Warnungen, bis dieser sich denn endlich kopfschüttelnd und traurig aus der Burg entfernte, ohne die dargebotene Herberge auch nur für diese Nacht annehmen zu wollen oder irgendeine der herbeigeholten Labungen zu genießen. Huldbrand aber überredete sich, der Geistliche sei ein Grillenfänger, und sandte mit Tagesanbruch nach einem Pater aus dem nächsten Kloster, der auch ohne Weigerung verhieß, die Einsegnung in wenigen Tagen zu vollziehen.

Siebzehntes Kapitel

Des Ritters Traum

Es war zwischen Morgendämmerung und Nacht, da lag
der Ritter halb wachend, halb schlafend auf seinem Lager.
Wenn er vollends einschlummern wollte, war es, als stünde
ihm ein Schrecken entgegen und scheuchte ihn zurück, weil es
Gespenster gebe im Schlaf. Dachte er aber sich allen Ernstes zu
ermuntern, so wehte es um ihn her wie mit Schwanenfittichen
und mit schmeichelndem Wogenklang, davon er allemal wieder
in den zweifelhaften Zustand, angenehm betört, zurücktaumelte.
Endlich aber mochte er doch wohl ganz eingeschlafen sein,
denn es kam ihm vor, als ergreife ihn das Schwanengesäusel
auf ordentlichen Fittichen und trage ihn weit fort über Land und
See und singe immer aufs anmutigste dazu. Schwanenklang,
Schwanensang, mußte er immerfort zu sich selbst sagen, das
bedeutet ja wohl den Tod. Aber es hatte vermudich noch eine
andre Bedeutung. Ihm ward nämlich auf einmal, als schwebe
er über dem Mittelländischen Meere. Ein Schwan sang ihm gar
tönend in die Ohren, dies sei das Mittelländische Meer. Und

während er in die Fluten hinuntersah, wurden sie zu lauterm Kristall, daß er hineinschauen konnte bis auf den Grund. Er freute sich sehr darüber, denn er konnte Undinen sehen, wie sie unter den hellen Kristallgewölben saß. Freilich weinte sie sehr und sah viel betrübter aus als in den glücklichen Zeiten, die sie auf Burg Ringstetten miteinander verlebt hatten, vorzüglich zu Anfang und auch nachher, kurz ehe sie die unselige Donaufahrt begannen. Der Ritter mußte an alles das sehr ausführlich und innig denken, aber es schien nicht, als werde Undine seiner gewahr. Indessen war Kühleborn zu ihr getreten und wollte sie über ihr Weinen ausschelten. Da nahm sie sich zusammen und sah ihn vornehm und gebietend an, daß er fast davor erschrak. "Wenn ich hier auch unter den Wassern wohne", sagte sie, "so hab' ich doch meine Seele mit herunter gebracht. Und darum darf ich wohl weinen, wenn du auch gar nicht erraten kannst, was solche Tränen sind. Auch die sind selig, wie alles selig ist dem, in welchem eine treue Seele lebt." Er schüttelte ungläubig mit dem Kopfe und sagte nach einigem Besinnen: "Und doch, Nichte, seid Ihr unseren Elementargesetzen unterworfen, und doch müßt Ihr ihn richtend ums Leben bringen, sofern er sich wieder verehelicht und Euch untreu wird."

"Er ist noch bis in diese Stunde ein Witwer", sagte

Undine, "und hat mich aus traurigem Herzen lieb." "Zugleich ist er aber auch ein Bräutigam", lachte Kühleborn höhnisch, "und laßt nur erst ein paar Tage hingehen, dann ist die priesterliche Einsegnung erfolgt, und dann müßt Ihr doch zu des Zweiweibrigen Tod hinauf." "Ich kann ja nicht", lächelte Undine zurück. "Ich habe ja den Brunnen versiegelt, für mich und meinesgleichen fest." "Aber wenn er von seiner Burg geht", sagte Kühleborn, "oder wenn er einmal den Brunnen wieder öffnen läßt! Denn er denkt gewiß blutwenig an alle diese Dinge." "Eben deshalb", sprach Undine und lächelte noch immer unter ihren Tränen, "eben deshalb schwebt er jetzt im Geiste über das Mittelmeer und träumt zur Warnung dies unser Gespräch. Ich hab' es wohlbedächtig so eingerichtet."

Da sah Kühleborn ingrimmig zu dem Ritter hinauf, drohte, stampfte mit den Füßen und schoß gleich darauf pfeilschnell unter den Wellen fort. Es war, als schwelle er vor Bosheit zu einem Walfisch auf. Die Schwäne begannen wieder zu tönen, zu fächeln, zu fliegen; dem Ritter war es, als schwebe er über Alpen und Ströme hin, schwebe endlich zur Burg Ringstetten herein und er erwache auf seinem Lager.

Wirklich erwachte er auf seinem Lager, und eben trat sein Knappe herein und berichtete ihm, der Pater Heilmann

132

weile noch immer hier in der Gegend; er habe ihn gestern zu Nacht im Forste getroffen unter einer Hütte, die er sich von Baumästen zusammengebogen habe und mit Moos und Reisig belegt. Auf die Frage, was er denn hier mache, denn einsegnen wolle er ja doch nicht, sei die Antwort gewesen: "Es gibt noch andere Einsegnungen als die am Traualtar, und bin ich nicht zur Hochzeit gekommen, so kann es ja doch zu einer anderen Feier gewesen sein. Man muß alles abwarten. Zudem ist ja Trauen und Trauern gar nicht so weit auseinander, und wer sich nicht mutwillig verblendet, der sieht es wohl ein." Der Ritter machte sich allerhand wunderliche Gedanken über diese Worte und über seinen Traum. Aber es hält sehr schwer, ein Ding zu hintertreiben, das sich der Mensch einmal als gewiß in den Kopf gesetzt hat, und so blieb auch alles beim alten.

Achtzehntes Kapitel
Wie der Ritter Huldbrand Hochzeit hielt

Wenn ich euch erzählen sollte, wie es bei der Hochzeitsfeier auf Burg Ringstetten zuging, so würde euch zu Mute werden, als sähet ihr eine Menge von blanken und erfreulichen Dingen aufgehäuft, aber drüber hin einen schwarzen Trauerflor gebreitet, aus dessen verdunkelnder Hülle hervor die ganze Herrlichkeit minder einer Lust gliche als einem Spott uber die Nichtigkeit aller irdischen Freuden. Es war nicht etwa, daß irgend ein gespenstisches Unwesen die festliche Geselligkeit gestört hätte, denn wir wissen ja, daß die Burg vor den Spukereien der dräuenden Wassergeister eine gefeite Stätte war. Aber es war dem Ritter und dem Fischer und allen Gästen zu Mut, als fehle noch die Hauptperson bei dem Feste und als müsse diese Hauptperson die allgeliebte, freundliche Undine sein. So oft eine Tür aufging, starrten aller Augen unwillkürlich dahin, und wenn es dann weiter nichts war als der Hausmeister mit neuen Schüsseln oder der Schenk mit einem Trunk noch edleren Weines, blickte man wieder trüb vor sich hin, und die Funken, die etwa hin und her von Scherz und Freude aufgeblitzt waren, erloschen in dem Tau wehmütigen Erinnerns. Die Braut war von allen die Leichtsinnigste und daher auch die Vergnügteste; aber selbst ihr kam es bisweilen wunderlich vor, daß sie in dem grünen Kranze und den goldgestickten Kleidern an der Oberstelle der Tafel sitze, während Undine als Leichnam starr und kalt auf dem Grunde der Donau liege oder mit den Fluten forttreibe ins Weltmeer hinaus. Denn seit ihr Vater ähnliche Worte gesprochen hatte, klangen sie ihr immer wieder in den Ohren und wollten vorzüglich heute weder wanken noch weichen.

Die Gesellschaft verlor sich bei kaum eingebrochener Nacht, nicht aufgelöst durch des Bräutigams hoffende Ungeduld, wie sonst Hochzeitsversammlungen, sondern nur ganz trübe und schwer auseinandergerückt durch freudlose Schwermut und Unheil kündende Ahnungen. Bertalda ging mit ihren Frauen, der Ritter mit seinen Dienern, sich auszukleiden; von dem scherzend-fröhlichen Geleit der Jungfrauen und Junggesellen bei Braut und Bräutigam war an diesem trüben Feste die Rede nicht.

Bertalda wollte sich aufheitern; sie ließ einen prächtigen Schmuck, den Huldbrand ihr geschenkt hatte, samt reichen Gewanden und Schleiern vor sich ausbreiten, ihren morgigen

Anzug aufs Schönste und Heiterste daraue zu wählen. Ihre Dienerinnen freuten sich des Anlasses, Vieles und Fröhliches der jungen Herrin vorzusprechen, wobei sie nicht ermangelten, die Schönheit der Neuvermählten mit den lebhaftesten Worten zu preisen. Man vertiefte sich mehr und mehr in diese Betrachtungen, bis endlich Bertalda, in einen Spiegel blickend, seufzte: "Ach, aber seht ihr wohl die werdenden Sommersprossen hier seitwärts am Halse?" Sie sahen hin und fanden es freilich, wie es die schöne Herrin gesagt, aber ein liebliches Mal nannten sie's, einen kleinen Flecken, der die Weiße der zarten Haut noch erhöhe. Bertalda schüttelte den Kopf und meinte, ein Makel bleibe es doch immer. "Und ich könnt es los sein", seufzte sie endlich. "Aber der Schloßbrunnen ist zu, aus dem ich sonst immer das köstliche, blutreinigende Wasser schöpfen ließ. Wenn ich doch heut nur eine Flasche davon hätte!" "Ist es nur das?" lachte die behende Dienerin und schlüpfte aus dem Gemach. "Sie wird doch nicht so toll sein", fragte Bertalda wohlgefällig erstaunt, "noch heut abend den Brunnenstein abwälzen zu lassen?"

Da hörte man bereits, daß Männer über den Hof gingen, und konnte aus dem Fenster sehen, wie die gefällige Dienerin sie gerade auf den Brunnen losführte, und sie Hebebäume und anderes Werkzeug auf den Schultern trugen. "Es ist freilich mein Wille", lächelte Bertalda, "wenn es nur nicht so lange währt." Und froh im Gefühl, daß ein Wink von ihr jetzt vermöge, was ihr vormals scherzhaft verweigert worden war, schaute sie auf die Arbeit in den mondhellen Burghof hinab.

Die Männer hoben mit Anstrengung an dem großen Stein; bisweilen seufzte wohl einer dabei, sich erinnernd, daß man hier der geliebten vorigen Herrin Werk zerstöre. Aber die Arbeit ging übrigens viel leichter, als man gemeint hatte. Es war, als hülfe eine Kraft aus dem Brunnen heraus den Stein emporbringen. "Es ist ja", sagten die Arbeiter erstaunt zueinander, "als wäre das Wasser drinnen zum Springbrunnen geworden." Und mehr und mehr hob sich der Stein, und fast ohne Beistand der Werkleute rollte er langsam mit dumpfem Schallen auf das Pflaster hin. Aber aus des Brunnens Öffnung stieg es gleich einer weißen Wassersäule feierlich herauf; sie dachten erst, es würde mit dem Springbrunnen ernst, bis sie gewahrten, daß die aufsteigende Gestalt ein bleiches, weißverschleiertes Weibsbild war. Das weinte bitterlich, das hob die Hände ängstlich ringend über das Haupt und schritt mit langsam ernstem Gange nach dem Schloßgebäude. Auseinander stob das Burggesinde vom Brunnen fort; bleich stand, entsetzensstarr, mit ihren Dienerinnen die

Braut im Fenster. Als die Gestalt nun dicht unter deren Kammer hinschritt, schaute sie winselnd nach ihr empor, und Bertalda meinte unter dem Schleier Undinens bleiche Gesichtszüge zu erkennen. Vorüber aber zog die Jammernde schwer, gezwungen, zögernd, wie zum Hochgericht. Bertalda schrie, man solle den Ritter rufen; es wagte sich keine der Zofen von der Stelle, und auch die Braut selber verstummte wieder, wie vor ihrem eigenen Laut erbebend.

Während jene noch immer bang am Fenster standen, wie Bildsäulen regungslos, war die seltsame Wanderin in die Burg gelangt, die wohlbekannten Treppen hinauf, die wohlbekannten Hallen durch, immer in ihren Tränen still. Ach, wie so anders war sie einstens hier umhergewandelt!

Der Ritter aber hatte seine Diener entlassen. Halb ausgekleidet, in betrübten Sinnen stand er vor einem großen Spiegel, die Kerze brannte dunkel neben ihm. Da klopfte es an die Tür mit leisem, leisem Finger. Undine hatte sonst wohl so geklopft, wenn sie ihn freundlich necken wollte. "Es ist alles nur Phantasterei!" sagte er zu sich selbst. "Ich muß ins Hochzeitsbett."

"Daß mußt du, aber in ein kaltes!" hörte er eine weinende Stimme draußen vor dem Gemache sagen, und dann sah er im

Spiegel, wie die Tür aufging, langsam, langsam, und wie die weiße Wandlerin hereintrat und sittig das Schloß wieder hinter sich zudrückte. "Sie haben den Brunnen aufgemacht", sagte sie leise, "und nun bin ich hier, und nun mußt du sterben." Er fühlte in seinem stockenden Herzen, daß es auch gar nicht anders sein könne, deckte aber die Hände über die Augen und sagte: "Mache mich nicht in meiner Todesstunde durch Schrecken toll. Wenn du ein entsetzliches Antlitz hinter dem Schleier trägst, so lüfte ihn nicht und richte mich, ohne daß ich dich schaue."

"Ach", entgegnete die Wanderin, "willst du mich denn nicht noch ein einziges Mal sehen? Ich bin schön wie damals, als du auf der Seespitze um mich warbst." "O wenn das wäre", seufzte Huldbrand, "und wenn ich sterben dürfte an einem Kusse von dir!"

"Recht gern, mein Liebling", sagte sie. Und ihren Schleier schlug sie zurück, und himmlisch schön lächelte ihr holdes Antlitz daraus hervor. Bebend vor Liebe und Todesnähe neigte sich der Ritter ihr entgegen, sie küßte ihn mit einem himmlischen Kusse, aber sie ließ ihn nicht mehr los, sie drückte ihn inniger an sich und weinte, als wollte sie ihre Seele fortweinen. Die Tränen drangen in des Ritters Augen und wogten in lieblichem Wehe durch seine Brust, bis ihm endlich der Atem verging und er aus den schönen Armen als ein Leichnam sanft auf die Kissen des Ruhebettes zurücksank.

"Ich habe ihn totgeweint", sagte sie zu einigen Dienern, die ihr im Vorzimmer begegneten, und schritt durch die Mitte der Erschreckten langsam nach dem Brunnen hinaus.

Neunzehntes Kapitel

Wie der Ritter Huldbrand begraben ward

Der Pater Heilmann war auf das Schloß gekommen, sobald des Herrn von Ringstetten Tod in der Gegend kundgeworden war, und just zur selben Stunde erschien er, wo der Mönch, welcher die unglücklichen Vermählten getraut hatte, von Schreck und Grausen überwältigt, aus den Toren floh. "Es ist schon recht", entgegnete Heilmann, als man ihm dies sagte, "und nun geht mein Amt an, und ich brauche keinen Gefährten."

Darauf begann er die Braut, welche zur Witwe geworden war, zu trösten, so wenig Frucht es auch in ihrem weltlich-lebhaften Gemüte trug. Der alte Fischer hingegen fand sich, obzwar von Herzen betrübt, weit besser in das Geschick, welches Tochter und Schwiegersohn betroffen hatte, und während Bertalda nicht ablassen konnte, Undinen Mörderin zu schelten und Zauberin, sagte der alte Mann gelassen: "Es konnte nun einmal nicht anders sein. Ich sehe nichts darin als die Gerichte Gottes, und es ist wohl niemandem Huldbrands Tod mehr zu Herzen gegangen als der, die ihn verhängen mußte, der armen, verlassenen Undine!"

Dabei half er die Begräbnisfeier anordnen, wie es dem Range des Toten geziemte. Dieser sollte in einem Kirchdorfe begraben werden, auf dessen Gottesacker alle Gräber seiner Ahnherrn standen, und welches sie, wie er selbst, mit reichlichen Freiheiten und Gaben geehrt hatten. Schild und Helm lagen bereits auf dem Sarge, um mit in die Gruft versenkt zu werden, denn Herr Huldbrand von Ringstetten war als der letzte seines Stammes verstorben; die Trauerleute begannen ihren schmerzvollen Zug, Klagelieder in das heiter-stille Himmelblau hinaufsingend, Heilmann schritt mit einem hohen Kruzifix voran, und die trostlose Bertalda folgte, auf ihren alten Vater gestützt.

Da nahm man plötzlich inmitten der schwarzen Klagefrauen in der Wittib Gefolge eine schneeweiße Gestalt wahr, tief verschleiert, und die ihre Hände inbrünstig jammernd emporwand. Die, neben welchen sie ging, kam ein heimliches Grauen an, sie wichen zurück oder seitwärts, durch ihre Bewegung die anderen, neben die nun die weiße Fremde zu gehen kam, noch sorglicher erschreckend, so daß schier darob eine Unordnung unter dem Trauergefolge zu entstehen begann. Es waren einige Kriegsleute so dreist, die Gestalt anzureden und aus dem Zuge fortweisen zu wollen, aber denen war sie wie unter den Händen fort und ward dennoch gleich wieder mit langsam-feierlichem Schritte unter dem Leichengefolge mitziehend gesehen. Zuletzt kam sie während des beständigen Ausweichens der Dienerinnen bis dicht hinter Bertalda. Nun hielt sie sich höchst langsam in ihrem Gange, so daß die Wittib ihrer nicht gewahr ward und sie sehr demütig und sittig hinter dieser ungestört fortwandelte.

Das währte, bis man auf den Kirchhof kam und der Leichenzug einen Kreis um die offene Grabstätte schloß. Da sah Bertalda die ungebetene Begleiterin, und halb in Zorn, halb in Schreck auffahrend, gebot sie ihr, von der Ruhestätte des Ritters zu weichen. Die Verschleierte aber schüttelte sanft verneinend ihr Haupt und hob die Hände wie zu einer demütigen Bitte gegen Bertalda auf, davon diese sich sehr bewegt fand und mit Tränen daran denken mußte, wie ihr Undine auf der Donau das Korallenhalsband so freundlich hatte schenken wollen. Zudem winkte Pater Heilmann und gebot Stille, da man über dem Leichnam, dessen Hügel sich eben zu häufen begann, in stiller Andacht beten wollte. Bertalda schwieg und kniete, und alles kniete, und die Totengräber auch, als sie fertig geschaufelt hatten. Da man sich aber wieder erhob, war die weiße Fremde verschwunden: an der Stelle, wo sie gekniet hatte, quoll ein silberhelles Brünnlein aus dem Rasen; das rieselte und rieselte fort, bis es den Grabhügel des Ritters fast ganz umzogen hatte; dann rann es weiter und ergoß sich in einen stillen Weiher, der zur Seite des Gottesackers lag. Noch in späten Zeiten sollen die Bewohner des Dorfes die Quelle gezeigt und fest die Meinung gehegt haben, dies sei die arme verstoßene Undine, die auf diese Art noch immer mit freundlichen Armen ihren Liebling umfasse.